Lupus Egarezzo

Bernsteinhändler

Books on Demand GmbH
Norderstedt

2. Auflage

ISBN: 978-3-7347-8290-9

L. Egarezzo: Bernsteinhändler

Wer zählt die Völker, nennt die Namen,
die gastlich hier zusammen kamen?
(Friedrich Schiller, Die Kraniche des Ibykus)

Prolog

Richard Strom saß in seinem bescheidenen Büro ohne Wandschmuck und ohne Blick nach draußen, als sein Telefon zum zehnten Mal an diesem Morgen läutete. Hinter seinem Rücken und rechter Hand versperrten ihm cremefarbene Blechwände, die mit Hängeordnern in Stahlschränken zugestellt waren, die Sicht. Vom Schreibtisch aus nach vorne und zur linken Seite blickte er durch Glas in ein Großraumbüro. Vor ihm nach rechts lag der Computerraum mit zwei hochgerüsteten Hewlett Packard Rechnern der mittleren Datentechnik inklusive Magnetbandeinheiten, jeweils vier Plattenlaufwerken und zwei Nadeldruckern. Seitwärts nach links konnte er seinen Blick über einen Korridor durch noch mehr Glas bis diagonal ganz nach vorne schweifen lassen, wo Veronika das Vorzimmer des großen Busheer bewachte. Sie winkte ihm gerade mit ihrem Telefonhörer zu, als es bei ihm klingelte.

Hartmut Genz, sein Kofferträger und Rechenzentrumsoperator im weißen Kittel, saß grinsend auf dem niedrigen Bürostuhl vor ihm in seiner üblichen, unterwürfig-gekrümmten Haltung. Sie hatten sich gerade über den großen Meister lustig gemacht. Genz´ Fahne roch nach Gaffel Kölsch. Strom hatte den Besucherstuhl absichtlich auf niedrigste Höhe eingestellt, seinen eigenen hinter dem Schreibtisch aber immer so hoch es ging – aus „psychologischen" Erwägungen heraus. – Während das Telefon immer noch läutete, griff Genz spielerisch zum Mithörer und wiegte ihn in seiner Hand. Dann hängte er ihn wieder ein: leicht und leer war das Ding. Sein direkter Chef hatte die Elektronik schon lange ausgebaut. Sie lag in dessen Schreibtischlade.

Strom nahm ab und gab Genz ein Zeichen mit dem Kopf, zu verschwinden, und der schlich geräuschlos in sein Computerreich hinüber.

„Was gibt´s?"

Strom schaute noch einmal zu Veronika hinüber. Sie sah nicht gut aus. Irgendetwas war faul.

„Peter George ist tot."

Schweigen auf beiden Seiten. Was war das? Trauer, Mitleid, Schock? Er wurde sich nicht klar über seine eigene Reaktion, aber irgendetwas hatte ihn in seinem Inneren getroffen. Unmöglich:

„Was ist passiert? Vor ein paar Tagen war er noch kerngesund – als ich bei ihm war."

„Er ist unter eine Lok gekommen – in Frankfurt – im Sackbahnhof. Sein Sohn rief an."

Sein Sohn. Nicht seine Frau. Seinen Sohn hatte er nur einmal flüchtig gesehen.

„Ritchie, Busheer will dich sehen. Komm rüber." Veronika legte auf.

Strom verlies sein Büro, schloss die Glastür hinter sich und ging langsam in seinem leicht gebeugten Gang den Korridor entlang. Peter George war tot. Einfach so. Strom konnte sich nicht konzentrieren, es wollte sich kein Fokus einstellen. Alles verschwamm in seinem Kopf zu einer einzigen unartikulierten Frage. Er passierte den Schreibtisch von Veronika, ohne sie auch nur anzusehen, klopfte an die Tür des vordersten Büros – das einzige, dessen Glaswände mit cremefarbigen Plastikvorhängen getarnt waren:

„Komm rein!"

Strom öffnete die Tür und tat einen Schritt nach innen.

„Mach die Tür zu."

Da saß Salas Busheer und glotzte ihn ausdruckslos aus seinen großen schwarzen Kulleraugen an – das rechte sowieso: es war aus Glas.

Im Wald bei Rieth

Es war kurz vor 06:00 Uhr morgens, und die Sonne kämpfte sich gerade über den Horizont hinaus durch einen trüben Wolkenschleier, als Schorsch Reinke sein Fahrrad aus dem Keller holte und es durch die Pforte vor seinem Häuschen auf den sandigen Fahrweg schob. Der Nebel wird in einer Stunde verschwunden sein, dachte er und radelte los in Richtung Dorfstrasse in Ahlbeck. Ahlbeck bei Ueckermünde, nicht mit dem Ahlbeck auf Usedom zu verwechseln. – Keine Menschenseele. Nach zehn Minuten kamen ihm ein VW Golf mit einer jungen Frau am Lenkrad und fünf Minuten später Richtung Rieth ein Kombi mit zwei Männern entgegen. Sonst nichts. Es war frisch und einsam und still zwischen Wald und Feldern.

Schorsch war schon über siebzig und wollte in die Pilze. Im Wald bei Rieth nahe der polnischen Grenze hatte er – wie alle echten Pilzsammler – seine Geheimstellen: Pfifferlinge im Moos zwischen dicht stehenden Birken – kaum von den kleinen vergilbten Birkenblättern auf dem Boden zu unterscheiden. Es hatte in den letzten beiden Nächten geregnet, und jetzt – Ende August – war die Zeit reif.

Der Hochnebel hatte sich inzwischen verzogen, und die Fahrradfahrt trieb ihm trotz der Morgenkühle den Schweiß in die Stirn. Er schob seine alte Schippermütze in den Nacken und bog in das kleine Dörfchen Rieth ein, hielt sich auch gleich wieder rechts auf der Schotterstrasse am Wald entlang und wollte gerade absteigen, als er etwa dreißig Meter vor sich ein Hindernis auf der Strasse erblickte. Etwas wie ein großer Stein oder ein Felsbrocken. Aber hier gab es keine Felsen. Oder ein Paket, das von einem Laster gefallen war. Schorsch schob sein Rad und ging näher hin. Dann sprang er wieder hastig aufs Rad, radelte vom Hindernis weg und zurück und steuerte das erste Haus am Dorfplatz an, stellte sein Rad ab und stürmte durch den Vorgarten. Er kannte die Leute: Rangnitz, und warf sie aus dem Bett – wenigstens den Alten:

„Da liegt Einer. Der ist vielleicht tot oder verletzt. Da vorne am Wald."

Der alte Rangnitz war nicht besonders erbaut von dem Weckruf, dann aber sofort hell wach: „Ich komme", und verschwand wieder im Haus. Zwei Minuten später war er wieder draußen, einigermaßen präsentabel. Hundert Meter weiter standen die beiden Männer dann vor dem, was sie eindeutig als Leiche identifizierten. Vor ihnen lag der Körper einen Mannes, der schon in die Jahre gekommen war. Der Oberkörper lag auf der Strasse, die Beine schräg nach oben auf dem Böschungswall, über den man in den Wald kam – Richtung Pfifferlinge. Der

Tote trug Jeans und eine schwarze, abgewetzte Lederjacke und war fast kahl. Sein Gesicht konnten sie nur halb sehen. Es war nach unten auf den Schotter gedreht. Darunter hatte sich eine kleine dunkle Pfütze gebildet; die Flüssigkeit war schon teilweise in den Grund versickert. Die beiden Männer fassten nichts an, waren sich aber sicher, einen Toten vor sich zu haben.

„Bleib du hier. Ich ruf die Polizei", Rangnitz ließ Schorsch Reinke mit seinem Fahrrad stehen und ging zu seinem Haus zurück. Als er wiederkam, standen schon zwei weitere Dorfbewohner herum. Die Polizei aus Ueckermünde war unterwegs.

***

Die Beamten mussten sich den Weg zur Leiche schon fast durch einen Pulk von Neugierigen bahnen. Kommissar Falko Naumann, Anfang dreißig, hochgewachsen, hellblond und durchtrainiert, und ein Kollege beugten sich über den Körper, ohne ihn zu berühren:

„Kopfschuss", stellte Naumann fest.

„Und hier", bemerkte sein Begleiter und zeigte auf ein Loch in der Lederjacke in Höhe der linken Schulter. Dann drängten Sie die Leute zurück, und während sein Begleiter die Fundstelle mit rot-weißem Band absicherte, nahm Naumann Kontakt zum Kommissariat in Ueckermünde auf. Hauptkommissar Wolter würde rauskommen und die

Leute von der Spurensicherung auf den Weg bringen
….

***

Sie befragten Schorsch Reinke und den alten Rangnitz, die sich weiterhin in Bereitschaft halten sollten. Der Tote musste aus dem Wald gekommen sein, bevor er beim Abstieg über die Böschung erschossen wurde. Soviel stand jetzt schon ohne Detailanalyse fest. Dumm war nur, dass um die Fundstelle herum durch die Neugierigen schon alles platt getreten war. Naja, vielleicht zauberte die Spurensicherung ja doch noch etwas Brauchbares hervor. Naumann und ein weiterer Beamter stiegen die Böschung in gebührendem Abstand vom Fundort der Leiche hinauf und bewegten sich vorsichtig in den Wald hinein. Die Sonne stand hoch genug, um ihnen Licht zu geben. Sie wateten durch tiefen Farn, und als Naumann das Dickicht vor sich in Augenschein genommen hatte, nahm er in etwa zweihundert Metern Entfernung mitten im Wald die Umrisse einer halbverfallenen Hütte wahr. Sie gingen darauf zu. Und fanden den Rest.

Als Naumann und sein Begleiter zum Fundort der ersten Leiche zurückkamen, sahen sie Hauptkommissar Heinz Wolter an einem der Einsatzwagen stehen und mit der Zentrale telefonieren. Wolter, Mitte 50, machte einen behäbigen Eindruck. Der Bauchansatz war unverkennbar. Sein immer leicht gerötetes Gesicht

13

deutete entweder auf hohen Blutdruck oder leichte Erregbarkeit hin. Sein graues, aber noch volles Haar war nach hinten gekämmt, und sein Gesicht eingerahmt von einem leichten Backenbartansatz. Er war noch zu DDR-Zeiten ausgebildet worden und war auf seiner Dienstelle als solides Arbeitspferd bekannt.

„Da liegen noch zwei, Heinz", sagte Naumann: „Wir müssen den Wald komplett abriegeln." Es wurde ein langer Tag.

Kommissariat Ueckermünde

Fährt man von Ueckermünde-Zentrum in Richtung Liepgarten, passiert man kurz vor dem Ortsausfahrtsschild linker Hand den liebevoll eingerichteten Ueckermünder Zoo, auf den ein großes Werbeplakat mit einem in allen Farben schillernden Mandril hinweist. Vorher, weiter Stadt einwärts macht die Liepgartener Strasse einen Bogen. An der Kreuzung, an der ein Abzweig links weiter auf die Umgehung Richtung Altwarp führt, findet man das kasernenartige Gebäude des Kriminalkommissariats Ueckermünde. An diesem Nachmittag hatten sich dort in Wolters Büro der Hauptkommissar, Falko Naumann sowie Nicole Reuter und Stefan Kirn zur Bestandsaufnahme eingefunden. Kirn war schon in Rieth dabei gewesen. Auch er ging schon etwas in die Breite. Alter etwa Ende Zwanzig, ebenso blond wie Naumann, aber schon mit leichter Stirnglatze. Nicole Reuter war nicht viel älter mit ihrer knallroten Kurzhaar-Punkfrisur. Im Gegensatz zu ihren männlichen Kollegen machte sie eher einen untergewichtigen Eindruck. – Auf Wolters Schreibtisch lagen zwei Pässe in durchsichtigen Plastikhüllen. Naumann zählte auf:

15

„Drei männliche Leichen. Zwei Ende fünfzig, einer um die dreißig. Die beiden älteren Knaben trugen Ausweispapiere bei sich. Hier." Er deutete auf die beiden Pässe.

„Ein russischer, ein deutscher."

Wolter warf ein: „Überprüft? Identität? Was ist mit der Befragung der Leute aus Rieth?"

„Alles der Reihe nach. Also, die Identität des Deutschen haben wir – wenn es denn sein Pass ist. Ein Rheinländer aus Bad Godesberg."

„Wo ist das denn?" kam die Frage von Stefan Kirn.

„Irgendwo bei Bonn, wo früher die Westbonzen gewohnt haben. – Also weiter. Für den Russen haben wir über Schwerin in Berlin bei der Botschaft angefragt. Dringlichkeitsstufe."

Wieder Wolter: „Ich erwarte nicht viel. Kooperation null."

Naumann fuhr etwas genervt fort: „Wie dem auch sei. Das ist das Prozedere. Jetzt zu Deiner Frage nach den Interviews. Nicole?"

„Also wir haben die Leute in unmittelbarer Nachbarschaft abgeklappert – von Haustür zu Haustür. Die Meisten haben nichts gehört. Der Eine oder Andere wohl die Schüsse, aber die dachten, das wären Jäger oder Wilderer. Da gibt es jede Menge Wildschweine. Und wenn es nachts knallt, reagieren die Meisten nicht."

„Wir kommen nicht darum herum, jeden Bewohner dieses kleinen Dorfes zu befragen.

Nachdem wir die Identitäten haben. Was ist mit dem Dritten?"

Kirn legte los: „Der Deutsche lag ja in der Hütte, aber der andere mitten im Wald zwischen verstreuten Kleidungsstücken. Die Klamotten waren wohl über dreißig Quadratmeter verteilt. Sind sicher gestellt. Die sahen nicht sehr elegant aus. Rundherum war alles flach getreten: Farn, Sträucher, Gras – als wäre eine Herde Elefanten daher gerast. Das müssen mindesten zehn Menschen gewesen sein."

„Ein Fest für unsere Spurensicherung", scherzte Wolter und schüttelte seinen Bauch vor Lachen. „Die brauchen massive Verstärkung, und weil sie die nicht kriegen, jede Menge Überstunden. Was ist mit Spuren auf dem Fahrweg, wo der Russe lag?"

„Also die gesamte Hütte wurde natürlich aufgenommen. – Nachts hatte es geregnet, sodass wir Reifenspuren auf der Sandstrasse vor der Böschung festmachen konnten. Es reichte sogar noch, obwohl das halbe Dorf alles rundherum platt getrampelt hatte."

„Passen die zu den beiden Fahrzeugen, die wir am Ende des Dorfplatzes sichergestellt haben?" bohrte Wolter.

„Wird noch untersucht, aber wahrscheinlich nicht. Die Spurbreiten an der Sandstrasse deuten einmal auf einen Geländewagen und dann auf einen Transporter hin. Bei den beiden anderen Fahrzeugen handelt es sich um zwei Personenwagen, zwei

Leihwagen: ein Audi 80 und ein BMW 320i. Der Audi wurde bei Sixt in Heringsdorf angemietet. Die Identität des Mieters stimmt mit der des Rheinländers überein. Soviel haben wir schon herausgefunden ...."

„.... schon? Alle Achtung", kam Wolters Ironie.

„.... Der Russe hatte seinen BMW in Berlin bei AVIS abgeholt. Beide Fahrzeuge sind in der Spurensicherung. Die Verleiher sind informiert."

„Die müssen vor Ort befragt werden."

„Schon auf dem Weg", Naumann meldete sich wieder zu Wort. „Wir haben die lokalen Dienstellen dort angefragt."

„Ich fasse zusammen", kam es von Wolter: „Die drei Leichen liegen in der Forensischen hier. Sobald wir die Projektile haben, schicken wir die nach Schwerin ins Landesamt. Von zwei der Toten haben wir Identitätsanhalte. Was ist mit dem dritten?"

„Fingerabdrücke sind genommen und werden gerade über das Zentralregister geprüft."

Bevor Wolter zum Ende kommen konnte, klopfte es, Naumann stand auf und nahm einen Umschlag entgegen: „Gerade passend. Hier sind die Ergebnisse der Fingerabdrücke. Mal sehen, was auf dem Ausdruck steht." Wolter nahm das Blatt entgegen: „Frank Radke .... vierunddreißig Jahre alt .... mehrfach vorbestraft .... Der Mann wird in Zusammenhang mit Schleuserdelikten gesucht. Da haben wir es. Das ist die Richtung, aber ich habe mir

18

das schon gedacht mit all den Kleidungsstücken im Wald. Die kommen rüber und wechseln die Kluft und lassen die alten Sachen da liegen, oder die sind eilig aufgebrochen. Falko, Du musst mit dem Forstamt sprechen wegen der Wilderei nachts. Wenn Schleuserkriminalität dahinter steckt – und es sieht so aus – dann müssen wir die Bundespolizei einschalten.

Ich kenne den Leiter der Staffel von Altwarp, Jens Siepker, ein Westfale, habe früher öfters mit ihm in Müllers Bierbar, als es die noch gab, einen gehoben – genau gegenüber von der Kaserne. Ich ruf ihn an."

***

Östlich von Ueckermünde wird es einsam. Vor der Wende war praktisch die gesamte Gegend bis zum nordöstlichsten deutschen Fischerdorf Altwarp in fünfzehn Kilometer Entfernung militärisches Sperrgebiet gewesen: Flugabwehrstellungen – gerichtet gen Osten, gegen die durch den Warschauer Pakt Verbündeten Polen – achthundert Meter über Wasser vom Fischereihafen entfernt; immer schon Militärstützpunkt gewesen, immer schon ein reizvolles Schmugglerparadies. Wenn im Winter der Warper See – ein Ausläufer des Stettiner Haffs – zugefroren war, ging es übers Eis, im Sommer in kleinen Booten, die von Schilf überwucherte Buchten anfuhren, über Wasser, ansonsten zu fuß durch den Wald. Die Tiere dort kannten niemals eine Grenze – ob Adler in hohen Lüften, Wildschweine oder Hirsche, und im Winter kann man manchmal die breiten Pfotenabdrücke von wandernden Wölfen entdecken.

Die meisten alten Kasernengebäude sind mittlerweile abgerissen oder verfallen. Bestand hat immer noch die Holzhäusersiedlung für ehemalige russische Offiziere, die direkt nach dem zweiten Weltkrieg zwei Kilometer landeinwärts von Altwarp errichtet wurde. Nach dem Abzug der Russen wurden die einfachen Häuser preisgünstig an ehemalige deutsche Bedienstete verkauft, die sie anschließend zu wahren Schmuckstücken umbauten. Die Menschen hier haben unter allen Regimes und Staatsformen ihre Enklave als ziemlich autonom betrachtet – auch ihr Verhältnis zu den Wildschweinen und dem Holz aus dem Wald. Daran hat sich seither nur wenig geändert. Gleich gegenüber dieser Siedlung auf der anderen Seite der Landstrasse liegt die Kaserne der Bundespolizei mit Spezialfahrzeugen, Schnellbooten, Hubschraubern und einer eigenen Hundestaffel. Der Hubschrauberlandeplatz befindet sich mitten im vorpommerschen Wald. Die ehemalige DDR-Einheit, die ursprünglich dort gelegen hatte, wurde als eine der letzten über die Wende informiert – Tage später als der Rest der Bevölkerung und praktisch zeitgleich mit dem Eintreffen des westdeutschen Bundeswehrgenerals, der die DDR-Fahne einholte und seine eigene hisste.

Die Männer und Frauen von der Bundespolizei sind im ständigen Einsatz und patrouillieren zu Land, zu Wasser und aus der Luft: es geht nach wie vor um Schmuggel: Zigaretten, Alkohol, Waffen und vor allem Menschen, die von weit her aus den Ländern des Ostens hinter Polen über die ansonsten ungesicherte Grenze gebracht werden. Mitten im Wald steht irgendwo ein Pfahl in den Farben des Nachbarstaates und schon ist man auf der anderen Seite.

Früher wurde in der Holzhäusersiedlung die Kneipe „Müllers Bierbar" betrieben, in der der Hauptkommissar Heinz Wolter mit dem Staffelführer Jens Siepker, den es von Osnabrück nach hier oben verschlagen hatte, öfter einen gehoben hatte, wie er sich ausdrückte. Siepker war ein typischer Ostwestfale: hochgewachsen, kräftig, dunkles, leicht angegrautes Haar und eine tiefe Stimme. Ein Bauernkopf wie ein Ochse. – Heute Abend trafen sie sich zwei Kilometer weiter in „Gregors Bierstube", der ältesten von drei Kneipen in dem Fischerdorf Altwarp mit seinen schmucken alten Kapitänshäusern im Bäderstil der Vorjahrhundertwende. Sie saßen auf der Terrasse. Es war noch warm genug an diesem Abend Ende August. Wolter hat sich Brataal bestellt und Siepker eine Haffzander, alles von lokalen Fischern spät morgens frisch an Land gebracht. Vor jedem stand ein frischer halber Liter Lübzer Pils.

Wolter hat Siepker von den Ereignissen des Morgens erzählt, besonders von seinem Verdacht Richtung Menschenschmuggel.

Siepker: „Die Sache sieht ganz danach aus. Außerdem kennen wir die Hütte in der Nähe da. Die hätte man längst abreißen sollen, das hässliche Ding, aber manchmal stellen sich dort Wanderer oder Pilzsucher unter, wenn das Wetter umschlägt. Die herumliegende Kleidung deutet auf eine größere Truppe Illegaler hin. Habt ihr die Sachen mal untersucht, woher die stammen könnten?"

„Alles noch in Arbeit. Sind Beweismittel. Unsere Spezialisten sind dran. Alles, was ich sagen kann, ist, dass sie nichts taugen, abgetragen waren, verschlissen, teilweise durchlöchert."

„Ist bei diesen armen Schweinen immer so. Also ihr habt drei Leichen?"

„Ja, der Eine stammt as Anklam. War schon mehrfach in diesen Dingen involviert. Eigentlich ist die Sache ganz klar. Ich vermute eine interne Abrechnung unter Schleusern."

„Und die anderen Beiden?"

„Ein Rheinländer, wenn seine Papiere stimmen; der andere definitiv ein Russe. Personaldatenüberprüfung ist angefordert. Zwei hatten Waffen bei sich, der Russe und der Mann aus Anklam. Die Leichen werden obduziert und die Ballistik ist auch schon am Werke: wer hat wen umgelegt und so weiter."

Siepker machte ein nachdenkliches Gesicht, während beide sich jetzt erst einmal mit ihrem Essen beschäftigten. Der Wirt kam heraus und fragte, ob alles in Ordnung sei. Dann nahm Siepker den Faden wieder auf:

„Was mich wundert, ist, dass ein Russe dabei sein soll. Das ist hier ungewöhnlich. Solche Fälle hatten wir noch nicht. Polen, gelegentlich Tschechen oder Rumänen. Aber Russen passen nicht ins Muster."

„Kann ja mal was Neues sein."

„Kann sein. Wo wurden denn die Leichen gefunden?"

„Der Russe vor dem Wald, an einer Böschung weiter ab, schon halb auf der Strasse, der Schleuser mitten zwischen den Kleidungsstücken und der Rheinländer in der Hütte auf einer dreckigen Matratze."

„In der Hütte?"

„Ja, und dann haben wir vier Fahrzeuge, von denen zwei zurückgelassen wurden."

„Vier? Wozu das? Die brauchen normalerweise doch nur einen Transporter für ihre Ware und dann noch einen zweiten Personenwagen."

„Die zurückgelassenen sind Mietwagen aus Heringsdorf und Berlin. Elegante Fahrzeuge."

„Passt überhaupt nicht ins Bild. Obwohl, aber das ist Kaffeesatzlesen: wenn da größere Strukturen hinter stecken, kann das schon um so eine Art Abrechnung oder Kampf um Einflusssphären sein, aber dafür Mietwagen organisieren? Die Spur ist doch vorgezeichnet."

„Oder auch nicht – wenn beide durchkommen. Offensichtlich haben in diesem Fall aber beide Seiten verloren."

„Nicht unbedingt. Die Komplizen des Mannes aus Anklam sind offensichtlich heil aus der Sache herausgekommen. Die sind ja immer zu mehreren unterwegs. Ich gehe davon aus, dass die Mietwagenleute nicht dazu gehörten."

„Möglicherweise. Dann war da wohl noch ein Wagen außer dem Transit. Die Spuren deuten auf einen Geländewagen hin."

„Kann das Begleitfahrzeug der Truppe gewesen sein. Ich schlage vor, ich recherchiere etwas. Vielleicht haben wir Warmbildaufnahmen der Gegend von letzter Nacht. Ich prüfe auch noch einmal, ob uns der Mann aus Anklam bekannt ist." Wolter schob ein Blatt mit den wichtigsten Daten über den Tisch.

„Ansonsten will ich mich da nicht unbedingt reinhängen", fuhr Siepker fort: „Das ist Mord in Eurem Revier. Wenn ich Hinweise finde, melde ich mich, und wenn Du Näheres aus der Spurenanalyse erfährst, kannst Du mich ja anrufen. Dann kommen wir wieder hierher."

Der Wirt kam zum Tisch: „Noch n´ Lütten?"

„Nur für den hier", sagte Wolter und zeigte auf Siepker. „Ich muss fahren."

Spieker nahm den doppelten Wodka mit den Worten: „Nicht lange schnacken – Kopp in´ Nacken." Bezahlt hatten Sie. Wolter setzte Siepker anschließend vor der Kaserne ab und rollte gemächlich die fünfzehn Kilometer nach Ueckermünde zurück. Sie hatten allerhand Material aus dem Wald, zwei Fährten über die Mietwagen und das Schleuser-Szenario. Aber – wenn das nicht schlüssig war? Nach dem Gespräch mit Siepker war Wolter eher skeptisch. Auf jeden Fall gab es jede Menge zu ermitteln.

Entlang der Bernsteinstraße

Mitte Oktober. Bahnhof Mehlem um 05:30 Uhr.

Es war noch dunkel und zudem neblig: diffuse Halos schlangen sich um die trübgelben Bahnhofslaternen herum. Beim zweiten Unterstand, vom alten, jetzt geschlossenem Bahnhofsgebäude etwa zehn Meter entfernt, hatte ein Mann zwei Gepäckstücke auf den Bahnsteig abgestellt: ein Attachécase aus Aluminium und eine dunkelblaue Reisetasche. Der Mann bewegte sich kaum. Sein Blick war starr geradeaus gerichtet über die Gleise hinweg auf einen Fixpunkt etwa fünfhundert Meter Luftlinie entfernt, zwischen Supermärkten und Wohnhäusern hindurch auf die König-Fahd-Akademie, die jetzt im Dunkeln nicht zu sehen war.

Mehlem ist der südlichste Stadtteil von Bad Godesberg und liegt genau gegenüber von Königswinter mit dem berühmten Drachenfels auf der anderen Rheinseite. Hier unten beginnt die schön-kitschige Uferlandschaft des Mittelrheins mit all ihren Burgen und Schlössern bis weit hinunter nach Bingen. –

Langsam tauchten auch andere Gestalten aus dem Rheinnebel auf dem Bahnsteig auf, aber um diese frühe Zeit würden es nicht viele werden. Der Mann im hellgrauen Übergangsmantel war noch nicht ganz wach. Gestern Abend war es spät geworden. Außerdem war das nicht seine Zeit. So früh. Alle vier bis sechs Wochen ließ er diese Frühaufstehertortur freiwillig über sich ergehen. Dabei säße er jetzt viel lieber am Schreibtisch zuhause vor seinem Rechner. Es war doch schon fast Herbst.

Schon um fünf Uhr hatte er seine Wohnung über der Doc Morris Apotheke im Mehlemer Ortskern verlassen, weil er gerne zu Fuß zum Bahnhof ging. Für die paar Kilometer ließ er sein Auto in der Garage. Dann brauchte er sich außerdem auch nicht um einen der umkämpften Parkplätze am Bahnhof zu sorgen. Seine Sachen hatten griffbereit im Hausflur gestanden – vorbereitet schon am Abend vorher. Er hatte sich nur noch seinen Fahrkartenausdruck gegriffen. Der hatte wie immer eingeklemmt an derselben Stelle in seinem Büro zwischen Hund und Bär auf dem oberen Bücherregal hinter seinem kleinen Schreibtisch gesteckt. Alte Geschenke aus längst vergangener Zeit und einem fernen Land: der Schäferhund aus Granit geschliffen und der Bär aus Onyx. Dann hatte er sich von Barbara verabschiedet. Solidarisch war sie auch so zeitig mit aufgestanden. Tochter Gina schlummerte noch selig vor sich hin: „Bis Morgen!" – „Pass auf Dich auf!" – „Tschüss." –

Pünktlich um 05:43 Uhr lief die Regionalbahn auf Gleis 2 ein. Richard Strom nahm seine Gepäckstücke auf, stieg ein und blieb drinnen im Eingangsbereich des Zuges nahe der Türen stehen. Er fuhr ja nicht weit mit diesem Zug. Es gab einen Zwischenhalt in Bad Godesberg und acht Minuten später war er im Bonner Hauptbahnhof. Hier hatte er eine halbe Stunde Aufenthalt für seinen Anschluss nach Berlin. Zeitungsladen und Bäcker waren schon geöffnet. Er kaufte sich eine Herald Tribune und dann ein Vinschgauer Brötchen mit Salami und eine kleine Flasche Orangensaft. Um diese Zeit hatte er zuhause noch nicht gefrühstückt. Im Zeitungsladen studierte er flüchtig die übrigen Schlagzeilen – nichts als das Übliche: sich profilierende Politiker vor Mikrofonen, die redeten, als wären sie außergewöhnliche Wesen, und der Rest der Menschheit warte nur darauf, zu hören, welche Vorschläge als Nächstes kommen würden. Ob die kommen oder nicht – wen interessiert das? –

06:22 Uhr ging es weiter.

Im Großraumwagen suchte er sich einen Fensterplatz mit freiem Sitz zum Gang daneben. Nachdem er sein Gepäck oben auf der Ablage verstaut, den Mantel ausgezogen und aufgehängt und sein Frühstück ins Netz an der Rückenlehne des Vordersitzes gesteckt hatte, stellte er seine eigene Rückenlehne zurück und schloss die Augen. Erst einmal provisorisch. Wenn nur der Kontrolleur bald käme, danach wäre dann Zeit für ein längeres Nickerchen – mindesten für eineinhalb Stunden. Kurz nach Sechtem tauchte der Schaffner auf: Fahrkarte, Bahncard; dann war Ruhe. Richard Strom schlief einen leichten Zugschlaf bis Dortmund. –

Als er auf die Armbanduhr schaute, war es 08:00 Uhr vorbei. Nun erst einmal frühstücken. Dann die Tribune lesen. Er dachte an zuhause und daran, wie zufrieden er jetzt war.

Mit Anfang sechzig befand er sich quasi im Ruhestand und finanziell ausreichend abgesichert. Das konnte ihm keiner mehr wegnehmen. Alt, aber noch nicht zu alt, um nicht noch kleinere Geschäfte zu machen. Seine Frau betrieb das Unternehmen, das ihm geblieben war – oder besser: die Webpage dazu. Er hatte nach einem unruhigen Leben spät geheiratet und war seit sechs Jahren Vater einer bewundernswerten Tochter, die sein Lebensmittelpunkt geworden war. Ohne die sein Leben nicht mehr vorstellbar wäre. Die ruhigen Jahre waren da, das Alte endlich über Bord. Mit jenem Alten würde er seine Familie nicht mehr belasten wollen. Er hatte Barbara erst kennen gelernt – sie war zwanzig Jahre jünger als er – als das Meiste schon hinter ihm lag. Sie war von diesen Dingen nicht mehr betroffen, und es gab auch keinen Anlass, sie unnötig damit zu belasten. Das Bernsteingeschäft machte ihr Freude und gab ihr das Gefühl von Eigenständigkeit, und er half ihr dabei.

Dass zusätzlich noch etwas dabei übrig blieb, war ein positiver Nebeneffekt.

Noch drei Stunden bis Berlin. Er las die Tribune gerne wegen ihrer Objektivität. Irgendwie schafften die Amerikaner es, bei der Berichterstattung zwischen objektiven Nachrichten und Kommentar klar zu differenzieren. Und selbst bei den Kommentaren lassen sie immer die Meinungen der beiden Lager nebeneinander stehen. Kein Gezänk und keine Stimmungsmache. Er las das Blatt jetzt nur noch bei seinen gelegentlichen Zugfahrten, früher hatte er es abonniert gehabt.

Von draußen grüßte ein trüber Himmel. Noch regnete es nicht, aber weit und breit war kein Sonnenstrahl in Sicht. Windig war es. Sie hatten jetzt Hannover verlassen, und bald würden ihn dunkle Kiefernwälder, die gelegentlichen Seen und jede Menge Brachland auf der Fahrt begleiten. Der Blick konnte sich weiten, die Besiedlung wurde dünner: der Osten. Er liebte diese Gegenden, diese Weite.

***

Berlin Hbf. 11:08 Uhr.

Wieder hatte er eine halbe Stunde Aufenthalt. Die Zeit kam ihm gelegen, da er zum Umsteigen ja noch hinunter ins Tiefgeschoß musste. Und er nutzte das Intervall und rief zuhause an. Gina war wahrscheinlich um diese Zeit noch in der Schule. Barbara saß mit Sicherheit vor ihrem Rechner.

„Ich bin´s, Richard. Bin in Berlin. Geht gleich weiter bis Züssow. Bei Euch alle klar?"

„Ich auch, und heute Abend wird es wieder spät. Du kannst ja früh ins Bett gehen. Ich melde mich aus Heringsdorf. Tschüss!"

Der IC nach Züssow ging um 11:37 Uhr. Bis Züssow waren es mehr als zwei Stunden Fahrtzeit. Er setzte sich in den Speisewagen und bestellte sich Nürnberger Bratwürstchen, den Standard, und dazu eine Apfelschorle. Alkohol würde es später noch genug geben. Draußen wechselten sich jetzt kleine Wäldchen mit Seen und Heide ab: Fontaneland. Eine Pracht – die Bäume standen um diese Jahreszeit schon im goldenen, roten und gelben Kleid. Er genoss den Anblick, die Ruhe und sein Leben.

Die Idee mit den Bernsteinen war ihnen vor einigen Jahren während eines Urlaubsaufenthaltes in Swinemünde gekommen – auf dem riesigen Polenmarkt dort. Entlang der kilometerlangen Basarmeile kommen auf hundert Meter drei Bernsteinstände. Die Endverkaufspreise liegen bei dreißig Prozent von dem, was gleiche oder ähnliche Schmuckstücke im Rheinland kosten. Zuerst hatten sie ganz normal über die Theke gekauft. Damit hatte Barbara ihr Internetgeschäft langsam aufgebaut. Bis sich ein kleiner Kundenstamm gebildet hatte. Den Webauftritt hatte er selbst entworfen. Später merkten die Polen natürlich, dass er regelmäßig wieder kam und mehr kaufte als für den Eigenbedarf. Und so entstand im Laufe der Zeit der Deal: er kaufte immer für eine vorher vereinbarte Summe zu einem Preis, der zwar unter dem Ladenpreis, aber sicherlich noch über deren Einkaufspreis lag. Er kam regelmäßig alle vier bis sechs Wochen vorbei. Käufer und Verkäufer trafen sich in Ahlbeck auf Usedom, kurz vor der polnischen Grenze. Das war jetzt sein Leben. Und er war froh darüber.

Aber er kam nicht nur deshalb hier oben hoch, in diese Gegend. Im Laufe der Jahre hatten sie hier Freunde gewonnen und oft Urlaub gemacht, dann auch mit Gina. Einiges war mittlerweile ziemlich touristisch geworden, insbesondere auf Usedom, aber es gab immer noch versteckte Flecken, die den alten DDR-Charm bewahrt hatten – zusammen mit dem Charakter der vorpommerschen Menschen. Und bei zweien von denen musste er heute Abend auch noch vorbei.

Es ging über Angermünde, Prenzlau, Pasewalk und Anklam, der Lilienthalstadt, bis der Zug schließlich um 13:50 Uhr in Züssow ankam. Von hier aus fuhr Strom weiter mit der Usedomer Bäderbahn für noch einmal anderthalb Stunden bis nach Heringsdorf. Sein Herz weitete sich jedes Mal, wenn er das Usedomer Achterwasser passierte. Er hätte mehr Zeit mitbringen sollen, dachte er. So war alles nur wieder ein Streifzug. –

In Heringsdorf kam er um 15:24 Uhr an. Am Bahnhof standen zwei Taxen herum. Die Saison war schon längst zu Ende.

„Einmal Bansin zu Sixt. Danke."

Die Strecke hätte er eigentlich auch gehen können, die paar hundert Meter, aber er fühlte sich noch rechtschaffen müde vom frühen Aufstehen. –

„Hallo, Herr Strom! Schön, dass Sie wieder da sind. Wie geht es Ihnen?"

„Bin zufrieden. Und Ihnen, Frau Mader?" Frau Mader trug das klassische Sixt Business-Kostüm mit der weißen Bluse darunter.

„Uns geht es immer gut. Jetzt ist nicht mehr viel los. Viel Ruhe. Aber, Gott sei dank, kommen Sie ja immer noch. Dann können wir wenigstens nicht pleite gehen. – Ich habe Ihnen den üblichen Wagen reserviert. Nur hier unterschreiben. Alles andere haben wir ja. Der Wagen steht direkt vor der Tür. Schlüssel steckt."

„Ich gebe das Auto dieses Mal in Berlin zurück. Nur, dass Sie Bescheid wissen."

„Kein Problem. Dann also: gute Fahrt und – bis zum nächsten Mal."

Strom lieh sich immer einen Audi 80. Schwarz. Er fand den Wagen draußen auf dem Vorplatz, wendete kurz, und ab ging die Fahrt wieder zurück nach Heringsdorf und von dort nach Ahlbeck hinein. Er fand einen Parkplatz, von dem aus er direkt in die kleine Strasse mit ihren Cafés und Restaurants Richtung Seebrücke gelangte.

Schon von weitem sah er ihn am Aufgang der Brücke warten:

„Krzysztof!"

„Ah, Herr Strom. Guten Tag! Endlich sind Sie da. Hat es Probleme gegeben?"

„Wieso? Alles lief nach Plan. Wie geht es?"

„Wir dachten nur, Sie kämen früher. Uns geht es wie immer. Sie wissen schon. Irgendwie hat Mutter das noch nicht verkraftet. Das mit Vater."

„Ja, das dauert. Mit der Zeit wird das schon. Wie laufen die Geschäfte?"

„Jetzt weniger, wie immer um diese Zeit. Aber das Zeug wird immer billiger, seit sie den Hafen von Danzig ausbaggern. Tonnen von Bernstein."

„Gibt es neue Moden? Habt ihr auch Muster dabei? Wo ist Deine Mutter?"

„Drüben", er deutete mit dem Kopf Richtung Seebrücke. Sie schlenderten rüber und betraten das Restaurant.

Krzysztof kam auf die Mode zurück: „Die Anhänger sind jetzt länglicher als sonst. Und es wird mehr Silber verarbeitet. Gold ist zu teuer geworden."

Hinten im Lokal saß Paula, Krzysztofs Mutter: Mitte 50, gut erhalten in schwarzen langen Hosen und engem schwarzen Rolli, der ihre etwas füllige Figur vorteilhaft betonte. Sie trug eine ärmellose hellgrüne Weste darüber und eine silberne Kette, mit deren Hilfe der unvermeidliche Bernsteinklunker an der richtigen Stelle plaziert wurde. Dazu kurze, dunkle Haare und manikürte Fingernägel in hellrosa.

Strom ging auf sie zu, und nach den üblichen Begrüßungsküsschen drückten sie sich erst einmal kräftig.

„Paula, Du siehst gut aus – von Mal zu Mal besser!"

„Gut aussehen und sich gut fühlen sind zwei Dinge. Jerzy fehlt mir immer noch."

„Tut mir echt leid. Ich glaube, man braucht so ein gutes Jahr, bis alles wieder normal ist."

Vor seinem inneren Auge tauchte noch das alte Bild von Paulas Mann auf – oben auf der Terrasse hinter ihrem Haus in Swinemünde: die Bank und der Tisch mit dem gelben Wachstuch darauf. Auf der Bank davor hatte Jerzy immer gesessen. In seinem grauen Jogginganzug, jedes Mal die unvermeidliche Selbstgedrehte zwischen den Lippen, die Haare ungekämmt, eine Flasche Tyskie-Bier vor sich stehen und das kleine Pinchen für den Klaren. Die Wodkaflasche stand links neben der Bank auf dem Betonboden – unauffällig an ein Tischbein gelehnt. Vor ihm dann die letzte Ausgabe von Fakt aufgeschlagen. Jerzy war immer gut drauf gewesen. Nie ein böses Wort, aber auch nie das geringste Interesse für das Geschäft. Solange Frau und Sohn sich darum kümmerten …. Vor einem halben Jahr war er an Bauchspeicheldrüsenkrebs gestorben. –

„Wie geht´s Euch?" fragte Paula. „Was machen Barbara, und die Kleine – ist sie jetzt in der Schule?"

„Ja, ja. Der Ernst hat begonnen."

„Das ist für Euch doch sicher auch eine Umstellung. Aber Barbara hat bestimmt mehr Ruhe und Zeit für Dich und das Geschäft."

„Das muss sich alles noch einpendeln."

„Fährst Du nachher wieder?"

„Ja, ich bin heute bei Gerd und Mina. Ich kann nicht lange bleiben."

„Schade. Aber wie immer. Weißt Du, Du kannst auch bei uns in Swinemünde schlafen. Dann hast Du weniger Stress, und wir könnten uns heute Abend noch ein wenig unterhalten."

„Ein anderes Mal – vielleicht im Sommer."

„Vielleicht …. Vielleicht …. Du weißt, bei uns wartet immer ein gemachtes Bett auf Dich."

Ja. Sicher. Fragt sich nur, welches? Vor etlichen Jahren hätte er keine Sekunde gezögert, aber das ist jetzt lange her. Die Zeiten waren vorbei. Er wusste, wo er hingehörte, und er wusste, was ihn zuhause erwartete. Das sollte so bleiben. Hoffentlich für immer. Er hatte nichts gegen Paula – im Gegenteil: die wäre schon in Ordnung gewesen. In einem anderen Szenario.

„Sollen wir erst etwas essen oder später?"

„Lass uns erst das Geschäft machen – gleich hier am Tisch."

Die Nachbartische waren nicht besetzt, und auch sonst war in dem Restaurant nicht viel los.

Paula hatte einen Lederkoffer dabei, den sie unter dem Tisch hervor holte. Strom hatte seinen Alu-Koffer bereits auf seinem Schoß geöffnet. Paula zeigte ihm vier große dünne Steckkissen voller Ohrstecker, Ringe und Anhänger und noch ein Kästchen mit Ketten dazu – alles beste Bernsteinqualität. Strom schaute nur flüchtig darüber: wie immer. Auf sie war Verlass. Er vertraute ihr. Würde sich die Sachen zuhause mit Barbara näher ansehen. Dann reichte er ihr viertausend Euro in einem braunen Briefumschlag über den Tisch.

„Zähl nach."

„Brauch ich nicht. Ich vertraue Dir, Ritchie."

Strom verstaute die Steckkissen in seinem Alukoffer. Eine Kellnerin tauchte auf mit drei Speisekarten. Sie blieben eine gute Stunde zusammen und tauschten Erinnerungen und Neuigkeiten aus. Die Koffer standen unter dem Tisch, und zum Schluss besiegelten sie das Geschäft mit drei Runden Wodka.

„Mehr als drei darf ich nicht. Das heißt: eigentlich nicht mal mehr als einen, aber wo ich schon mal hier bin. Ich muss noch gut hundert Kilometer weiter. Prost!"

Es war schon dunkel, als er die Seebrücke verließ. Strom hatte sich verabschiedet – die beiden wollten noch etwas bleiben, bevor sie den Fußweg nach Swinemünde antraten – und ging mit seinem Koffer in Richtung Auto. Nachdem er seine Waren im Kofferraum hatte und eingestiegen war, fuhr er ein Stück die Hauptstrasse entlang Richtung Polen. Wenig Verkehr jetzt. Mit drei Wodka im Blut und einem Koffer voll Bernsteinen bog er kurz vor der Ortsausfahrt nach rechts ab in Richtung Anklam. Bei der Dunkelheit war von Usedom jetzt nichts mehr zu sehen. Links und rechts der Landstraße standen Wälder, die mit freien Brachflächen abwechselten. Bei Zecherin führt die lange Brücke dann zum Festland. In Anklam angekommen, nahm er den Hansaring und fuhr weiter in Richtung Pasewalk. Später, auf der Höhe von Ducherow bog er wieder nach links und steuerte Ueckermünde an über Leopoldshagen, Mönkebude und Grambin.

***

In Ueckermünde am Stettiner Haff war um diese Abend- und Jahreszeit alles ruhig. Die traditionsreiche Hansestadt war ohnehin kein typischer Disko-Urlaubsort. Strom fuhr am alten Markt vorbei. Die restaurierten Kaufmannshäuser blieben im Dunkeln unsichtbar. Dann an der Kirche vorüber und über die Uecker mit dem kleinen Yachthafen. Er ließ die Haffsiedlung links liegen und orientierte sich danach weiter in Richtung Altwarp – keine Menschenseele war mehr unterwegs. Als nächster Ort kam Bellin. Die Landstraße war jetzt wieder von dichtem Wald gesäumt. Wildschweinwechsel war zu dieser Jahres- und Abendzeit nichts Außergewöhnliches. Er kannte dieses Risiko und fuhr deshalb verhalten. Danach noch durch Vogelsang-Warsin. Hier gibt es noch DDR-Straßenbelag – Katzenkopfsteine. In Vogelsang selbst führt rechter Hand eine Abzweigung nach Rieth an der polnischen Grenze. Die ließ er aber liegen. Danach kam nichts mehr – außer Altwarp.

Gerd und Mina Althaus hatten sich hier vor Jahren ein altes Kapitänshaus gekauft. Sie hatten zwar seit ihrer Heirat schon immer in diesem Haus gelebt, aber nach der Wende konnten sie es günstig erwerben. Wegen der militärischen Bedeutung dieses Standorts waren die Häuser schon vor 1945 enteignet worden, und zu DDR-Zeiten waren die Besitzverhältnisse auch nicht geändert worden: Staatseigentum. Die Stroms hatten das Ehepaar Althaus im Urlaub kennengelernt und waren Freunde mit ihnen geworden.

Strom ließ Altwarp-Siedlung kurz vor der eigentlichen Ortschaft links liegen, und nach zwei Kilometern war er fast am Ziel. Er bog von der Nordstraße, über die er gekommen war, in die Seestraße ein – vorbei am pommerschen Landmarkt. Kurz vor dem Haus seiner Freunde parkte er. Er war angemeldet und wurde überschwänglich begrüßt.

Es wurde ein langer Abend. Es gab viel zu erzählen vom Rhein und von der Oder, obwohl man sich ja erst noch vor ein paar Monaten gesehen hatte – beim letzten Bernsteinhandel. Strom hatte Flönz aus Köln und einige Flaschen Wein von der Ahr mitgebracht. Und bei Althausens stand das Essen schon auf dem Tisch, und anschließend leerten Gerd und er gemeinsam eine Flasche Goldkrone, den sie solange mit Bier hinunter spülten, bis nichts mehr hinunter ging. Um eins war er im Bett und schlief selig durch, während draußen der herbstliche Seewind an den Fenstern rüttelte und nicht hinein konnte.

***

Um 07:00 Uhr morgens wurde er wie vereinbart geweckt. Es gab frische Brötchen vom Landmarkt mit pommerscher Leberwurst. Um 08:00 Uhr hieß es Abschied nehmen. Sie winkten ihm nach, als Strom den Wagen zurück in Richtung Ueckermünde bugsierte. Dort dann wieder durch die Stadt, die jetzt hell und geschäftig war. Am Ortsausgang fuhr er dieses Mal aber nicht wieder auf Ducherow zu, sondern nahm die Strecke weiter südlich über Meiersberg. Bei Ferdinandshof fädelte er sich auf die 109 ein, auf der er über Jatznik nach Pasewalk kam, wo er auf die A20 auffahren konnte. Dieser Autobahn folgte er bis kurz vor Gramzow. Dort traf sie auf die A11, die ihn nach Berlin führen würde. – Noch drei Stunden, dann würde er wieder im Zug sitzen Richtung Heimat.

***

Berlin Hbf: 11:48 Uhr.

Die Rückfahrt würde einfacher werden. Das Auto hatte er bereits wieder bei Sixt am Europaplatz abgegeben. Es war einiges los auf dem Bahnsteig. Aber, obwohl Strom nichts reserviert hatte, hatte er doch keine Schwierigkeiten, einen Doppelplatz im Großraumwagen für sich ganz allein zu ergattern. Jetzt hatte er viereinhalb Stunden Zeit bis Köln zum Lesen und Nachdenken. Koffer und Reisetasche lagen wohl verstaut auf der Ablage über ihm. Er räkelte es sich bequem, die Tribune hielt er schon in der Hand. Die Mitreisenden hatten ihn nicht interessiert. Es waren sowieso immer die Gleichen: verwirrte Seltenreisende, die ihre Platzreservierung nicht finden konnten, Geschäftsleute mit und ohne Laptop, Schwatzhafte, Mobilfunktelefonierer und Stille. Drei Reihen hinter ihm auf der anderen Gangseite hatte sich eine Gestalt in abgewetzter schwarzer Lederjacke eingenistet. Der Mann war fast kahlköpfig, von pyknischer Statur mit eisgrauem Schnurrbart. Er trug wenig Gepäck bei sich. Er war alt, aber noch nicht zu alt, um nicht noch kleinere Geschäfte zu machen. Ohne Unterlass fixierten seine dunkelbraunen Pupillen Stroms Nacken aus mandelförmigen Augenschlitzen. –

In Köln stiegen beide um: in die Regionalbahn bis Bonn-Mehlem. Es war 16:38 Uhr. Strom hatte unterwegs wie üblich im Speisewagen zu Mittag gegessen. Der Schatten in der Lederjacke war die ganze Zeit auf seinem Platz sitzen geblieben.

Er stieg im Bonner Hauptbahnhof aus. Strom fuhr noch die restlichen zwei Stationen bis Mehlem weiter. Der Mann in der Lederjacke wechselte von Bahnsteig drei auf eins und durchquerte die Bahnhofshalle. Links neben dem Ausgang befand sich der Taxistand. Er winkte den ersten Wagen heran. Die Tür öffnete sich. Er stieg ein.

„Mehlem," sagte er sein Fahrtziel an.

Wieder in Ueckermünde

Der auf den Leichenfund folgende Morgen läutete einen weiteren schönen Spätsommertag ein. Einige Wolken trieben am Himmel und mit ablandigem Wind auf die See, auf das Haff zu. Wolter war notorischer Frühaufsteher und saß bereits ab 07:00 Uhr an seinem Schreibtisch – ziemlich vereinsamt noch, denn seine Mitarbeiter würden mindestens eine Stunde später eintrudeln. Er beschäftigte sich mit Unterlagen zu diversen Fällen, die auch noch in Bearbeitung waren. So ging der Morgen dahin. Vor Mittag würden keine neueren Untersuchungsergebnisse vorliegen.

„Es ist Zeit, in Bonn anzurufen", meinte Naumann, als er zur Besprechung nach der Mittagspause Wolters Büro betrat. Die andern Drei warteten schon auf ihn.

„Gibt's denn was Neues?" fragte Wolter.

„Soviel nicht, aber wir haben einige Ergebnisse."

„Schieß los!"

„Also …. zunächst die Mietfahrzeuge: der Wagen aus Heringsdorf wurde ja von dem Rheinländer …."

„Richard Strom", warf Nicole Reuter ein.

„.... angemietet. Unsere Freunde dort haben die Schalterfrau von Sixt befragt. Also, Strom, bzw. der Mann, der den Pass mit Stroms Identität getragen hat, kam dort seit einigen Jahren alle vier bis sechs Wochen vorbei – ein gern gesehener Kunde mit guten Manieren, gab den Wagen entweder am selben Tag dort zurück oder gelegentlich am folgenden Tag in Berlin – in letzter Zeit auch in Frankfurt am Main. Die Personenbeschreibung von Frau Mader stimmt mit unserem Mann überein. Führerschein ist ebenfalls auf den Namen Strom ausgestellt. Um sicher zu gehen, sollten wir ihn jetzt bald identifizieren lassen."

„Neuigkeiten von dem Russen?" wollte Wolter wissen.

„Zu früh. Er firmiert ja unter dem Namen Yuri Iwanow laut Papiere und Buchung bei AVIS in Berlin. Auch er kam bei AVIS öfter vorbei – das erste Mal vor gut einem halben Jahr."

„Was sagt die Spurensicherung?"

„OK. Also, die haben die Nacht durchgearbeitet. In den Mietfahrzeugen nichts Verdächtiges. Alles blitzsauber. Wegen der Reifenspuren am Riether Wald: bei dem Transporter handelt es sich um einen Mercedes Sprinter. Die Spuren vom Geländewagen könnten entweder von einem Mazda Tribute oder einem Ford Kuga oder einem Toyota sein. Auf jeden Fall hatte der Wagen ein Stück weiter hinter dem Sprinter gestanden – kurz vor der Stelle, wo der Russe gelegen hatte."

„Was ist mit den Klamotten?"

„Ostware. Imitierte Jeans und billige T-Shirts. Könnten von überall her kommen – bis nach China. Man versucht noch, über die Etiketten weitere Hinweise zu bekommen. Sieht aus, als ob es alles Männer gewesen sind. Allerdings kleine Konfektionsgrößen."

„Möglicherweise Asiaten."

„Aus der Hütte gibt es zwei Hinweise. Sie war voller Unrat. Strom ist nicht in der Hütte angeschossen worden, sondern einige Meter davor im Wald. Es gibt eine Blutspur. Er muss sich dann bis in die Hütte geschleppt haben und ist auf der alten Matratze da verblutet. Der Russe muss ebenfalls in der Hütte gewesen sein. Es gibt Schuhabdrücke."

„Was sagt die Obduktion?"

„Die sind erstmal fertig. Also, Strom hatte zwei Lungensteckschüsse in den Rücken bekommen, Entfernung zwischen zehn und fünfzehn Meter. Radke wurde aus nächster Entfernung erschossen – in den Kopf. Ein Schuss. Der das gemacht hat, musste Profi sein – in dieser Dunkelheit. Und Iwanow zwischen die Augen und direkt ins Herz. Ebenfalls professionell."

„Ja, der Letzte ging auf Nummer sicher. Eingeübtes Verfahren. Sieht gar nicht mal nach Gangstermethoden aus. Das war trainiert, wenn es kein Zufall war."

„Ballistische Ergebnisse liegen noch nicht vor."

„Ja, Danke. Nicole, was ist mit den Befragungen der Leute?"

„Wie erwartet, nicht Neues. Einige haben die Schüsse nachts auch gehört, sich aber nichts dabei gedacht. Wir haben auch mit dem Förster gesprochen. Er meinte, Wildern käme öfters vor, hätte aber in den letzten Jahren stark nachgelassen. Der Bestand ist ja auch zurückgegangen. Grund dafür waren die vielen Jagdgesellschaften aus dem Westen, die kurz nach der Wende scharenweise hier einströmten."

Wolter fasste zusammen: „Drei tote Männer – zwei Deutsche, davon ein registrierter Krimineller. Dann ein Russe. Der Rheinländer und der Russe kamen regelmäßig in diese Gegend, der Rheinländer seit längerer Zeit, der Russe erst seit einigen Monaten. Radke und Iwanow trugen Waffen, Strom nicht. Wenigstens haben wir bisher noch keine gefunden. Wozu der dritte Personenwagen gehörte, wissen wir nicht. Nach der Schießerei muss die Schleuserbande das Terrain fluchtartig verlassen haben. Die Identität von Radke ist geklärt, die von Strom scheint ziemlich sicher zu sein."

Stefan Kirn meldete sich zu Wort: „Wir haben das überprüft, an der Adresse im Pass wohnt tatsächlich ein Richard Strom. Verheiratet, eine Tochter."

„Wenn der Pass nicht gestohlen wurde, ist er das. Wir müssen die Witwe befragen lassen und zur Identifizierung vorladen. Ich kümmere mich darum."

Bei Salomo

Bei Salomo trifft sich die Welt. Oder besser gesagt: der Osten Europas. Wer hier im verträumten Mehlem als Einheimischer seine Einkäufe im nahegelegenen Supermarkt, beim Blumenhändler oder in der Apotheke erledigt, muss unweigerlich die Reihe von Automobilen mit den Nummernschildern aus all den Ländern passieren, die früher zum ehemaligen Ostblock gehört hatten, und die vor dem einstigen Traditionslokal mit angeschlossenem Hotel und Kegelbahn regelmäßig auf dem Gehsteig parken. Ob es Absicht war, oder ob es sich nur so aufgrund guter Beziehungen und Verbindungen in die alte Heimat aus seiner Anfangszeit als Wirt in Deutschland entwickelt hatte, weiß der Slowake Salomo selbst nicht mehr zu sagen. Er und sein Frau Lydia haben es auf jeden Fall verstanden, Hotel und Gastwirtschaft zu einem Geheimtipp für jede Sorte Reisender aus dem Osten werden zu lassen – zumindest für diejenigen, die Geschäfte zwischen Köln und Koblenz zu erledigen haben. So ist das Haus zu einer Art Anlaufstelle für Handlungsreisende, Arbeitssuchende, Touristen, Konferenzbesucher, ehrbare Geschäftsleute und halbseidene Gestalten aus seiner ursprünglichen

Heimat und aus Ländern wie Tschechien, Polen, Russland oder Bulgarien geworden. Bei Salomo trifft sich der Osten. Diese Eigendynamik wurde verstärkt durch erschwingliche Preise und eine schwere osteuropäische Speisekarte: aus dem Stimmengewirr, das aus der Küche in den Schankraum dringt, identifiziert so mancher Gast heimatliche Töne. Katalytisch wirkten auch Salomos und Lydias slawische Sprachkenntnisse und nicht zuletzt das Budweiser Bier vom Fass. Und so ist mit der Zeit eine Art Verbindungs- und Vermittlungsbörse entstanden, deren Ruf von Prag über Kosice und Tirana bis nach Moskau reicht. Wer einmal hier war, vertraut dem Wirt seine Visitenkarte an, ein kleines Dossier über sein Geschäftsfeld, Empfehlungen an Freunde, die vielleicht auch einmal irgendwann auftauchen werden. Salomo betreibt offiziell kein Vermittlungsgeschäft, hält aber Augen und Ohren offen, wem er eventuell mit einer Kontaktadresse oder einem Hinweis weiterhelfen kann. So entstehen Netzwerke, und das Geschäft läuft.

Bei Salomo trifft sich nicht nur die große, weite Welt. Auch Mehlemer Bürger und Geschäftsleute stehen am Tresen oder an Stehtischen neben den Gästen aus dem Osten. Ab 17:00 Uhr öffnet der Laden: jeden Tag außer Dienstags. Der Gastraum teilt sich in drei Bereiche: die hufeisenförmige Theke mit ihren Sitzbänken und Hockern darum herum, der Restaurantbereich und ein geräumiges Gastzimmer, durch einen weiten

Durchbruch aus dem Thekenbereich zu erreichen. An den Wänden verblichene Fotos, auf denen das Gasthaus vor dreißig, fünfzig und siebzig Jahren zu sehen ist, gerahmte Bilder von Hochwasserkatastrophen am nahen Rhein und die Kästchen vom lokalen Sparclub. Seitlich vom Tresen hängt oben der unvermeidliche Flachbildschirm. Sky ist abonniert. Irgendetwas läuft immer, meistens Sport – wenn es geht, möglichst Eishockey. Die Spielautomaten in der Nische daneben sind auch ständig in Bewegung. Menschen kommen, verweilen für ein, zwei Bier, manchmal auch mehr, Stammgäste unterhalten sich, Fremde trinken schweigend. Aber Salomo und Lydia schweben über allen, haben immer alle und alles im Blick.

***

Zwei Tage nach seiner spätsommerlichen Bernsteinreise betrat Richard Strom nachmittags um 17:15 Uhr Salomos Schankraum. Er war zu der Zeit erst der zweite Gast. An einem Tisch im Nebenraum saß noch eine alte Dame vor ihrem Pfefferminztee und las im Bonner Generalanzeiger. Strom nahm direkt am Tresen Platz. Er machte einen entspannten, ausgeruhten Eindruck. Die wenigen Strapazen seines letzten Einsatzes in Ueckermünde waren wie weggeblasen. Er hatte seine wertvolle Ware an Barbara abgeliefert, Updates auf ihrer

Homepage durchgeführt und alle sonstigen Nacharbeiten erledigt. Feierabend und Ruhestand: was wollte er mehr?

Wenn abends der Tresen besetzt ist, entwickeln sich die üblichen Gespräche zu den Nachbarn links und rechts, aber auch quer über die Theke hinweg. Salomo oder Lydia stehen dann mitten im Hufeisen wie in einer Arena, schenken aus und schreiben Zeichen auf Bierdeckel: Pils, Köstritzer, Becherowka, Korn, Cola. Parallel zum Tresen läuft unter der Decke ein Regal mit Flaschen harter Getränke aus aller Welt entlang: Whisky und Wodka, Eierlikör und der starke Borowicka-Wacholder. – Strom hatte sich an der einen Thekenecke mit Blick zur Eingangstür platziert.

Salomo erschien aus der Küche: „Guten Abend, Herr Strom! Wieder zuhause? Wie geht es Ihnen?" Salomo als gelernter Kellner war wie immer von ausgesuchter Höflichkeit. Sein Stil hob sich erfreulicherweise von der Schlampigkeit mancher seiner Konkurrenten in der näheren Umgebung ab – das fand auf jeden Fall Richard Strom. Er war dadurch jedes Mal wieder aufs Neue angenehm überrascht – auch nach all den Jahren, die er hier herkam.

„Danke. Gut." Strom war kein täglicher Gast, kam vielleicht einmal, höchstens zweimal in der Woche vorbei, und das auch immer nur auf zwei Bier, zwei Schnaps. Mehr nicht. Die Zeiten, in denen er ganze Abende in Kneipen zugebracht hatte, waren lange vorbei. Er war regelmäßig vor dem

Abendessen zuhause. Seine Frau konnte die Uhr nach ihm stellen.

„Ein Pils – wie immer?“

„Ein Pils, bitte.“

Langsam füllte sich der Raum: ältere Paare nahmen nebeneinander auf Bänken Platz; Handwerker, die Feierabend hatten, wollten dekomprimieren; Hotelgäste, die eincheckten oder ihre Zimmerschlüssel verlangten, der Apotheker von gegenüber, der Mann aus dem Copy Shop um die Ecke. Bekannte und fremde Gesichter. Strom nahm einen Zug aus dem Glas vom Budweiser Pils vor sich und lies seine Gedanken treiben, hörte auf die 70er-Jahre-Musik aus der halblauten Beschallungsanlage. Auf dem Flachbildschirm bewegte sich irgendetwas, der Ton war abgestellt. Er wollte jetzt kein Gespräch, nur seine Ruhe für sich. Um kurz vor sechs war die Theke gut belegt, nur an den Tischen gab es noch freie Plätze. Er war gerade mit seinem zweiten und für heute planmäßig letzten Pils beschäftigt, als Salomo ihm ein gefülltes Schnapsglas neben seinen Deckel schob. Klar wie Eis war der Inhalt.

„Ist das aufs Haus? Ich wollte nämlich schon zahlen.“ Es war nicht Salomos Art, ohne besonderen Anlass Einen auszugeben. Das geschah höchstens zu Weihnachten oder Neujahr.

Salomo sagte kein Wort und deutete mit seinem Kopf auf die gegenüberliegende Tresenseite. Dort stand ein Mann in abgewetzter schwarzer Lederjacke, etwa Stroms Alter, fast kahlköpfig und mit eisgrauem Schnurrbart. Seine Augen mit den dunkelbraunen Pupillen zogen sich zu Schlitzen zusammen, als er sein eigenes Schnapsglas hob und Strom von gegenüber her breit angrinste:

„Druschba!"

Salomo blickte knapp an Strom vorbei ins Nirgendwo, Lydia spülte die Gläser, Strom starrte auch ins Nirgendwo, aber in ein anderes – weit entfernt: er hörte etwas rauschen in seinem Kopf, etwas stürzte mit furchtbarem Getöse in sich zusammen, rollte in wahnsinnigem Tempo einen steilen Abhang hinunter, fiel über eine Klippe und sauste krachend in einen nie enden wollenden schwarzen Abgrund. Dann schlug dieses Etwas weit unten auf, und Tonnen von Staub wirbelten wie Vulkanasche nach oben hoch: dieses Etwas war sein Leben gewesen, sein bisheriges, jetziges. – Gleichzeitig regte sich tief in seinem körperlichen Inneren etwas Dunkles, Grauen Einflössendes. Es bewegte sich unsagbar träge, füllte seinen ganzen Magen aus und kroch langsam seine Speiseröhre hinauf, wo es sie schließlich in Kehlkopfhöhe einschnürte.

Dann kamen sie noch einmal wieder, diese Stimme und dieses Grinsen von gegenüber, mit den Schlitzaugen darüber:

„Dobro!"

Salomo beschäftigte sich mit dem Ordnen seiner Schnapsflaschen, als säße er beim Pokerspiel, niemand sonst im Raum hatte den Kopf gehoben oder beachtete die Szene. Nichts war ungewöhnlich an einem Ort, an dem alle Sprachen des Ostens zuhause waren, und sich Menschen wiedererkannten, die sich lange nicht gesehen hatten. Lydia wusch weiter ihre Gläser.

War Stroms Blut ihm bei der ersten Anrede des Mannes in der abgewetzten Lederjacke noch schlagartig in den Kopf geschossen, so hing es nun nach wenigen Augenblicken schwer in seinen Beinen. Er war kalkweiß wie eine Leiche. Er wollte nichts sagen, wollte seine Lippen wie durch einen Reißverschluss verschließen, versiegeln, wollte nicht reagieren, aber dennoch: er musste etwas sagen. Es flog fast aus ihm heraus:

„Was machst Du hier?"

Alles war gut fünfundzwanzig Jahre her und länger. Bis vor einer Minute für immer vorbei. Aber da stand er. In Fleisch und Blut. Vor ihm stand Wassili Abkhashvili. Szenen rasten durch Stroms Imagination, purzelten durcheinander. Eine blieb haften, kristallisierte sich wie zufällig aus dem Nebel seiner Verwirrung, eine ganz banale Erinnerung, aber Richard Strom wusste in dem Moment gar nicht, weshalb ihm gerade diese Bilder vor Augen traten – zusammenhanglos:

Sie waren damals mit dem Intercity von Köln nach München unterwegs gewesen. Strom war vorher von Bonn nach Köln zugereist. Sie waren zu dritt. Wassili Abkhashvili und Sergej Saizew, seine beiden Begleiter, hatten vorher den ganzen Tag im sowjetischen Konsulat zugebracht und den dortigen

Steuer und Zoll freien Supermarkt fast leer gekauft. Die lange Fahrt nach München waren Sie im Speisewagen herum gesessen. Um sich die Zeit zu vertreiben, hatten sie dann zu dritt alle Bier- und Schnapsvorräte, die die Deutsche Bahn an jenem Tag auf dieser Strecke mit sich führte, vernichtet. Ihr Ziel in München war zunächst das Penta-Hotel gewesen, wo sie ihr Gepäck los wurden. Anschließend hatten sie ein Taxi bestellt und sich zum Haxenbauern fahren lassen. Beim Abendessen war Sergej dann am Tisch im Restaurant eingeschlafen – seine angebissene Haxe, die langsam kalt wurde, und eine halb ausgetrunkene Maß Bier neben sich. Irgendwann waren sie aufgebrochen, noch zum Hofbräuhaus gezogen. Nach Mitternacht hatten sie sich endlich entschlossen, über die Isarbrücke zu Fuß zum Penta zurück zu gehen. Die beiden Russen hatten aber noch kein Ende gekannt und ihn noch zu sich auf ihr Hotelzimmer eingeladen. Alle drei hatten sie sich dann im Zustand völliger Übermüdung und Trunkenheit aufs Bett gesetzt, und die beiden hatten Dosenöffner und jede Menge Fischkonserven aus der sowjetischen Heimat und noch mehr Wodka aus ihren Koffern hervorgekramt. –

Strom kam zu sich – rechtzeitig, um Abkhasvilis knappe Antwort zu vernehmen:

„Urlaub."

„Welch ein Zufall!" Stroms Rationalität kehrte angesichts dieser unglaubwürdigen Frechheit langsam wieder zurück – und damit aber auch eine gewisse unvermeidliche Resignation, die sich allmählich in seiner Brust Raum zu schaffen begann.

„Ich mache Urlaub hier am schönen Rhein. Ich wollte immer schon in diese Gegend kommen."

Abkhashvili nahm sein Wodkaglas in die Hand – ein anderes Getränk konnte es auf jeden Fall nicht sein – und kam damit langsam um die Theke herum bis an Stroms Seite. Angekommen, raunte er ihm ins Ohr:

„Ritchie, setzen wir uns. Drüben, der Tisch. Da können wir besser reden."

Da war noch ein Vierertisch frei. Strom zögerte, schaute zur Eingangstür, warf Salomo einen Blick zu. Der ordnete seine Flaschen. Lydia wusch Gläser. Endlich nahm Strom sein Glas mit dem Schnaps und das halb ausgetrunkene Pils. Er wandte sich Salomo zu:

„Ich bin da drüben."

„Schon gut", sagte Salomo, der nicht blind war: „Möchten Sie noch etwas?"

Doch bevor Strom selbst etwas sagen konnte, hatte Abkhashvili schon grinsend zwei weitere Schnäpse bestellt. Als Salomo diese kurz darauf an den Tisch brachte, verlangte Strom noch ein weiteres Pils. Dann ergriff er die Initiative:

„Also, was soll das? Unsere Geschäfte sind abgeschlossen. Schon vergessen, nie gewesen."

„Dir geht es gut, habe ich erfahren. Du lebst ein ruhiges Leben mit Frau und Kind."

Natürlich. Diese Äußerung überraschte Strom nicht. Auch jetzt nicht. So etwas war zu erwarten gewesen. Der alte KGB-Mann Wassili hatte sich natürlich gut vorbereitet auf diese Urlaubsbegegnung. Er wusste wahrscheinlich schon alles über sein jetziges, neues Leben.

„Lass meine Familie außen vor. Noch mal: was willst Du nach all den Jahren?"

Strom konnte sich beim besten Willen nicht vorstellen, warum jemand wie Wassili nach über fünfundzwanzig Jahren hier auftauchte und möglicherweise alte Geschichten aufwärmen wollte – Geschichten, die er vor langer Zeit in eine Kiste versteckt hatte, deren Schlüssel nur in seinem eigenen Gedächtnis zu finden war – sonst nirgends. Eine Kiste, die er tief irgendwo vergraben hatte, die niemand aufspüren würde, in der diese Geheimnisse für immer ruhen sollten. Kein Mensch in seinem jetzigen Umfeld wusste oder ahnte auch nur das Geringste davon. Was wollte Wassili Abkhazvili hier und jetzt von ihm? Strom wurde von Grauen geschüttelt.

„Ritchie, die Sache hat nichts mit früher zu tun. Ich brauche Deine Hilfe in einer Angelegenheit."

„Ich bin Dir nichts schuldig. Es gibt keine offenen Rechnungen mehr. Wir haben nichts mehr, gar nichts mehr miteinander zu tun. Verschwinde aus meinem Leben, Wassili!"

Er spürte plötzlich sein Herz in die Magengrube hinein schlagen – nicht regelmäßig, aber doch so bei jedem dritten Schlag. Anfänge von Panik ergriffen ihn: nur das jetzt nicht auch noch! Keine Herzprobleme in dieser Situation. Er brauchte Ruhe, einen Ort für sich. Möglichst bald. Seine Hände wurden feucht.

„Gut", meinte Abkhazvili. „Hier können wir nicht reden. Ich schlage vor, wir treffen uns übermorgen früh am Rheinufer. Jetzt lass uns trinken."

Strom wollte sich schnell erheben und weg, aber Abkhashvili hielt ihn am Ärmel zurück. Ließ nicht los. Ihre Augen trafen sich für einen kurzen Moment. Schweigen. Dann setzte Strom sich wieder zu ihm. Es würde ein langer Abend werden – auch wenn das eigentliche Thema auf später vertagt worden war.

***

Der Weg von Salomo bis zu Stroms Wohnung über der Doc Morris Apotheke gegenüber der Kirche maß kaum zweihundert Meter. Es war noch Betrieb auf der Strecke, Menschen waren unterwegs: vorbei am Druckerladen, der Änderungsschneiderei: alles zog sich so lange hin. Er riss sich zusammen, schritt bewusst aus, kam einige Male mit der Häuserfront in Berührung. Manchmal rutschte sein linker Fuß auch vom Bordstein auf die Straße. Dann kommt das Zeitungsgeschäft, gegenüber die Buchhandlung und die italienische Eisdiele. Auf dieser kurzen Strecke nach Hause durch den Nebel seiner Trunkenheit, die sich wie ein Gummiband um seine kalte Stirn gelegt hatte, tauchte ein anderes Bild vor ihm auf – ebenso banal wie die vorigen:

Dieses Mal hatten sie im Auto gesessen. Es war Winter gewesen, und der Schnee hatte dick gelegen. Sie hatten München verlassen und waren in Richtung Neuschwanstein unterwegs. Auf halber Strecke – es war bereits dunkel gewesen – hatten die beiden Russen ihn veranlasst, in einem kleinen Ort vor einem Supermarkt anzuhalten. Sie waren schon weit entfernt von der Landeshauptstadt, und Wassili war in den Supermarkt gegangen und mit zehn Flaschen Wodka wieder zum Auto zurück gekommen. Strom hatte gefragt, was das sollte, sie würden in ihrem Hotel alles finden, was sie benötigten – sicherlich auch starke Getränke. Die Russen waren nicht überzeugt gewesen: für alle Fälle, falls es doch nichts in dem Hotel in Hohenschwangau zu trinken geben würde. Sowjetische Versorgungsängste waren durchgebrochen und auf westliche Verhältnisse projiziert worden.

Sie waren dort unten in einer Jagdhütte, die zum Hotelkomplex gehörte, untergebracht. Ihre Zimmer hatten Dachluken, und die Flaschen mit dem Wodka hatten sie dann abends draußen auf das schneebedeckte Dach ihrer Hütte zum Kühlen gelegt. Dann hatten sie in einem der Zimmer zu trinken begonnen. Jedes Mal, nachdem sie wieder eine Flasche geleert hatten, hatte einer von ihnen auf einen Stuhl klettern und durch die Dachluke eine neue Flasche herein holen müssen. Es war damals kurz vor Weihnachten gewesen, irgendwann hatten von unten aus dem Tal vom Glühweinstand dort Choräle eines Posaunenchors heraufgetönt. Aber die Drei hatten das kaum wahrgenommen. Abgesehen von ihnen waren nur noch drei weitere Hotelgäste in diesem Haus logiert gewesen: deutsche Männer, die sich Stunden lang lautstark an der Hotelbar unterhalten hatten. Sie waren mit einem kleinen Auto von weit her gekommen. Ein Auto mit einem seltsamen Nummernschild. Und hinten drauf hatte ein Länderkennzeichen mit der Bezeichnung „DDR" geklebt. –

Das Bild verschwand wieder. Richard Strom fiel nun nichts mehr ein. Sein Kopf war leer. Er war zu betrunken. Gedanken und Bewegungen konzentrierten sich jetzt rein mechanisch nur noch auf die nächsten Schritte – überleben auf den letzten Metern nachhause. Er ging bei rot über die Ampel und wäre fast von einem Auto erwischt worden.

Links an der Apotheke vorbei. Seine Haustür lag zwischen dem letzten Apothekenschaufenster und der stillgelegten Druckerei. Mit etwas Mühe fand er das Türschloss, dann nur noch die Stufen hoch bis in den zweiten Stock. Ihm fiel etwas ein. Was war es noch? Richtig. Das Essen. Er hatte keinen Hunger mehr heute Abend. Sicherlich hatte Barbara schon vorgegessen. Was würde er ihr sagen? Er schaute auf seine Armbanduhr – zum ersten Mal wieder seit wahrscheinlich zwei Stunden. Sein Zeitgefühl war verloren gewesen.

**

Die Stroms wechselten sich beim Kochen und Einkaufen der Zutaten regelmäßig ab. Heute war es Barbara Stroms Abend. Sie hatte ihren Mann in all den Jahren, seit sie ihn kannte, vielleicht zwei- oder dreimal richtig betrunken erlebt, aber nie, ohne dass es nicht irgendeinen feierlichen Anlass dafür gegeben hätte – vielleicht auf Sylvester oder nach der Geburt ihrer Tochter. Es war auch sonst nicht seine Angewohnheit, jemals ohne vorherige telefonische Entschuldigung vom Abendessen auszubleiben. Sie kannte ihn nur als verantwortlichen und zuvorkommenden Ehemann. Dass er heute nicht kam, war gegen jede Erfahrung. Und so lange ohne Nachricht. Irgendetwas stimmte nicht. Sie wurde von Minute zu Minute unruhiger und begann schon, sich ernsthaft Sorgen zu machen. Deshalb war sie endlich froh, als ihre Wohnung von außen aufgeschlossen wurde. Sie hatte gefasst bleiben wollen, aber nun schoss es aus ihr heraus:

„Wo warst Du? Das Essen ist kalt. Ist etwas passiert?"

Töchterchen Gina saß noch am Esstisch und schaute neugierig herüber zu ihrem Vater, der herein wankte und sich am Türrahmen stieß.

„Ich setze mich hier doch keinem Kreuzverhör aus!"

Mit dieser Reaktion rauschte Strom an seiner Frau vorbei, stob direkt auf die Toilette und, als er wieder herauskam, dann ohne ein weiteres Wort ins gemeinsame Schlafzimmer, aus dem er anschließend bis zum nächsten Morgen nicht mehr auftauchen würde. Danach wurde es still in dem beschaulichen Apartment. Auch Gina sagte nichts mehr. Und Barbara Strom saß von da an den restlichen Abend stumm auf ihrem Sofa im Wohnzimmer und stützte ihren Kopf betrübt in beide Hände. Sie las nicht, rührte ihr angefangenes Buch auf dem Beistelltisch nicht an, auch nicht die Illustrierten. Auch der Fernseher blieb stumm. Sie konnte es einfach nicht über sich bringen und mit ihrer Tochter reden. Schließlich brachte sie zuerst Gina ins Bett. Dann blieb sie noch eine Weile sprachlos sitzen, bis auch sie schlafen ging – an der Seite ihres besinnungslosen und schnarchenden Mannes.

Ramersdorf, Königswintererstrasse

Regen schlug unbarmherzig gegen die Fensterscheiben von Hauptkommissar Thorsten Kleins Büro. Klein war ein sportlicher, schlanker Typ, hochgewachsen, vierzig Jahre alt, die dunkelblonden Haare kurz und in der Mitte gescheitelt. – Schon seit Tagen regnete es in Strömen. Ein trüber August war das gewesen. Klein erhob sich und trat hinaus ins Großraumbüro. Da vorne saß Kommissar Sven Kessenich, den Bonner Express vor sich über der Computertastatur. Kessenich war mittelgroß, hager, fünfunddreißig Jahre alt. Sein Haupthaar bewegte sich in Richtung Kranz. Dafür hatte er sich einen dünnen Oberlippenbart zugelegt. Klein ging zu ihm hinüber:

„Der FC steigt ab."

„Und wieso?"

„Weil der FC immer absteigt."

„Die Saison hat doch gerade erst begonnen. Abwarten."

„Und schon spielen sie im Keller. Egal. Ich hab Arbeit für Euch. Sag Mariechen Bescheid. Bei mir in fünf Minuten."

Zehn Minuten später betraten Kessenich und Kommissarin Tanja Maurer Kleins Büro. Die

Kommissarin sah mit ihren achtunddreißig Jahren jünger aus als sie war: schulterlange blonde Löckchen, eine kräftige Figur, die bei ihrer kleinen Körpergröße doppelt ins Gewicht viel.

„Wir haben eine Bitte um Amtshilfe", begann Klein. „Vielleicht wird das auch mehr. Vorgestern wurden drei Leichen in einem Waldstück in Meckpomm gefunden. Habt ihr vielleicht von gehört. Egal. Nähe polnische Grenze, ganz im Osten. Alle drei wurden erschossen. Die tappen noch im Dunkeln dahinten. Einer von den Toten trug Papiere mit einer Bonner Adresse bei sich."

Klein schob einen FAX-Ausdruck über den Tisch.

„Die haben schon nachgeforscht und sind einigermaßen sicher, dass der Pass echt ist und auch zu dem Toten passt."

„Worum geht es bei der Straftat?" wollte Kessenich wissen.

„Steht noch nicht fest. Hängt wohl mit Schleuserkriminalität zusammen. Da oben läuft ´ne ganze Menge in der Richtung. Da gibt´s ´nen eigenen Stützpunkt der Bundespolizei. Egal. Ihr werdet jetzt eine unangenehme Aufgabe bekommen. Die Leiche muss identifiziert werden – und zwar möglichst schnell. Der Tote aus Bonn ist oder war verheiratet und hat eine kleine Tochter."

Tanja Maurer meldete sich: „Ist der Opfer oder was?"

„Ist noch nicht klar, wahrscheinlich zum Täterkreis zu rechnen. Also Ihr fahrt zu der mutmaßlichen Witwe. Adresse ist hier", Klein zeigte auf das FAX. „Mehlem, Mainzerstrasse. Die Frau soll nach Ueckermünde. Dort liegt ihr Mann in der Forensischen. Sie ist nicht zu verhören. Das kommt erst nach der Identifikation. Was Ihr tun könnt, Ihr könnt sie fragen, ob sie davon weiß, ob ihr Mann da oben unterwegs war, und was er da machte. Mehr nicht. Wenn das erledigt ist, fahre ich da oben rauf. Hast Du Lust mitzukommen, Mariechen?"

„Wann soll das denn sein?"

„Morgen oder Übermorgen spätestens. Wir reisen mit der Bahn. Plus eine Übernachtung."

„Könnte klappen. Muss ich aber noch klären."

„Musste Markus fragen oder?"

„Geht schon klar. Ich komme mit."

„Gut. Ihr wisst Bescheid. Alles Gute"

***

Die beiden machten sich auf den Weg. Scheiß Job. Todesnachrichten überbringen. Sie holten sich den Schlüssel und die Papiere für eines der Dienstfahrzeuge von der Ausgabe und fuhren Richtung Bonn-Beuel bis zur Zubringerauffahrt nach Bad Godesberg. Von da über den Rhein, an der nächsten Ausfahrt „Rheinaue" vorbei, bis es an einer T-Kreuzung nicht mehr weiter ging. Kessenich fuhr und hielt sich links Richtung Friesdorf bis sie in den Bad Godesberger Tunnel einfuhren. Hinten wieder raus und immer geradeaus auf der B9, bis die

Abzweigung Mehlem kam. Und schon waren sie auf der Mainzerstrasse. Vorbei an Salomos Gasthaus. Sie parkten vor der Sparkasse und gingen über die Strasse zu dem Eingang mit der Doc Morris Apotheke. Die Stroms wohnten im zweiten Stock. Maurer klingelte. Dann standen sie oben vor der Wohnungstür. Kessenich eröffnete:

„Guten Tag. Wir möchten mit Frau Strom sprechen."

„Das bin ich. Was möchten Sie?"

Kessenich zückte seinen Dienstausweis: „Wir sind von der Polizei. Dürfen wir herein kommen?"

Barbara Strom war Ende Dreißig, schlank mit kurzen, leicht gewellten dunklen Haaren und dezent geschminkt. Aber heute war sie leichenblaß und musste sich am Türrahmen festhalten. Ihre Kehle war wie zugeschnürt. Mühsam kamen ihre Worte:

„Es geht um meinen Mann, nicht wahr? Was ist passiert? Kommen Sie."

Und als die Beiden im Wohnzimmer angekommen waren: „Ich mache mir Sorgen. Er hat seit zwei Tagen nicht mehr telefoniert. Ist auch in dem Hotel nicht mehr. Er sollte längst zuhause sein."

Tanja Maurer machte weiter. So hatten sie die Rollenverteilung auf der Hinfahrt besprochen:

„Wir wollen Ihnen helfen. Aber vorher noch eine kurze Frage: war Ihr Mann auf Reisen an der Ostsee?"

„Er war in Ueckermünde."

„Frau Strom. In der Nähe von Ueckermünde wurde ein Mann gefunden, der Ausweispapiere bei sich trug, die auf den Namen Ihres Mannes ausgestellt waren ...."

„Was ist mit dem Mann?"

„Der Mann ist Opfer eines Verbrechens geworden."

Stille. Die beiden Kriminalbeamten ließen Barbara Strom nicht aus den Augen. Die Frau war in einem Sessel zusammengesunken und schien schlagartig um Jahre gealtert. Maurer nahm den Faden wieder auf:

„Wir können nicht mit Bestimmtheit sagen, dass die Person Ihr Mann ist. Die Polizei dort oben nimmt das aber an. Deshalb sind wir hier, Sie zu bitten, durch Identifizierung Klarheit zu schaffen. Sie müssen sobald wie möglich nach Ueckermünde reisen. Wir werden dabei sein."

Barbara Strom blieb stumm. Die Beamten ließen ihr Zeit. Nach einer Weile dann:

„Was ist denn passiert? Wie ist mein .... der Mann umgekommen? Wer hat das getan?"

„Wir wissen selbst zuwenig. Die Kollegen aus Mecklenburg-Vorpommern fangen selber gerade erst an. Da oben werden Sie mehr erfahren."

„Wann soll das sein?"

„Sobald wie möglich. Morgen oder übermorgen. Wir organisieren die Reise."

„Ich habe eine kleine Tochter, die jetzt in der Schule ist. Die muss ich versorgen. Ich weiß nicht,

ob meine Mutter so schnell kommen kann. Ich ….
kann es jetzt noch nicht sagen."

„Haben Sie jemanden in der Nähe, der für ein
Paar Stunden bei Ihnen bleiben kann. Ihre Mutter
vielleicht, eine Freundin oder sonst jemand?"

„Ich rufe meine Mutter gleich an."

„Ich schlage vor, ich bleibe solange bei
Ihnen, bis Ihre Mutter kommt. Bleiben Sie bitte
zuhause erreichbar wegen der Reiselogistik. Wir
müssen dass mit den Leuten da oben klären und
rufen Sie später wegen des weiteren Vorgehens noch
einmal an. Geht das so?"

„Ich gehe runter zum Wagen und warte",
sagte Kessenich. „Du kommst dann nach, wenn die
Mutter eintrifft."

Kessenich wandte sich zum Gehen. Dann fiel
ihm noch etwas ein: „Entschuldigen Sie, Frau Strom.
Nur noch eine Frage: wie hieß das Hotel, in dem Ihr
Mann übernachtet hatte?"

„Pommernyacht."

Sven Kessenich ging nicht zum
Dienstwagen, sondern in die Eisdiele gegenüber
vom Parkplatz. Er hatte von dort einen guten Blick
auf das Auto und auf die Haustür, wenn Mariechen
runterkommen würde. Es regnete noch immer, aber
ein Amarenabecher im August schmeckt eigentlich
immer.

Am John-J.-McCloy-Ufer

Das Lügen hatte begonnen. Unaufhaltsam und unvermeidlich. Am Morgen nach dem Gelage hatte sich Strom überschwänglich bei seiner Frau entschuldigt. Den Blicken seiner Tochter wich er aus – so schämte er sich. Er wusste, dass Barbara ihn noch nie so erlebt hatte. Er habe zufällig einen alten Bekannten, jemanden aus seiner Beraterzeit, einen ehemaligen Geschäftspartner bei Salomo getroffen, und sie hätten ihr Wiedersehen ein wenig gefeiert. Und da er das harte Trinken nicht mehr so gewohnt sei, aber der alte Bekannte auf immer mehr und mehr, als beiden gut getan hätte, bestanden hätte, hatte es sich halt so ergeben. Darauf habe er dann völlig vergessen, zuhause anzurufen. Nie mehr sollte das in Zukunft vorkommen. Er kaufte ihr Blumen und versprach einen Restaurantbesuch für später in der Woche.

Und übrigens – der alte Geschäftspartner hätte da vielleicht noch eine kleine Angelegenheit, bei der er möglicherweise helfen könnte. Vielleicht nicht er selbst direkt – nein, aber es gab möglicherweise eine Art Auftrag zu vermitteln, etwas Interessantes. Und er, Richard, hätte das

Knowhow in der Sache. Aber vielleicht würde ja doch nichts daraus. Er wüsste wohl, dass er nichts Großes mehr anfangen sollte. Das war doch klar. Keine Sorge. Aber ein Gefallen, der nur ein paar Tage kosten würde? Und wenn dabei noch eine Kleinigkeit rausspringen würde? – Auf jeden Fall hatte er sich noch einmal mit dem Menschen verabredet für den morgigen Tag. Vielleicht löst sich ja alles in Luft auf, oder es gibt ein kleines Zubrot. Mal sehen. – Nein, nach Hause wollte er ihn nicht mitbringen; er habe ja immer Geschäft und Privatleben getrennt – außer in den Dingen, die sie gemeinsam machten.

Barbara Strom hörte sich das alles ohne Zorn an. Sie war noch ein wenig schockiert vom vorherigen Abend – etwas ganz Neues hatte sie erlebt. Eine Seite ihres Richards, die ihr bisher verborgen geblieben war. Aber sie trug es ihm ehrlich nicht nach. Sie wusste, was sie an ihm hatte: Anstand, Geradlinigkeit, Offenheit und Fürsorge. Er war sonst immer rücksichtsvoll und versuchte, ihnen ihr gemeinsames Leben zu Dritt so angenehm wie möglich zu machen. Sie vertraute ihm von ganzem Herzen. Nur – wenn das tatsächlich so ein freudiges Wiedersehen gewesen war, warum war er dann so übel gelaunt gewesen?

***

Für den Tag danach hatte Strom sich mit Abkhashvili am Rheinufer verabredet: zwischen dem legendären Weinhäuschen und dem Anleger der Fähre nach Königswinter. Hier gab es zu dieser kühlen Jahreszeit viele freie Sitzbänke mit einem herrlichen Blick hinüber zum Drachenfels – direkt hinter der Seniorenresidenz „Haus Steinbach". Wenn auch noch nicht jetzt, so würden die beiden doch in wenigen Jahre sicherlich auch für Bewohner dieses Heims durchgehen können. Sie gingen mit großen Schritten darauf zu.

Auf jeden Fall war es eigentlich zu kalt an diesem späten Oktobermorgen, um draußen auf einer Parkbank zu sitzen.

„Was machst Du jetzt, Wassili? Immer noch bei der alten Firma? Ach ja – beim FSB?"

„Nein. Ich bin im Ruhestand. Ich habe einen Bekannten, der hat eine kleine Datscha außerhalb Moskaus. Wir gehen angeln."

„Moskau? Ich dachte Du wolltest zurück nach Georgien."

„Was soll ich in Georgien? Da kennt mich niemand mehr. Ich habe zuletzt in Moskau gearbeitet. Meine Eltern sind tot, und wo meine Schwester wohnt, weiß ich nicht. Damals, nach unserem Projekt, kam nicht mehr viel. Ich glaube, schon gegen Projektende kam Gorbatschow dran, und dann war alles anders. Die haben mich in irgendeine Registratur gesteckt, und ich habe Akten sortiert. War nicht anstrengend."

***

Anfang der 80er des letzten Jahrhunderts produzierte der CIA einen seiner vielen Berichte über die Versorgungslage in der Sowjetunion. Darin ging es insbesondere um die Getreideernten und deren Verbleib. Jährlich wurden zwischen 160 und 190 Millionen Tonnen Getreide eingebracht. Das meiste – Weizen eingeschlossen – wurde zur Fütterung von Tieren verwendet. Aus dem, was übrig blieb, wurde Brot für die Bevölkerung gebacken. Gutes Brot. Gemessen an der Fleischqualität, die bei der Viehzucht herauskam, war die Verfütterung von Weizen reine Verschwendung. Aber, wie dem auch sei: die Tonnage hätte eigentlich reichen müssen für das, was der Fünfjahresplan vorgab. Es kamen aber nur weniger als zwei Drittel der Ernte auf dem Staatsmarkt an. In den Kolchosen wurde das Getreide über Fließbandanlagen einfach im Freien aufgetürmt und dann der Sonne, dem Regen und dem Wind überlassen, die das Ihrige taten, um die Berge mit dem Erntegut schrumpfen und faulen zu lassen. Ratten und Mäuse sorgten für weiteren Schwund. Was noch übrig blieb, wurde gestohlen. In den südlichen Sowjetrepubliken von der Ukraine bis zum Kaukasus verschwanden ganze Güterzüge mit Getreide.

Nach der erfolgreichen Oktoberrevolution war unter Lenin seinerzeit die sowjetische Außenhandelsgesellschaft Soveximp gegründet worden. Diese Organisation sollte Devisen beschaffen, indem Überschüsse aus den damaligen

Getreideernten ins Ausland verkauft werden sollten. Ein berechtigtes Ziel, denn vor der Revolution erwirtschafteten Kornkammern wie die Ukraine tatsächlich einen Überschuss. Zu Zeiten des CIA-Berichts jedoch war schon lange alles anders. Die ehemalige Exportgesellschaft war gezwungen, seit Jahren über marktbeherrschende westliche Handelsgesellschaften für Milliarden von Dollar Getreide zuzukaufen.

Die Devisenakkreditive, die die Regierung der UdSSR dafür bewilligte, mussten jedes Mal nach sozialistischer Wirtschaftslogik auch zwangsläufig aufgebraucht und verrechnet werden – unabhängig von der letztendlichen Qualität der gelieferten Ware, die in den vierzig Seehäfen rund um die UdSSR gelöscht wurde. Devisen, die einmal für eine bestimmte Transaktion bewilligt worden waren, konnten innerhalb dieses Systems keinem anderen Verwendungszweck mehr zugeführt werden. Das führte unausweichlich zu neuen Problemen. Denn unterwegs auf den Schiffen und während der langen Reisen gab es neuen, wenn auch im Verhältnis zur Heimat geringeren, Schwund. Auch auf den Lastschiffen faulte manchmal etwas, war Ungeziefer mit an Bord gekommen, das sich ernähren wollte – alles in allem zwischen drei bis fünf Prozent der Gesamtladung. Gutschriftverfahren zur Zurückgewinnung zuviel bezahlter Devisen waren dem Sowjetsystem unbekannt und verwaltungstechnisch auch nicht möglich.

Jetzt griff die gängige Kompensationslogik: der Tauschhandel. Gesucht wurden westliche Technologien, die nicht genehmigungspflichtig für den Export in den damaligen Ostblock waren. Und qualitativ hochwertig mußten die auch sein. Waren, die man zuhause im Osten nicht bekam. Was bot sich also mehr an, als durch ein Kompensationsgeschäft gegen den im Voraus ja bezahlten Getreideschwund mit einem der Haupthandelspartner die gewünschte Technologie ins Land zu holen?

Das Handelshaus Haupthaus & Sendker in Bonn war einer der Haupthandelspartner von Soveximp. Diese Bindung hatte sich über viele Jahre – ja, viele Generationen – entwickelt. Demzufolge spielten persönliche Beziehungen zwischen den Vertretern beider Partner eine wesentliche Rollte. Wie bei Kaufleuten überall, aber wegen der Konstellation im Kalten Krieg im Besonderen, war die Vertrauensbasis genauso wichtig wie das eigentliche Geschäft. Und es war Haupthaus & Sendker, die das Anliegen von Soveximp aufgriffen, ein Kompensationsgeschäft besonderer Art durchzuziehen.

Sie setzten ein Projekt auf im Rahmen des Kompensationsvolumens, das sich über einige Jahre angesammelt hatte und noch nicht durch indisches Milchpulver oder bulgarische Jeans ausgeglichen war. Was bot sich als wertvolles Handelsgut besser an als qualitativ hochwertige deutsche Werkzeugmaschinen mit modernsten

Steuerungssystemen? Das Projekt steckte alle erforderlichen Komponenten ab: Spezifikation des gewünschten Typs und der technischen Leistungsdaten, Beschaffung, Abwicklung der Ausfuhrmodalitäten, Transport, Versicherungen, Anlieferung vor Ort und Abnahme in Odessa. Hinzu kamen begleitende Beratungsleistungen durch Spezialisten, die die zugehörige Technologie beherrschten. Das Ganze wurde getragen von einem Projektteam, dem Mitarbeiter aus Ungarn, Deutschland, der Schweiz und Belgien angehörten. Projektleiter war zunächst ein Paul Snider, ein Engländer, der aber schon bald abgezogen werden musste, als der MI6 von der Sache Wind bekam. Der britische Gemeindienst lud ihn vor und bot ihm einen unbezahlten Nebenjob als regelmäßiger Berichterstatter über alles an, was er sonst noch in Odessa in Erfahrung bringen konnte. Schließlich hatte er ja Zugang zu sowjetischen Behörden. Als Snider dankend ablehnte, folgte postwendend die Erpressung: seine Schwester würde ihren Arbeitsplatz verlieren und andere Nachteile erleiden. Snider stieg aus. Er wurde ersetzt durch Richard Strom.

Projektstandort war also Odessa, das Projektbüro wurde an der Peripherie der Stadt in einem ehemaligen Fabrikgebäude nicht weit von der Hauptausfahrtstraße, die zum internationalen Flughafen der Stadt führte, eingerichtet – mit ukrainischen Sekretärinnen und Köchin. Die Maschinen selbst wurden nach Lieferung in einer

Halle von Soveximp im Zentrum der Stadt aufgebaut. In diesem Gebäude waren auch noch weitere dezentrale Behörden des sowjetischen Außenministerium selbst – damals noch unter Leitung von Gromyko – untergebracht – also ein hochsensibler Ort für westliche Spezialisten, die dort – zwar unter Bewachung – Zugang hatten.

Im Rahmen dieses Projekts und an diesem erlauchten Ort lernte Strom seine beiden ständigen Begleiter Wassili Abkhashvili und Sergej Saizew, die ihm – zumindest in Odessa – nicht mehr von der Seite weichen sollten, kennen: Heckel und Jäckel, der eine vom KGB abgestellt, der andere nach eigenem Bekunden Mitglied der Partei:

„Ich arbeite gerne mit Menschen zusammen", hatte Sergej ihm offenbart. Soso.

Und dann tummelten sich jede Menge andere Grenzgänger auf dem Projekt oder in dessen Nähe: englische Wartungsingenieure, die die westlichen Computer der Aeroflot am Laufen hielten, und die in vierzehntägigen Austauschschichten in ihre Heimat ein- und dann wieder ausgeflogen wurden; Programmierer aus Finnland, die auf eine Zukunft beim sibirischen Gaspipeline-Projekt, das gerade angelaufen war, hofften. Das war der wilde Osten fünf Jahre vor der Wende. Breschnjew war gerade tot, und KGB-Chef Andropov hatte die Staats- und Parteiführung übernommen.

**

75

Die beiden Männer saßen an jenem kalten Oktobermorgen immer noch auf ihrer Parkbank am Rheinufer. Ein schneidender Wind blies vom Wasser her. Strom bohrte:

„Haben die dich jetzt geschickt?"

„Ritchie, ich bin hier nicht auf eigene Kosten, aber es hat nichts mit denen zu tun, auch nicht mit unserer alten Geschichte."

„Was dann? Ich habe Dir gesagt, dass bei mir nichts mehr läuft. Alle Rechnungen sind beglichen. Von mir kannst Du nichts erwarten. Und ich finde es unverschämt, dass Du einfach so in mein Leben eindringst." Strom hatte sich vorgenommen, keinen Zentimeter nachzugeben. Er musste diesen Burschen ohne Aufsehen und im Handumdrehen wieder loswerden. Sonst wäre sein jetziges Leben ein einziges Durcheinander.

Er war am Morgen ganz gelassen in dieses Gespräch hineingegangen. Barbara wusste, wo er sich verabredet hatte. Und ansonsten hatte er sie ja eigentlich doch nicht belogen: er hatte wirklich einen alten Partner getroffen, und der schlug nun ein kleines Geschäft vor. Heute Morgen, als er aus dem Haus ging, wusste sie, dass er sich mit dem alten Kollegen traf. Sie wusste zwar nicht, was das für einer war, aber sie wünschte ihrem Richard auf jeden Fall alles Gute. Richard Strom hatte versprochen, sich dieses Mal auf keinen Fall zu betrinken und sofort anzurufen, wenn er sich verspäten würde. Sie hatten sich an der

Wohnungstür mit kurzem Gruß verabschiedet. Er spürte es dennoch – ganz leise: etwas war geblieben seit jenem Abend. Etwas war hängen geblieben. Es war jetzt anders – würde immer anders sein. Aber vielleicht war es sein eigenes Gewissen, das ihm das nur vorgaukelte. Vielleicht war doch nichts. Nichts.

„Gut, das mit den alten Rechnungen mag stimmen. Vielleicht nicht ganz, aber im Wesentlichen. Weißt Du – etwas bleibt immer offen. Kleinigkeiten, die man vielleicht vergessen hat. Na ja. Ritchie, Du bist der Mann, der mir in einer bestimmten Sache helfen kann. Ich brauche einen letzten Gefallen."

„Du hast keinen Anspruch auf irgendeinen Gefallen. Und wer sagt mir, dass danach nicht noch ein Gefallen und noch einer und noch einer …"

Die dunkle Bemerkung über vergessene offene Kleinigkeiten hatte Strom hellhörig gemacht. Und er spürte schon wieder diesen unregelmäßigen Herzschlag in der Magengrube. –

„So sieht die Sache nicht aus. Danach ist Schluss für immer. Ganz einfach deshalb, weil das in der Natur des Gefallens liegt. Es ist eine einmalige Angelegenheit, bei der Deine alten Verbindungen und Fähigkeiten gefragt sind. Es gibt niemanden sonst, und nach diesem speziellen Projekt wird es nichts mehr geben. Glaub mir." Abkhashvili lächelte gespielt.

„Kein Wort. Die Tatsache, dass Du hier bist, ist mir Beweis genug für Deine Unglaubwürdigkeit."

„OK. Also, ich bin von einigen Leuten gebeten worden, Dich anzuheuern, eine bestimmte Ware zu besorgen. Nur Du kannst das erledigen – aus verschiedenen Gründen. Die werden Dir das auseinanderlegen. Ich bin nur befugt, den Kontakt herzustellen und Dich zu einem Treffen einzuladen. Die ganze Sache ist nicht sehr Zeit aufwendig. Ich meine, wenn Du Dich gut anstellst, kann alles in einigen Wochen vorbei sein. Du musst wahrscheinlich nur ein- oder zweimal für ein paar Tage verreisen. Das ist alles."

„Du kannst mich vergessen. Ich bin nicht dabei, egal, was dabei herausspringt. Ich bin versorgt. Ich brauche kein Geld."

„Es geht nicht um Geld. Ich will nicht unfreundlich sein, aber ich glaube, die haben etwas gegen Dich in der Hand. Ich weiß es nicht. Ich weiß nicht, was."

Was könnte das schon sein? Strom jedenfalls konnte sich an nichts erinnern, was nicht schon lange geregelt oder vergessen war. Er war sauber.

„Die wollen Dich in Königswinter in den nächsten Tagen sehen."

***

Nordrhein-Westfalen müsste das Land mit der weltweit größten Getreideproduktion pro Hektar sein – jedenfalls könnte das jemand annehmen, der den jährlichen Umsatz von 42 Milliarden Dollar im Getreidehandel von Haupthaus & Sendker in Bonn als Meßlatte für diese Bewertung nimmt. Und trotz dieser enormen Zahl hatte Richard Strom beim ersten Mal richtig Mühe gehabt, den Sitz des Unternehmens überhaupt zu finden. Etwas verloren hatte er damals auf dem Marktplatz gestanden und nach einem Fotogeschäft Ausschau gehalten. Das hatte man ihm als Orientierungspunkt genannt. Rekrutiert worden war er von Ted Howard aus London, der seine Headhunter-Zentrale in der Bakerstreet betrieb. Sie hatten sich vierzehn Tage vorher ebenfalls in Bonn, aber in der Lobby des Günnewig Hotels getroffen. Dem allen vorausgegangen war eine attraktive und gleichzeitig etwas rätselhafte Stellenanzeige in der International Harald Tribune. Gesucht wurde ein Technischer Direktor für die IT-Abteilung eines Chemieunternehmens. Es gab eine Chiffre, aber kein Land, kein Ort, nichts weiter – lediglich ein Anforderungsprofil. Richard Strom war ein Abenteurer damals, dem es gleichgültig war, wo seine operative Basis sein würde – ob in Europa, Nordamerika oder meinetwegen im Nahen Osten. Er meldete sich. – Aber: Haupthaus & Sendker war eben kein Chemieunternehmen. –

Endlich hatte er das Fotogeschäft gefunden. Und dann wusste er schon wieder nicht weiter. An oder neben der Eingangstür des Ladens gab es keine weiteren Namensschilder oder Briefkästen. Zuerst wollte er sich im Fotoladen selbst nach seinem neuen Arbeitgeber erkundigen, dann schlich er sich jedoch an der Eingangstür vorbei in einen kleinen Innenhof. Dort fand er eine Eisentreppe, die von außen zum ersten Stockwerk des Hinterhauses hoch führte. Neben der Tür las er ein einfaches Schild:

„GESELLSCHAFT FÜR AUßENHANDEL"

Die Gesellschaftsform war nicht angegeben. „Es handelt sich um ein nicht Börsen notiertes Familienunternehmen", hatte Howard ihm beim Interview gesagt. Strom stieg die eisernen Stufen hoch, stand vor einer einfachen Holztür ohne Fenster und betätigte die Klingel daneben. Die Tür schwang offen, und dann stand er im Empfang. Um sich herum sah er eine andere Welt als diejenige des unwirtlichen Hinterhofs, über den er gekommen war. Gediegene Holztäfelung an Decken und Wänden, Marmorfußboden, gläserne Büros, wohin er schaute. Eines der Büros hatte cremefarbene Vorhänge. Sie waren zugezogen. Rechtwinklig dazu saß hinter einer niedrigen Theke eine rundliche junge Frau, die ihn freundlich anlächelte:

„Guten Tag. Mein Name ist Richard Strom. Ich habe eine Verabredung mit Herrn Busheer."

„Guten Tag, Herr Strom. Wir haben Sie schon erwartet. Hatten Sie eine gute Reise?" und ohne eine Antwort abzuwarten: „Einen Moment bitte."

Sie machte zwei Schritte von ihrem Platz aus und öffnete die Tür zum Gardinenraum:

„Herr Strom ist da."

Eine sonore Stimme dröhnte von innen: „Herein. Kommen Sie herein." Und dann: „Herzlich willkommen, Herr Strom. Hatten Sie eine gute Reise? Setzen Sie sich doch. Hier. Veronika, bringen Sie den Kaffee."

Das erste, was Strom auffiel, waren die großen, fast schwarzen Augen des Mannes, der ihm jetzt gegenüberstand: eines war aus Glas. Offensichtlich. Busheer war von schlanker mittlerer Statur, hatte pechschwarze Haare, wulstige Lippen, einen kräftigen Oberlippenbart und war ansonsten eher von orientalischem Aussehen. Auf seinem Schreibtisch lagen kaum Unterlagen, in einer schwarzen Bakelitschale eine Tasbih.

„Mein Name ist Salas Busheer. Sie nehmen doch Kaffee?"

Veronika hatte zwei Tassen, eine Thermoskanne, Zucker und Sahne hereingebracht. Goldene Löffelchen.

„Ja, gerne." Damals noch.

Busheer schenkte ein, reichte Sahne und Zucker herüber. Sie saßen an einem kleinen Konferenztisch. Strom sah keinen Wandschmuck – nicht ein einziges Bild.

„Danke, sehr aufmerksam."

„Nehmen Sie es als ein Zeichen. Wenn Sie eines Tages keinen Zucker mehr in meinem Büro bekommen, sind Sie in Ungnade gefallen." Eines Tages.

Busheer stellte einige Fragen zu Stroms bisheriger Karriere. Er hatte die Personalakte mit

Lebenslauf in seinen Händen. Dann holte er weit aus und erzählte von den Geschäftsaktivitäten von Haupthaus & Sendker im Allgemeinen: Getreidehandel, Alkoholhandel, Fleisch aus Südamerika, Hähnchen nach Saudi-Arabien, Baumwolle, Zucker, Kakao, Hotelketten, Restaurantketten, eine eigene Reederei. Teilweise erkannte Strom die Namen der Tochterunternehmen wieder. Einige waren in der Öffentlichkeit ganz geläufig. Und wie den meisten Menschen auch, war ihm jedoch deren Zugehörigkeit zu diesem unermesslich reichen Familienunternehmen, dessen Zentrale, mit all den Milliardentransaktionen in seinen Büchern vergraben, über einem kleinen Fotogeschäft, verborgen von der Welt und zugänglich nur über eine Art Feuerleiter in einem schäbigen Hinterhof, versteckt war, niemals vorher bekannt gewesen.

Busheer nahm den neuen Technischen Direktor mit sich und machte eine Führung durch die Räume, zeigte ihm seinen Arbeitsplatz mit den zwei Glas- und den zwei Stahlwänden. Auf dem Wege wurde er Kollegen und Mitarbeitern vorgestellt: hier herrschte eine angenehm bunte Mischung aus Amerikanern, Engländern, Franzosen und Deutschen. Darunter befanden sich alte Fahrensleute und junge Dynamische mit Aufsteigerehrgeiz. Strom liebte die Atmosphäre auf Anhieb. Es konnte losgehen. Ein Jahr später war er in Odessa.

Von Bonn nach Ueckermünde

Barbara Strom würde mit einem frühen Flieger zunächst nach Berlin anreisen und von dort weiter mit der Bahn nach Pasewalk. Dort würde Nicole Reuter sie abholen. Geplant war, dass die beiden Frauen direkt in die Forensische fahren sollten zur Identifikation. Erst danach sollte Frau Strom ins Kommissariat kommen. Sie wollte am selben Tage noch zurück nach Bonn. Klein und Maurer würden am Tage vorher per Bahn anreisen, dort im Hotel „Am Markt" übernachten und am Folgetag nachmittags wieder Richtung Heimat aufbrechen. Das war der Plan.

***

Sieben Stunden Bahnfahrt, zwei Umstiege in Berlin und Pasewalk, anschließend noch eine knappe Stunde im Dienstfahrzeug von Falko Naumann – das reichte für Wolter und seine Begleiterin. Sie wurden direkt zum Hotel am wunderschön restaurierten historischen Markt der alten Hansestadt mit seinen Patrizierhäusern und malerischen Giebeln kutschiert. Der Marktplatz war neu gepflastert und für Kraftfahrzeuge gesperrt. An der Seite zur

Durchgangsstrasse war ein Brunnen mit der Bronzeskulptur eines Fischers in Lebensgröße errichtet worden – ein Hinweis auf die Lebensgrundlagen dieser alten Stadt am Meer gestern und heute. –

„Wir haben uns gedacht, dass Sie heute nicht mehr in die Dienststelle kommen. Machen Sie sich frisch von der langen Reise. Hauptkommissar Wolter und ich holen Sie gegen sieben Uhr hier ab und wir gehen etwas essen. Dann bringen wir Sie auf den neuesten Stand."

Das war den Beiden recht. Naumann fuhr in die Liepgartenstrasse. Der Bericht der Ballistiker war eingetroffen. Er ging damit in Wolters Büro:

„Hier ist der Bericht. Er ist unvollständig. Die Leute in Schwerin haben Schwierigkeiten."

„Das verstehe ich nicht. Einfacher kann keine Lage sein: drei Tote, alle fünf Projektile steckten. Die Geometrie ist bekannt und ausgemessen, Eindringwege und -tiefen: alles bekannt. Und die beiden Waffen nichts Besonderes: eine Glock bei Radke und eine Mauser bei dem Russen. Wo soll das Problem sein?"

„Es gibt zwei Probleme. Erstens: zählt man alle Projektile zusammen und vergleicht deren Anzahl mit der Gesamtzahl fehlender Patronen in den Magazinen der beiden Pistolen, gibt es eine Diskrepanz. Es sind zu viele Patronen in den Magazinen geblieben. Wir hatten fünf Einschüsse und nur drei Patronen wurden abgefeuert."

„Das bedeutet, dass einer von den anderen Schleusern, die mit ihrer Ware entkommen sind, ebenfalls geschossen haben müsste."

„Kann sein. Aber dann muss der eine sehr seltene Waffe besessen haben."

„Wieso?"

„Hier liegt das zweite Problem: die Schweriner können den Projektilen, die im Körper von Iwanow gefunden wurden, keine bekannte Waffe zuordnen. Jeweils bisher noch nicht. Sie brauchen mehr Zeit. Alle gängigen Fabrikate scheiden aus."

„Also, wie war der Ablauf?"

„So, wie es aussieht, hat zuerst Radke geschossen – und zwar zweimal in den Rücken von Strom. Da Strom von seinen Kugeln starb, kann die Reihenfolge nicht anders gewesen sein, denn jetzt war Radke selbst dran aus der Waffe des Russen in die Stirn. Musste in dieser Abfolge auch so sein, da der Russe später von einem Unbekannten mit unbekannter Waffe umgelegt wurde."

Schweigen. Wolter schaute auf seine Armbanduhr: „Wir müssen los. Die warten."

***

Für die vier Kriminalbeamten war in der Hafenschänke Backbord ein Tisch reserviert worden. Abends war es schon frisch so direkt am Wasser, sodass sie drinnen saßen. Draußen führte die Einfahrt in die Marina von Ueckermünde lang.

Die Uecker floss träge vorbei, mäandernd durch Felder und Wiesen in Richtung Stettiner Haff. Das Restaurant war ziemlich neu und wie eine Seeräuberspelunke eingerichtet mit Schiffsmodellen, Knotenkästen, Ölbildern von Hafenszenen und Segelschiffen, Navigationsinstrumenten und Netzen an der Decke. Klein und Maurer waren begeistert. Nach dem üblichen Höflichkeitsgeplänkel kam man zur Sache. Spezialitäten des Hauses – natürlich Fisch: Barsch oder Haffzander oder Aal – und Lübzer Pils. Das Getränkt war dem Hauptkommissar Klein unbekannt:

„Ich bin eigentlich Kölschtrinker." Das wiederum sagte Wolter und Naumann nichts:

„Die Marke haben wir hier nicht. Aber es gibt natürlich auch andere Pilssorten: Wernesgrüner oder Hasseröder. Manche haben auch Veltins oder Wahrsteiner."

„Hasseröder gibt es auch bei uns. Aber Kölsch ist keine Marke. Das ist ein anderes Bier. Da gibt es viele Sorten. Wie der Name sagt: es kommt aus Köln. Mariechen hier kennt sich auch damit aus."

„Mariechen?"

„Ja, unsere Tanja war mal Funkenmariechen bei den Godesberger Burggrafen."

„Das ist lange her", ergänzte Tanja Maurer. Wolter und auch sein Kollege zeigten keine Regung:

„Müssen das Kölsch mal probieren, wenn wir Euch besuchen. Also: auf gute Zusammenarbeit." Das Lübzer schien den beiden Rheinländern zu schmecken, denn sie bestellten später noch nach. Wolter holte aus:

„Also, bevor wir in die Details gehen, sollten wir unsere Zusammenarbeit klären. Mordkommission und so weiter steht. Da seid Ihr erst einmal außen vor. Presse hier haben wir informiert."

„Auch gut", warf Klein ein.

„Also, erst einmal vielen Dank, dass Ihr uns behilflich seid. Je nachdem, wie die Befragung mit der Frau morgen läuft, entscheiden wir gemeinsam, ob wir es bei einfacher Amtshilfe belassen, oder ob Ihr voll in die Ermittlungen einsteigt. Ihr werdet sicher noch in Bonn einige Recherchen für uns erledigen müssen." Klein unterbrach:

„Ich sehe das ähnlich. Wenn Strom nur ein Opfer war, sind wir von unserer Seite wahrscheinlich ziemlich schnell fertig. Sollte er aber Beteiligter sein, der mittendrin steckt, müssen wir bei uns Fährte aufnehmen. Dann sind wir in der ganzen Sache dabei."

„Sehe ich auch so." Wolter brachte die beiden Bonner auf den aktuellen Stand der Ermittlungen. Klein fasste zusammen:

„Wenn ich das richtig verstanden habe, sieht die Lage mittlerweile so aus: drei Männer wurden in einem Waldstück hier in der Nähe der polnische Grenze erschossen aufgefunden. Die Schiesserei fand bei einer Schleuseraktion von Polen nach Deutschland statt. Die Identität einer Person, des Russen, ist nicht eindeutig geklärt, über die zweite mit einem Fragezeichen werden wir möglicherweise morgenfrüh endgültig Klarheit haben. Nicht identifiziert sind zwei Autos, die in der Nacht am Tatort waren und die Waffe und die zugehörige Person, von der der Russe erschossen wurde."

„Gut. Was wisst Ihr über Strom?"

„Bis zu seinem Todestag war er sauber. Es liegt nichts gegen ihn vor. Wir sind noch nicht in die Tiefe gegangen, aber soviel ist bekannt: er war im frühen Ruhestand. Seine Frau betreibt einen bescheidenen Internetschmuckhandel."

„Und er kam regelmäßig hierher", bemerkte Naumann.

„War zuletzt in einem Hotel namens „Pommernyacht abgestiegen." Wolter und Naumann holten Luft: „Das ist hier gleich nebenan über die Strasse – da, Ihr könnt es durchs Fenster sehen", rief Wolter. Tatsächlich, ein Hotel wie ein Schiff gebaut, aus weißen Backsteinen.   „Ich gehe sofort rüber, bin gleich wieder da." Und schon verschwand Wolter aus dem Lokal. Zehn Minuten später war er zurück:

„Stimmt, Strom war schon öfter da gewesen. Hatte dieses Mal zwei Nächte gebucht, war aber für die Nacht, in der alles passiert ist, nicht aufgetaucht. Rechnung unbezahlt. Und noch jemand. Dreimal dürft Ihr raten, wer." Pause. „Iwanow."

„Und …. ?" fragte Naumann.

„Wir müssen morgen weitermachen. Die Gästeliste durcharbeiten. Beide, Strom und Iwanow, sind regelmäßig da abgestiegen. Die ziehen für uns die Details mit allen Daten heraus. Ging jetzt so schnell nicht."

„Wir müssen uns morgen die Witwe vorknöpfen", sagte Klein. Tanja Maurer hatte Bedenken: „Sicher, wir können Sie befragen. Aber so kurz nach der Identifikation wird sie unter Schock stehen. Ich weiß nicht, ob das vernünftig ist."

„Wir werden die großen Linien abklopfen. Die Details bohren wir nach, wenn sie wieder zuhause ist."

„Ihr solltet das machen", meinte Wolter.

***

Gegen Mittag des folgenden Tages hielten sich Heinz Wolter, Thorsten Klein, Falko Naumann und Stefan Kirn in Wolters Büro in der Liepgartenstrasse bereit. Nicole Reuter und Tanja Maurer waren bei Barbara Strom in der Forensischen. Wolter berichtete:

„Habe mit meinem Freund Jens Siepker von der Bundespolizei gesprochen. Die Tatsache, dass da jemand eine Waffe unbekannten Typs benutzt haben soll, beunruhigt ihn. Das, und dass ein Russe dabei war, passt für ihn überhaupt nicht ins Bild. Schleuser sind keine komplizierten Gangster. Die sind einfach gestrickt. Er meinte, da müsste mehr hinter stecken. Und auch, dass zwei von den Beteiligten regelmäßig hier auftauchten. So oft laufen solche Aktionen nicht. Dass wäre seiner Truppe längst aufgefallen. – Hier ist die Liste von dem Hotel. In den letzten sieben Monaten haben die beiden in schönster Eintracht gleichzeitig so alle vier bis sechs Wochen für ein oder zwei Nächte dort logiert."

„Das passt nicht ganz zu dem Muster, das uns Frau Mader von Sixt geliefert hat", kommentierte Kirn.

„Inwiefern?"

„Laut ihrer Aussage kam Strom schon seit einigen Jahren regelmäßig hier rauf. In der Pommernyacht ist er aber erst seit gut einem halben Jahr regelmäßig abgestiegen."

„Dann muss er sein Verhalten aus irgendeinem Grund geändert haben", schloss Klein.

„Die AVIS-Leute in Berlin sagten, dass Iwanow auch bei ihnen seit gut einem halben Jahr regelmäßiger Kunde war", ergänzte Kirn.

„Stroms Frau wusste von diesen Reisen, aus welchem Grunde auch immer die gemacht wurden. Es nutzt nichts. Sie muss uns weiter helfen."

Es klopfte. Dann steckte Nicole Reuter ihren blonden Kopf zur Tür herein: „Wir sind da."

„Kommt rein …. und?" war Wolters Reaktion. Reuter nickte, dann verhalten: „Positiv." Erleichterung auf allen Gesichtern, als Nicole Reuter und Tanja Maurer mit einer gefassten Barbara Strom ins Zimmer kamen. Naumann bot der Frau Kaffee an, den sie ablehnte: „Danke. Nein. Ich möchte wissen, was passiert ist."

Klein stellte sich und die Kollegen kurz vor und begann: „In der fraglichen Nacht – also vor fünf Tagen – sind hier in der Nähe an der polnischen

Grenze in einem einsamen Waldstück drei Männer erschossen worden, darunter Ihr Mann Richard Strom. Einer der beiden anderen war eine krimineller Schleuser, der illegal Menschen über die Grenze schmuggelte, die Identität des Dritten wird noch überprüft. Ihr Mann starb an zwei Lungensteckschüssen, die von hinten auf ihn abgefeuert wurden, nachdem er versucht hatte, sich in einer Hütte im Wald zu retten ...."

Barbara Strom unterbrach ihn: „Wenn es in der Nähe von Rieth war, kenne ich die Hütte." Atemlose Stille. „Wir haben uns dort einmal mit unserem Töchterchen Gina in den Ferien untergestellt, als es regnete und wir dort gewandert sind."

„Sie haben hier oben Urlaub gemacht?"

„Sicher. Schon seit Jahren. Jedes Mal im Sommer. In Altwarp."

„Wo denn da?"

„Bei Freunden. Genauer gesagt bei Familie Althaus an der Seestrasse."

Klein wurde jetzt eindringlich: „Frau Strom. Wir können Ihre persönliche Situation nachvollziehen ...."

„Können Sie nicht."

„Frau Strom, wir wissen, dass Ihnen das alles nicht leicht fällt. Wir werden Sie jetzt nicht formell verhören und zu sehr in Sie eindringen. Außerdem sind Sie unter Zeitdruck. Kommissar Naumann wird Sie in Kürze wieder nach Pasewalk zu Ihrem Zug fahren. Aber vorher müssen Sie uns noch einige wenige, aber entscheidende Fragen beantworten. Wollen Sie das tun? Wir alle, Sie eingeschlossen, möchten doch dieses Verbrechen aufklären, möchten wissen, wer Ihren Mann erschossen hat."

„Auf jeden Fall. Bitte, fragen Sie."

„Vielen Dank." Tanja Maurer schaltete sich ein: „Als wir Sie zuhause kurz befragt haben, sagten Sie, über die letzte Reise Ihres Mannes informiert gewesen zu sein. Ist das richtig?"

„Ja, sicher. Ich sagte Ihrem Kollegen sogar den Namen des Hotels."

„Wie oft reiste Ihr Mann in diese Gegend, und was machte er hier oben?"

„Er fuhr so alle vier bis sechs Wochen nach Ahlbeck auf Usedom und dann später auch nach Ueckermünde. Wir haben ein kleines Geschäft. Wir handeln mit Bernsteinschmuck im Internet. Alles legal und dem Finanzamt bekannt. Richard kaufte den Bernsteinschmuck hier von einer polnischen Händlerin. Manchmal trafen sie sich in Swinemünde, wo sie wohnt, meistens aber in Ahlbeck. Dann stellen wir die Sachen ins Netz, und so ist das Geschäft."

„Wie lautet die Webadresse Ihres Portals?" fragte Kirn.

„www.rbstrombern.de." Kirn ging zum Rechner auf Wolters Schreibtisch und gab die Adresse ein. Die andern versammelten sich vor dem Bildschirm.

„Frau Strom, würden Sie bitte dazu kommen?"

92

„Mein Mann hat das selbst programmiert." Die Hauptseite – alles in Bernsteinfarben hinterlegt – zeigte einen dicken Klunker an einer Goldkette und links die Menuoptionen. Die Philosophie war wie bei amazon und anderen Internetverkaufsangeboten: Produktkategorien, ein Suchfeld, der Warenkorb und dann die kommerzielle Abwicklung.

„Danke", sagte Klein: „Wir wollen jetzt nicht zu tief in die Details gehen. Vielleicht ein anderes Mal. – Egal. Sagen Sie, kannte Ihr Mann eine Person Namens Iwanow?"

Es kam ohne zu überlegen: „Nein. Den Namen habe ich wohl schon einmal gehört, aber nicht bei uns. Ist ja ein Allerweltsname im Osten oder in Russland. Oder?"

„Sagt Ihnen der Name Frank Radke etwas?"

„Überhaupt nichts."

„Vor seiner letzten Reise, hat da Ihr Mann irgendetwas verlauten lassen, dass er etwas Besonderes vorhatte? Etwas anderes als sonst?"

„Nein. Alles war wie immer." Barbara Strom machte plötzlich einen erschöpften und gequälten Eindruck. Maurer gab Klein ein Zeichen. Der nickte:

„Noch eine Frage. Können Sie uns Namen und Adresse der polnischen Bernsteinhändlerin geben?"

„Ja, sicher. Paula Glincka aus Swinemünde, Wojska Polkiego 102."

„Danke, Frau Strom. Kommissar Naumann wird Sie jetzt nach Pasewalk fahren. Haben Sie noch Fragen?"

„Ja. Wie geht es jetzt weiter? Ich meine mit meinem Mann und so?"

Nicole Reuter antwortete: „Sobald der Leichnam freigegeben ist, geben wir Ihnen Bescheid. Das hängt von den laufenden Ermittlungen ab. Es tut uns leid, aber Sie müssen sich noch gedulden. Am Besten, Sie setzen sich zuhause mit einem Bestatter in Verbindung, der den Kontakt mit uns aufnimmt für die Überführung und so weiter."

Tanja Maurer ergänzte: „Wir werden uns auch in den nächsten Tagen wieder bei Ihnen melden. Es gibt noch eine Menge zu besprechen. Nochmals vielen Dank. Und unser aller Beileid."

***

„Es sieht so aus, als ob da mehr drin steckt. Entweder Strom ist rein zufällig in diese Geschichte reingestolpert, als er seine alte Ferienhütte besuchen wollte …." fing Wolter an.

„Ja, und zwar mitten in der Nacht. Und ausgerechnet diese alte Siffbude", unterbrach ihn Kirn.

„ …. oder das Ganze ist ein Cover für etwas ganz anderes. Leute aus Bonn, Ihr seid dabei. Wir machen hier weiter und Ihr bei Euch. Der Kontaktmann hier ist Falko für die Routine."

94

„Bei uns macht das Sven Kessenich. Der war zwar jetzt nicht dabei, ist aber mit dem Fall vertraut", bestimmte Thorsten Klein. –

Es klopfte. Ein Bote reichte einen Umschlag herein. Kirn nahm ihn an sich und reichte ihn an Wolter weiter. Der zog ein Blatt heraus:

„Eine Nachricht von der russischen Botschaft." Kurze Pause. Wolter überflog den Bogen: „Ein Yuri Iwanow mit der angegebenen Passnummer ist vor gut zwei Jahren in einem Krankenhaus in Moskau an Leberkrebs verstorben."

Berlin-Schönefeld

Der EL Al Flug LY351 setzte sanft auf – gut vier Stunden nach dem Abflug vom Ben Gurion International Airport in Tel Aviv. Tobias Blumenbach war schon einige Male in kleiner Mission in Deutschland gewesen. Die großen Dinger hatten für ihn woanders stattgefunden, aber er kannte Deutschland und die Mentalität der Menschen hier. Sie waren ihm nicht unsympathisch, und er liebte die deutschen Lokale und das Bier. Eigentlich kam er gerne hierher zurück, obwohl er nicht mehr damit gerechnet hatte, noch einmal einen Einsatz zu bekommen. – Die Maschine stand und er kramte sein Handgepäck aus dem Fach über sich. Blumenbach war ein beeindruckender, stattlicher Mann mit leichtem Bauchansatz, aber immer noch sportlicher Figur. Sein ehemals schwarzer kurzer Bürstenhaarschnitt war jetzt Pfeffer und Salz. Er trottete gemächlich hinter seinen Vorderleuten zum Ausgang der Maschine her.

Das Flugzeug hatte schon kurz nach 06:00 Uhr israelischer Zeit abgehoben, und Blumenbach hatte sich vorgenommen, während des Fluges etwas zu schlafen, was ihm nicht gelungen war. Zu viele Dinge gingen ihm durch den Kopf.

Vor einigen Tagen hatte er noch die Badesaison am Strand des Mittelmeeres genossen. Schon früh am Tag, noch vor Mittag. Er hatte seinen neuen Ruhestand auf einem Barhocker unter einem Schilfdach an einer Strandbar für sich alleine mit einer Serie Pina Coladas gefeiert und dabei Zeitung gelesen. Dabei war sein Blick auf ein junges weibliches Wesen auf der anderen Seite der Bar gefallen. Sie war höchsten dreißig Jahre alt gewesen und schlank wie eine Tanne mit schwarzen, krausen langen Haaren. Sie hatte eine Sonnenbrille mit Spiegelgläsern getragen und ihre Badetasche hinter dem Tresen beim Barkeeper deponiert gehabt. Dann war sie hurtig wie eine Gazelle über den Strand ins heranrauschende Wasser gelaufen und hatte sich in die Wellen gestürzt. Kurze Zeit später war nur noch ihr schwarzer Schopf in der Ferne über dem Wasser, wohin sie hinausgeschwommen war, zu sehen gewesen. Der Keeper hatte seinen Stammgast nur angeblickt und mit den Schultern gezuckt. Alles mehr als harmlos ….

Es hatte nichts Mitreißendes in seiner Zeitung an dem Tag zu lesen gegeben. Statt weiter zu lesen, hatte er sich die Zeit damit vertrieben, der jungen Frau im Wasser hinterher zu schauen – ohne unlautere Absichten. Nur so zum Zeitvertreib. Seine Attraktivität ließ ohnehin mehr und mehr zu wünschen übrig. Mehr als doppelt so alt wie sie, schätzte er. Und wenn auch. Er war schließlich Junggeselle und niemandem Rechenschaft schuldig.

Irgendwann war die Nixe dann wieder aus dem Wasser, hatte einen Fruchtcocktail getrunken, bezahlt, sich den Rest vom Meer abgetrocknet und in ihrem noch nassen Bikini in eine hautenge Jeans geschlüpft, ein neutral-weißes T-Shirt übergezogen und war verschwunden in Richtung der Shlomo Lahat Promenade mit ihrer Tasche über der Schulter.

Blumenbach war auch aufgebrochen, um dann nach Hause zu gehen und sich etwas zu essen zu machen. Er hatte nicht weit zu gehen. Er musste nur den Professor Yehezkel Kaufmann Boulevard überqueren, und schon befand er sich in den Nebenstraßen seines Neve Tzedek Viertels. Dort befand sich das mehrstöckige Haus mit seiner bescheidenen, aber für seine Bedürfnisse angemessenen Mietwohnung. Nachdem er die Haustür unten aufgeschlossen und die Treppe langsam bis in den ersten Stock hinaufgestiegen war, hatte er sie gesehen. Sie hatte da gesessen. Direkt vor seiner Wohnungstür. Ihre Strandtasche hatte sie neben sich abgestellt. Blumenbach hatte sie nur angeblickt. Er hatte sich nicht aus der Ruhe bringen lassen….

Der Passagier aus Israel nahm seinen Pass vom Kontrolleur wieder entgegen und begab sich zur Gepäckausgabe. Die Maschine war nicht besonders stark besetzt gewesen, so mitten in der Woche. Zehn Minuten später war sein Koffer auf dem Band. Auf dem Weg zu Hertz strömten die Erinnerungen der letzten Tage wieder auf ihn ein:

Die Frau war wie ein Klappmesser hochgeschnellt und hatte ihm eine Plastikkarte unter die Nase gehalten. Ein Blick auf den Ausweis hatte genügt. Er war trotzdem ganz ruhig geblieben. Ohne ein Wort und ohne einen weiteren Blick in ihre Richtung hatte Blumenbach seine Wohnungstür aufgeschlossen und der jungen Frau angedeutet, vorauszugehen. Sie hatte sich an ihm vorbeigeschoben und im Wohnzimmer ungefragt Platz auf seinem Sofa genommen. Ihm war dabei der feuchte Bikini unter ihrer Jeans auf seine Polstergarnitur eingefallen. Dann hatte sie ein Mobiltelefon hervorgezogen und irgendjemanden angerufen.

Sie war nur die Vorhut gewesen. So eine Art Trainee wahrscheinlich. Nach zehn Minuten hatte es unten an der Haustür geklingelt. Blumenbach hatte den Öffner gedrückt, seine Wohnungstür aufgesperrt und sich in den Rahmen gestellt. Zwei Männer im sportlichen Dress waren zügig die Treppe hinaufgeeilt, beide um die Vierzig, ihm unbekannt.

Sie hießen Ari Loeb, und Jakob Shmuel. Die Dame hatten sie mit Dana angesprochen. Dann legten sie los ….

„Mein Name ist Ernst Solinger. Ich habe ein Fahrzeug bestellt, einen Mazda Tribute", Blumenbach legte seinen gefälschten Führerschein vor. Die freundliche Dame am Hertz-Schalter wickelte zügig den administrativen Teil ab. Dann erhielt er den Schlüssel und seine Papiere.

„Das Auto steht in U2 rechts hinten unter den Hertz-Schildern. Im Fahrzeug liegt ein Stadtplan."

Blumenbach bedankte sich und fuhr mit dem Aufzug nach unten. Bis er den Wagen gefunden hatte, kam ihm noch einmal die Vorgeschichte in den Sinn:

Loeb hatte ihm eröffnet, dass sein Ruhestand eine kurze Unterbrechung haben würde. Es musste einfach sein, nur er, Blumenbach, wäre derjenige, der helfen könnte. In einer Angelegenheit, die von großer Bedeutung für die nationale Sicherheit sei. Und dann kam es ….

Tobias Blumenbach alias Ernst Solinger bugsierte seinen Mazda Tribute durch den Mittagsverkehr in Berlin Richtung Israelische Botschaft. Er wollte nur etwas abholen, das mit diplomatic pouch gekommen war. Etwas, das er in seiner Wohnung in Tel Aviv vor Kurzem nachdenklich in der Hand gewogen hatte.

Das war kurz nach dem alle, das Mädchen vom Strand eingeschlossen, wieder seine Wohnung verlassen hatten. Er war dann noch eine Weile still in seinem bescheidenen Wohnzimmer sitzen geblieben, hatte aus dem Fenster geschaut und stumm über das nachgedacht, was er gerade gehört hatte. Er hatte es sich nicht zu Herzen genommen.

Wenn er doch noch etwas erledigen konnte? Warum nicht? Danach wäre dann wieder Ruhe. Dann war er in sein Schlafzimmer gegangen, hatte eine Kommodenlade geöffnet und seine IMI Jericho aus der Lade geholt. Sie hatte schwer in seiner Hand gelegen. Er hatte sie nie abzugeben brauchen. Die hatten schon vorgedacht. Für alle Fälle. Man wird nie zu alt für dieses Geschäft. Dann hatte er das Gerät wieder fortgelegt. Bis zur Abreise.

Mehlem – Mainzer Strasse

Richard Stroms Leichnam war freigegeben worden. Die Beamten ließen seiner Witwe eine Schonfrist von zwei Tagen nach der Beerdigung, dann klingelten Tanja Maurer und Sven Kessenich an ihrer Wohnungstür. Sie waren angemeldet. Ein bleiche Barbara Strom bat sie hinein und bot ihnen Platz. Kessenich fing an:

„Frau Strom, danke, dass wir schon kommen durften. Aber es ist jetzt an der Zeit, dass wir den Hintergründen dieser schrecklichen Vorfälle auf die Spur kommen. Bisher hatten wir ja nur ein sehr grobes Bild."

„Bevor wir in die Details der Reisen Ihres Mannes einsteigen, haben wir Fragen zu seiner Person", fuhr Maurer fort. „Was machte Ihr Mann beruflich vor seinem frühzeitigen Ruhestand?"

„Richard war selbständiger IT-Berater. Er hat in ganz Deutschland und früher teilweise auch im Ausland Kunden und Projekte gehabt. Irgendwann wurde ihm das alles zuviel und er hat seine Rente beantragt und mir geholfen."

„Hatte er hier ein Büro?"

„Ja, kommen Sie."

Die Wohnung war nicht besonders groß, und in einem kleinen Zimmer mit Blick auf die Eisdiele unten am Platz vor der Sparkasse standen ein Schreibtisch mit Rechner, ein Bücherregal und ein Schränkchen daneben. Alles war gut aufgeräumt. Die Beamten ließen den Blick schweifen. Kessenich fielen zwei Figuren auf, zwischen denen einige Papiere steckten: ein kleiner Schäferhund aus Granit und ein Bär aus Onyx. Die mussten aus einem fremden Land sein oder von einem Flohmarkt. So etwas hatte er in den hiesigen Geschenkboutiquen noch nicht gesehen. – Sie gingen zurück ins Wohnzimmer. Maurer setzte die Befragung fort:

„War Ihr Mann immer selbständig?"

„Nein. Soviel ich weiß, hat er auch einmal als Angestellter gearbeitet, aber das muss lange her sein. Aus seinen früheren Berufsjahren weiß ich nichts. Er hat mir nur sehr wenig darüber erzählt."

„Wann haben Sie ihn kennen gelernt?"

„Vor etwa acht Jahren auf der Geburtstagsfeier von Freunden. Wir haben dann recht schnell geheiratet."

Kessenich schaltete sich ein: „Frau Strom, wir wüssten gern mehr über die Reisen Ihres Mannes. Sie sagten in Ueckermünde, dass Sie öfters gemeinsam dort Urlaub gemacht haben."

„Ja, praktisch jedes Jahr, zuerst zu zweit, und dann mit unserem kleinen Kind ….", die Frau hielt inne und wandte ihr Gesicht von den Polizisten ab. Sie schluckte ein paar Mal, bis die Fassung wieder da war. Niemand sagte etwas, dann: „Ja, ich kenne die Gegend. Und so haben wir Paula und ihren Sohn Krzysztof kennen gelernt. Damals vor fünf Jahren in Swinemünde auf dem Polenbasar."

„Wie ging der Handel später vonstatten?"

„Also, Richard reiste mit der Bahn da oben rauf, bis nach Heringsdorf, nahm sich einen Leihwagen und fuhr nach Ahlbeck. Dort trafen sie sich. Und in einem Lokal kaufte er dann den Schmuck und bezahlte ihn sofort in bar."

„Es gibt also keine Quittungen für diese Transaktionen?"

„Nein; alles basierte auf gegenseitigem Vertrauen. Paula bekam ihr Geld, in der Regel viertausend Euro, und wir den Schmuck. Die Ware war immer von ausgezeichneter Qualität. Wir haben alles in unserer Buchführung angegeben."

„Haben Sie noch Schmuck aus der letzten Charge?"

„Ich zeig es Ihnen." Sie ging wieder ins Büro zurück und holte aus dem Schränkchen zwei große dünne Steckkissen voller Ohrstecker, Ringe und Anhänger. Maurer ließ bewundernd ihre Augen über diese Schätze gleiten:

„Hat Ihr Mann die Sachen so bekommen wie sie jetzt sind?"

„Ja, normalerweise vier Kissen pro Tour. Er brachte sie in einem Aluminiumkoffer mit."

„Wo ist der Koffer jetzt?"

„Den hatte er ja mit. Haben Sie ihn nicht gefunden? Bei seinen Sachen in der Pommernyacht war er nicht. Ich dachte, Sie hätten den beschlagnahmt."

Von einem Koffer hatten Wolter und seine Leute nichts erwähnt. Der Mietwagen war sauber gewesen. Vielleicht hatte er im Wald gelegen. Kessenich musste da oben noch einmal nachfragen. Dann eröffnete er der Frau in dem Sessel gegenüber:

„Frau Strom, Paula Glincka hat Ihren Mann nie getroffen."

„Bitte?"

„Im Amtshilfeverfahren haben die polnischen Kollegen aus Swinemünde sie und ihren Sohn befragt. Beide verneinten, Ihren Mann oder auch Sie zu kennen, oder jemals mit Ihnen zu tun gehabt zu haben. Haben Sie irgendwelche Beweisstücke? Darf ich den Schmuck noch einmal sehen?"

Tanja Maurer schaute sich das eine oder andere Teil an. Es gab keinen Herstellerstempel. Auch auf den Steckkissen kein Hinweis auf eine Firma: „Die Kissen sind von hier. Die haben wir Paula zur Verfügung gestellt", brach es aus Barbara Strom heraus.

Verlegenes Schweigen. Stroms Witwe saß wie erschlagen auf der Kante ihres Sessels: „Das kann ich einfach nicht glauben. Die Glinckas und wir …. Wir waren zwar keine ausgesprochenen Freunde, aber gute Bekannte. Wieso behaupten die das? Wieso sollte ich mir das alles ausgedacht haben?"

„Wieso hält sich ein Bernsteinhändler mitten in der Nacht an einer Stelle im Wald auf, die von Menschenschmugglern aufgesucht wird, und wird dabei erschossen?"

„Sie meinen also, ich hätte mir das alles aus den Fingern gesogen, um irgendetwas zu verdecken?"

„Wir haben noch gar keine Hypothese. Nur passen hier einige Dinge nicht zusammen. Wann haben Sie Frau Glincka zum letzten Mal gesehen?"

„Vielleicht vor zwei Jahren."

„Wir nehmen Ihnen ab, dass Sie die Dame irgendwie kennen, da Sie Ihre Adresse genannt haben. Aber das sagt noch nichts über eine mögliche Geschäftsverbindung aus. Können Sie sie beschreiben, und ihren Sohn?"

Die Witwe machte sich Mühe und gab eine ungefähre Personenbeschreibung ab: „Ich war in ihrem Haus, in ihrer Wohnung."

„Gut", meinte Kessenich. „Dann erzählen Sie uns, wie es dort aussah."

Strom erzählte von dem Durchgang vom Basar aus, den Treppenstufen, die auf die Terrasse führten, dem Tisch mit dem gelben Wachstuch und der Bank, dem Perlenvorhang …. Maurer nahm alles akribisch auf.

„Danke. Noch zwei Dinge", sagte Maurer. „Könnten wir von Ihnen einen Ausdruck Ihrer Kundendatei bekommen? Und würden Sie noch einmal in sich gehen und eine Liste der vergangenen Geschäftspartner Ihres Mannes aufstellen? Das

106

braucht nicht jetzt zu sein. Wir schicken jemanden vorbei, der das morgenfrüh abholt. Stellen Sie sich darauf ein, dass Sie vielleicht auch bei uns im Kommissariat vernommen werden."

„Was bedeutet das alles? Werden mein Mann und ich in irgendeiner Sache verdächtigt?"

„Es bedeutet noch nichts. Momentan stellen wir alle Fakten zusammen. Wir brauchen noch mehr Anhaltspunkte. Sie brauchen sich nicht zu beunruhigen."

***

Die beiden fuhren zurück nach Ramersdorf und erstatteten Klein Bericht.

„Ich persönlich schenke ihr Glauben", meinte der. „Die Polen streiten alles ab, weil sie in den Nachrichten von dem Verbrechen erfahren haben und nicht in irgendeine Sache hineingezogen werden wollen. Und wahrscheinlich haben sie ihre Einnahmen aus dem Bernsteindeal nicht dem Finanzamt gemeldet."

„Gibt's was Neues aus Ueckermünde?" wollte Kessenich wissen.

„Der eine, wie heißt er noch, der sah verdammt gut aus", meinte Tanja Maurer.

„Ich hab keinen gut Aussehenden gesehen; aber wahrscheinlich meinst Du den Kirn. Pass auf, was ich Deinem Markus erzähl, Mariechen!"

„Markus hat damit nichts zu tun."

„Also weiter", Kessenich wurde ungeduldig.

„Gut", sagte Klein. „Ich habe vorhin mit Wolter telefoniert, obwohl das ja eine Aufgabe zwischen Dir und dem Naumann ist. Die suchen jetzt erst einmal den oder die Komplizen von dem toten Radke. Da müssen ja mehrere dabei gewesen sein in der Nacht bei der Aktion. Mindestens noch einer, der den Transporter fuhr. Die haben eine Spur. Der eine, der infrage kommt, kommt auch aus der Ecke. Er ist seitdem verschwunden und wird ab jetzt steckbrieflich gesucht. Dann klappern die die Liste der Hotelgäste aus der Pommernyacht ab. Das dürfte schnell gehen. Zu der Zeit waren das Hotel unterbucht. Saison ging zu ende: außer Iwanow, oder wer der ist, und Strom noch drei ältere Paare und vier Einzelpersonen, davon zwei betagte Damen. Bleiben zwei einzelne Herren auf der List zum durchchecken. Außerdem wollen die das Ehepaar Althaus aus Altwarp vernehmen. Wolter ist an allem dran. Und noch etwas: die vergleichen jetzt minutiös die Kalenderdaten der Mietwagen zwischen Sixt und AVIS. Zu welchem Zeitpunkt hat Strom und wann hat der Pseudo-Iwanow angemietet? Wie korrelieren diese Daten? Aber, egal, die Frage, die mich jetzt am meisten beschäftigt, ist: wo ist Stroms Alukoffer geblieben?"

***

Hauptkommissar Thorsten Klein verließ sein Büro an der Königswintererstrasse kurz vor 20:00 Uhr an jenem Tag. Mit seinem privaten Peugot 307

108

SW überquerte er den Rhein, nahm die Ausfahrt Rheinaue und von da Richtung Süden durch Plittersdorf am Otto-Kühne-Gymnasium vorbei – über Ringsdorf-Römerplatz bis zur Kreditanstalt für Wiederaufbau. Bonn und auch Bad Godesberg sind ein Konglomerat von ehemals kleinen, selbständigen Dörfern, wie die Perlen auf einer Schnur am Rhein entlang aufgereiht, die im Laufe der Zeit zusammengewachsen waren, und deren Ortsgrenzen heute nicht mehr sichtbar sind. Nur die eingesessenen Einwohner haben ihren Lokalstolz bewahrt.

Klein bog an der KfW nach rechts, dann sofort wieder links auf die B9 Richtung Koblenz, nahm die Ausfahrt Mehlem und von dort kam er auf der L123 in die Flächengemeinde Wachtberg, in der er das erste Dorf Niederbachem nach eineinhalb Kilometern erreichte. Er stellte seinen Wagen vor dem Restaurant „Henseler Hof" ab und ging hinüber in die Konkurrenz „Grüne Gans". Es war 20:30 Uhr. Er hatte außer belegten Brötchen heute noch nichts gegessen. Er setzte sich an den Tresen und bestellte bei der Wirtsfrau Kölsch und Schnitzel mit Salat.

Klein war Junggeselle und hatte nach zwei gescheiterten Beziehungen mit rheinischen Mädchen beschlossen, es auch zu bleiben. Bis auf weiteres …. Er wohnte hier im Dorf über der Tankstelle auf 55 möblierten Quadratmetern, war passives Mitglied im Sportverein und hatte keine weiteren Ansprüche. Gelegentlich, und wenn die Zeit es erlaubte, was bei ihm nicht mehr als zweimal im Jahr der Fall war, machte er sich Freitagnacht oder Samstagsfrüh nach Mehlem auf, zum Rhein, um dort zu angeln.

Seine Gedanken nahmen nach dem zweiten Kölsch Form an. Bis dahin waren ihm Erlebnisse und Gespräche des heutigen Tages unstrukturiert durch den Kopf gegangen. Die Affäre Strom war ja nicht das Einzige, womit er sich gerade herumschlug. Er hatte auch noch zwei Betrugsfälle und einen Raubüberfall im Bonner Stadtteil Tannenbusch auf dem Tisch. Und dann …. ja, dann Strom.

Drei Männer fahren nachts in verschiedenen Fahrzeugen vor ein einsames Waldstück an der polnischen Grenze vor, treffen sich dort mit zwei oder drei Schleusern, die einen Trupp illegaler Einwanderer von Polen aus mit sich bringen. Es beginnt eine wilde Schiesserei, bei der drei Beteiligte sterben. Der verbleibende Komplize – oder höchstens zwei – verschwinden mit dem Trupp in einem Transporter auf Nimmerwiedersehen. Einer der Toten ist ein unbekannter Russe mit gestohlenem Pass, der andere ein bis dahin völlig unbescholtener Frührentner, der für das kleine Geschäft seiner Frau wie seit Jahren Bernsteinschmuck dort in der Gegend einkauft – ganz legal.

Es muss eine Verbindung zwischen ihm und dem Russen gegeben haben. Die Koinzidenzen der jeweiligen Autovermietung und Hotelbuchung sind zu gewichtig, um als zufällig durchzugehen. Außerdem – Strom hatte seine Routine geändert, seit der Russe vor einigen Monaten da oben aufgetaucht war. Er hatte seinen Wagen ab da manchmal auch in Frankfurt zurück gegeben. –

Das Schnitzel kam, die Gedanken blieben.

Und wenn das Bernsteingeschäft nur ein Cover war, hinter dem sich etwas Größeres verbarg? Drogen? Die Schleuser könnten das Vehikel dazu gewesen sein – sozusagen ein Zusatzjob für die. Und dann ist etwas schief gelaufen, oder sie haben sich zerstritten – über Lieferungen oder Geld oder beides. Showdown.

„Noch ein Kölsch?"
„Ja, eins noch." Mehr war nicht nötig. Zuhause im Kühlschrank stand auch noch welches. Er musste auf seine Figur achten, war schon ewig nicht mehr im Fitnessclub in Berkum gewesen.

Was wusste Barbara Strom? Sie machte einen überzeugend unschuldigen und authentischen Eindruck. Sicher, auch eine Gangsterbraut trauert um ihren Mann. Vielleicht war sie mit allen Wassern gewaschen. Sie würden sie ins Kommissariat vorladen müssen. Von der Kundenliste versprach er sich nicht viel. Wenn da etwas Brauchbares drin gestanden hätte, wäre es längst sofort aus der Anwendungssoftware gelöscht worden. Da die Handelsanwendung über die Webpage in der Cloud angesiedelt war, würden auch Kleins IT-Spezialisten gelöschte Datensätze nicht wieder reaktivieren können – es sei denn, man bekäme Zugriff auf die Datenhaltungssysteme des Providers. Aber dazu brauchte man mehr als einen Anfangsverdacht, um das genehmigt zu bekommen. Auch die Tatsache, dass die Polen die Verbindung zu Strom abstritten, machte ihm keine Sorge. Dafür könnte es alle möglichen Gründe geben. Sollte Barbara Strom mit in einer kriminellen Sache stecken, wäre es absurd, dass sie eine solche Geschichte mit tatsächlich existierenden Figuren erfand. –

Zwei offene Fragen trieben ihn weiter um: wo war Stroms ominöser Alukoffer abgeblieben, und aus welcher Waffe wurde der Iwanow, oder wie immer er hieß, erschossen? Und: welches war die tatsächliche Identität des Russen, wenn er denn überhaupt einer war?

Wieder am McCloy-Ufer

Die beiden Männer standen noch immer um ihre Parkbank in der Nähe des Fähranlegers nach Königswinter herum. Es war immer noch schneidend kalt. Der Wind hatte nicht nachgelassen:

„Ritchie, folgender Vorschlag: ich reise Morgen ab und werde Salomo einen Umschlag hinterlassen. Da findest Du Zeit und Ort. Ich hoffe sehr, dass Du mitspielst, und wir uns in Königswinter wiedersehen. Ich weiß nicht – vielleicht nächste Woche. Ich muss das noch klären."

„Ich werde den Umschlag nicht abholen."

„Aber Du gehst doch gelegentlich zu Salomo. Er wird Dir das geben."

„Ich schmeiß ihn ungeöffnet weg."

„Dann muss ich ihn wohl persönlich bei Dir vorbei bringen. Vielleicht nimmt Deine Frau ihn ja an." Strom fühlte sich machtlos, ausgeliefert. Er sah nur zwei Optionen: entweder er spielte Abkhashvilis unbekanntes, aber sicherlich schmutziges Spiel mit, oder er musste Barbara sofort reinen Wein einschenken, noch heute. Diese letzte Option, wenn er sich denn für sie entscheiden würde, würde bedeuten, seine ganze Vergangenheit ungeschönt vor ihr auf den Tisch zu legen. Und das konnte durchaus das Ende ihrer gemeinsamen Zukunft sein. Und damit das Ende von allem, was ihm lieb und teuer war. Sobald er aber in Erfahrung gebracht hatte, was die wirklich von ihm wollten, könnte er ja immer noch aussteigen. Es war noch nicht zu spät. Warum nicht das Spiel nur zum Schein mitspielen? Er könnte jederzeit abbrechen. Er könnte die Situation kontrollieren. Die hatten nichts gegen ihn in der Hand. Absolut nichts. Ihm fiel nichts ein. Was wollten die bloß? – Strom wandte sich wortlos und abrupt um. Er ging nachhause. Nachdenklich und langsam. In leicht gebeugtem Gang.

Fort vom Fähranleger, flussaufwärts, am Weinhäuschen vorbei bis zum Schiffsanleger Mehlem, dann rechts hinauf an der alten Villa mit dem Buchverlag vorbei, am Sonnenstudio, über den kleinen Marktplatz vor der Sparkasse bis zu seiner Haustür neben der Apotheke. – Sein georgischer Geschäftspartner war in der entgegengesetzten Richtung verschwunden.

Im Maritim

Strom nahm die Fähre nach Königswinter um 12:30 Uhr. Die Verabredung war um 13:00 Uhr im Maritim, etwa zweihundert Meter vom Anleger auf der anderen Seite in Richtung Bad Honnef. Er hatte den Umschlag doch abgeholt. Trotz vorheriger gegenteiliger Beteuerungen Wassili gegenüber. Salomo hatte den Brief unaufgefordert und ohne Kommentar über den Tresen gereicht. Dann hatte Strom mit Barbara gesprochen und ihr einiges erklärt. Seine neuen/alten Geschäftspartner bäten ihn wegen dieser Angelegenheit, über die er ja schon berichtet hätte, zu einem Gespräch. Und bei der Gelegenheit würde dann alles fest gemacht werden. Er wäre schon gespannt auf die Aufgabe. Alles war irgendwie geheimnisvoll. Er wisse tatsächlich noch nicht genau, um was es eigentlich ginge. Sicherlich keine große Sache. Aber er freue sich schon darauf. Mal etwas anderes zur Abwechslung. Seine Arbeit in der Vergangenheit konnte also so schlecht nicht gewesen sein, wenn man nach all den Jahren auf ihn zurückgriff. Am Spätnachmittag würde er zurück sein. – Das war die Wahrheit, nichts anderes. Schlicht und einfach. Barbara hatte genickt.

Nachdem die Fähre angelegt hatte, schlenderte er in aller Ruhe Richtung Hotel. Er hatte Zeit. Es war ja nicht weit. Das Maritim lag direkt an der Rheinuferstrasse. Strom nahm den Seiteneingang etwas landeinwärts in einer Gasse, die ins Innere des Weindorfes Königswinter führt. Königswinter war in den fünfziger Jahren des vergangenen Jahrhunderts ein mondäner Urlaubsort gewesen: Tanzlokale, Restaurants, Weinlokale – und natürlich – thronend über allem – der Drachenfels. Später war der Rhein nicht mehr das Endziel geblieben, sondern die Menschen fuhren weiter in Richtung Italien. Die Infrastruktur blieb, es wurde auch kein Geld mehr in Neues investiert, und es kamen die Holländer und die Kegelclubs. Beliebt war und ist weiterhin das alljährliche Weinfest Anfang Oktober. Erst in letzter Zeit hatte man wieder etwas getan: der Sealife-Aquazoo wurde eröffnet. Und auch das Maritim selbst war erst vor wenigen Jahren neu gebaut worden.

Strom kannte es ganz gut. Ab und zu ging er mit Frau und Tochter zum Sonntagsbrunch dorthin. Heute wurde er in den ersten Stock gewiesen. In einen kleinen Raum, in dem lediglich drei Ledersessel um einen runden Tisch drapiert waren. Zwei ältere Männer warteten schon auf ihn. Sein Platz war noch frei. Er erkannte Abkhashvili. Der andere Mensch wandte ihm, als er eintrat, noch seinen Hinterschädel mit grauen kurz geschnittenen Haaren zu. Bevor noch ein erstes Wort der Begrüßung fiel, und irgendjemand etwas sagen konnten, drehte sich der Eisgraue blitzartig um und fixierte Strom mit seinen großen schwarzen Augen. Es gab keinen Zweifel: eines war aus Glas:

„Hallo, alter Freund Ritchie", dröhnte der Mann mit seiner sonoren Stimme. „Lange nicht gesehen. Ich habe gehört, Dir geht es gut. Was macht Deine Frau?"

Da saß er, der Meister aller Klassen: Salas Busheer. Grau wie der Tod und mit eingefallenen Wangen, über deren Knochen sich wächserne Haut in gelbem Teint straffte. Auch sein Fünftagebart, den er immer schon seit dem Tag zu pflegen begonnen hatte, an dem sein Vater vor vielen Jahren in Istanbul unter einen Bus gekommen war und dabei sein Leben gelassen hatte, war jetzt fast weiß. Der Mann, von dem Strom einst gemeint und besonders gehofft hatte, ihn niemals wieder zu sehen. Da saß er – höchst lebendig sein altes mieses Selbst. Fast hatte Strom aber im Stillen doch schon erwartet, ihn bei dieser Gelegenheit zu treffen. Er hatte es irgendwie geahnt, als er hörte, dass die Zusammenkunft hier stattfinden würde. Aber er hatte das für sich von sich gewiesen – wie, um sich selbst zu beruhigen. Jetzt war ihm klar, dass er sich etwas vorgemacht hatte. Abkhashvilis erneuter Einbruch in sein Leben hatte natürlich all die alten Geschichten wieder hoch gekocht, die er schon in seine persönliche Mottenkiste versenkt zu haben geglaubt hatte, den Geist von Salas Busheer eingeschlossen. – Doch es gab keinen Zweifel: hier saß er nun wieder mit seiner penetranten Stimme. Wenn der so weiter posaunen würde, dann müsste jeder anwesende Gast in diesem Restaurant auch außerhalb dieses Raumes am Ende des Tages alle Details des anstehenden Deals mitbekommen. Und wieder hatte sich der alte Grobklotz, wie Strom es x-mal in der Vergangenheit ertragen musste, unmittelbar in seine private Welt eingemischt: „Was macht Deine Frau?" Warum fragte er danach? Sicherlich nicht aus Höflichkeit. Er kannte sie ja noch nicht einmal. Und übrigens sie ihn auch nicht. Nicht einmal vom Hörensagen. Und das sollte so bleiben. Nach wie vor die gleichen Unverschämtheiten.

Strom setzte sich grußlos. Er blickte an seinen beiden Geschäftspartnern vorbei an die gegenüber liegende Wand. Dort hing ein Druck von van Goghs Brücke von Langlois. Sein Fixpunkt für heute hier.

***

Kurz nach Stroms endgültigem Weggang von Haupthaus & Sendker nach fünf Jahren treuer Dienste bekam auch Salas Busheer ein neues Büro im Stammhaus zugewiesen. Und einen neuen Job. Er handelte ab da auf Anweisung von oben in Baumwolle – ein Geschäft, von dem er zwar nichts verstand, aber bei dem er weniger Schaden anrichten konnte als in seinem bisherigen. In seinem neuen Büro standen keine Schränke, es gab keine Gardinen, und sein Schreibtisch war aus Plexiglas ohne eine einzige Lade. Jedes Blatt Papier, mit dem er arbeitete, war für jeden Besucher seines Büros sichtbar – insbesondere für die Führungsriege. Strom hatte vor seinem Abschied dafür gesorgt, dass bestimmte Details aus der gemeinsamen Vergangenheit mit Busheer nach oben durchgesickert waren, bevor er seine eigenen Sachen gepackt hatte.

Salas Busheer war bis dahin immer ein treuer Offizier von Haupthaus & Sendker gewesen. Seine Treue ging sogar soweit, dass er in seiner alten Schreibtischschublade den einzigen Schlüssel zur altmodischen Toilette des Bürokomplexes über dem Fotogeschäft verwahrte. Jeder in der Abteilung, der mal musste, hatte ihn dafür anzubetteln. Und auch sonst hatte er seine Pflicht immer ganz im Geiste des Unternehmens und dessen weltweite Interessen erfüllt. Und er tat sogar noch mehr.

Schließlich standen ihm ja die ganze Logistik eines solchen Handelshauses, die Kommunikationsanlagen, das Personal, Räume und sogar Autos zur Verfügung. Wen sollte es stören, wenn er – nachdem er seine pflichtgemäßen Aufgaben redlich und zeitgerecht erledigt hatte – sich noch mit einigen kleineren eigenen Geschäften seitwärts des Offiziellen die Zeit vertrieb? H&S zahlte gut, sogar sehr gut, aber, gemessen an dem, was er für die reinholte, und Angesichts der Zahlen, die er über die Bücher laufen sah, war sein Gehalt nicht mehr als eine Art Knochen, den man ihm zuschmiss, damit er zufrieden blieb. Busheer hatte

Verbindungen nach draußen auf allen Ebenen und zu allen Milieus.

Strom erinnerte sich an ein Treffen in der Nähe von Frankfurt. Eines unter vielen. Sie waren damals mit zwei zwielichtigen Zeitgenossen aus südlichen Gefilden verabredet – jedenfalls schloss er deren Herkunft aus Akzent und Gesichtsfarbe, ohne dass er genau zu sagen vermochte, welches Land – und hatten sich dafür in einem kleinen Hotel in einem Frankfurter Vorort ein diskretes Nebenzimmer reservieren lassen. Es ging anscheinend um Spielzeug. Der erste Golfkrieg war gerade in vollem Schwung. Die Fabrik, die von den beiden Gesprächspartnern repräsentiert wurde, produzierte irgendwo in der Türkei. Kinderspielzeug. In dem ganzen Gespräch wurde für die Ware nur dieser eine Begriff verwendet. Kein anderes Wort. Nicht booby traps oder Minen oder sonst etwas. Kinderspielzeug – ganz so, wie es auch tatsächlich aussehen würde.

Die beiden Kunden benötigten komplexe Logistik. Keine Transportfahrzeuge. Die waren ausreichend vorhanden. Sie benötigten ein MRP (Material Requirements Planning) System, das ihren Anforderungen entsprach. Für die vertriebliche und Produktionsplanung, für Materialbeschaffung, für die Lagerhaltung und für die Abrufe und den Versand dieser niedlichen Kugelschreiber und Barbiepuppen. Busheer wollte helfen. Es ging um Software-Auswahl und Einführungsberatung.

Damit nicht genug. Es gab noch weitere Geschäftszweige. Auch hier wurden die Anforderungen auf den Tisch gelegt: Transportmittelverwaltung. Einer der beiden Typen malte ein Ablaufdiagramm auf ein Stück Papier. Dieses Mal ging es nicht um Spielzeug, sondern um dunkelgrüne, hartwandige nummerierte Kisten. Container wofür?

„Wir bringen sie gefüllt an einen Ort. Dort werden sie entladen. Sie gehen leer zurück. Dann sollen sie für eine neue Charge verwendet werden. Und so weiter. Wir brauchen ein Tracking, das die Route mit dem Container verbindet, den Container wiederum mit dem Lastfahrzeug, auf das er gebracht, und mit jenem, mit dem er leer zurück geholt wurde. Und die Zeit: Auslieferung, Fahrtzeit, Ankunft, Rückfahrt und so weiter."

Strom vermutete, dass in den Kisten entweder Panzerfäuste oder, was wahrscheinlicher war, Granatwerfermunition transportiert werden sollte. Operationsgebiet für die Transporte war Ostanatolien. Dort verliefen die Grenzen zu den beiden Kontrahenten Iran und Irak. –

Einige Monate später sollte er im Rahmen seines Sowjetprojekts in einer anderen Angelegenheit den Schirrmeister von Sovtransavto in seiner Baracke außerhalb Odessas treffen. Der verwaltete den damals größten LKW-Fuhrpark der Welt – mehr als 5000 Fahrzeuge: fünfzig Prozent Ost-, fünfzig Prozent Westfabrikate. Nach dem üblichen Freundschaftswodka hatte ihm der gute Mann auf einer Wandkarte hinter seinem wuchtigen Schreibtisch gezeigt, wohin seine Lastwagen in den Süden rollten. Irgendwo in Georgien teilte sich die Hauptroute: links ging es weiter in Richtung Türkei und damit zum Irak, rechts führte die Strecke direkt in den Iran. Die Sovtransavto-Logistik hatte nichts mit den Spielzeugfabrikanten, die er in Genf getroffen hatte, zu tun. Es gab jedoch eine Gemeinsamkeit: beide belieferten beide Seiten des Konflikts.

***

Strom wandte den Blick von dem van Gogh-Bild ab. Langusten waren serviert worden. Alles andere hätte ihn auch enttäuscht. Vorher hatten sie sich an Jack Daniels gewärmt. Zu den Langusten tranken sie Blanc des Blancs. Gut gekühlt schmeckte er hervorragend zu den Meerestieren.

„Wassili, warum hast Du mich belogen?" Schweigen und Stirnrunzeln bei seinen beiden Verhandlungspartnern.

„Du hast mir gesagt, dass diese Angelegenheit nichts mit früher zu tun hätte. Und jetzt ist Salas Dein Auftraggeber."

Im Gegensatz zur Eröffnungsbegrüßung sprachen sie jetzt sehr gedämpft – Busheer, der nun das Wort ergriff: „Ich bin nicht der Auftraggeber." Sprachloses Schweigen jetzt auf Seiten Stroms.

Schließlich meldete sich Abkhashvili, um den Bann zu brechen.

„Der Auftraggeber ist nicht hier. Das ist so wie geplant. Nicht, dass er heute nicht kommen wollte. Er wäre niemals gekommen. Ich verhandle für ihn. Ich habe Vollmachten."

„Dann verstehe ich nicht, was Salas hier zu suchen hat, und warum wir das nicht am Rhein besprechen konnten. Wer ist der verdammte Auftraggeber?"

„Eins nach dem anderen. Lass mich das erklären. Der Auftraggeber will nicht genannt werden. Das ist das Eine. Und jetzt will ich Dir unser Anliegen erklären: also, wir kennen Deine Qualitäten, und wie Du Dich im Geschäft auch mit schwierigen Leuten bewegen kannst. Ich gehe fest davon aus, dass Du nichts davon verloren hast. Zufällig bin ich in einer Angelegenheit unterwegs, die mich an Deine Qualitäten erinnert hat. Und zufällig hast Du Dich im Ruhestand in eine Richtung entwickelt, die mir sehr zupass kommt. Du handelst mit Schmuck."

Strom blieb noch ganz ruhig. Er war perplex. Und er verstand nichts mehr. Haupthaus & Sendker und auch Busheer in all seinen Nebenaktivitäten hatten niemals vorher etwas mit Schmuck oder dergleichen zu tun gehabt. Fand diese ganze Farce hier nur deshalb statt, weil er, Richard Strom, jetzt eine neue, Hobby ähnliche Beschäftigung hatte? Dass man ihn deshalb hierhin gelotst hatte? Saß Busheer hier nur deshalb mit am Tisch, weil er

Abkhashvili vor vielen Jahren einmal Stroms Lebenslauf und damit Hinweise auf seine „Qualitäten im Ungang mit schwierigen Leuten" zugespielt hatte?

„Hast Du mich hierher ins Maritim geholt, weil Salas Dir vor unendlich vielen Jahren einmal ein Stück Papier gezeigt hat, damit er hier aus Dankbarkeit im Restaurant Langusten essen darf?"

„Lass mich erklären", holte Abkhashvili aus und kam ohne Umschweife zum Thema:

„Zum Bau einer Atombombe benötigt man spaltbares Material. In der Natur kommt neben Thorium, das aus verschiedenen Gründen dafür ausfällt, nur Uran für diesen Zweck vor. Natururan ist eine Mischung aus zwei Formen dieses Elements, genannt Isotope: U-235 und U-238. Beide weisen bestimmte Spaltwahrscheinlichkeiten auf. Für eine effiziente Bombe ist allerdings nur U-235 geeignet. Kernspaltung geschieht durch Neutronen, die auf einen spaltbaren Kern auftreffen. Sie werden vom Atomkern zunächst absorbiert, und versetzen ihn dadurch in einen instabilen Zustand. Aufgrund der dann einsetzenden Eigenschwingungen zerfällt der Kern in zwei Teile. Er spaltet sich unter Freigabe weiterer zwei bis drei Neutronen auf, die ihrerseits wieder benachbarte Kerne zur Spaltung bringen können: eine Kettenreaktion setzt ein.

Das funktioniert allerdings nur dann, wenn genügend Masse an spaltbarem Material vorhanden ist – sonst gelangen die meisten Neutronen über den Rand des Materialkörpers hinaus, und die Reaktion stirbt ab. Eine wesentliche Voraussetzung für den Bau einer Atombombe ist also das Vorhandensein einer ausreichend großen Masse spaltbaren Materials – in diesem Falle U-235. Da im natürlichen Uran dieses Isotop nur zu 0,72% vorkommt, muss ein technischer Prozess in Gang gesetzt werden, der nach und nach eine Erhöhung dieses Isotopenanteils in der Mischung herbeiführt, da die Isotope mit chemischen Mitteln nicht zu separieren sind. Dieser Vorgang wird Anreicherung genannt. Anreicherung erfolgt durch Erhöhung des U-235-Anteils gegenüber dem restlichen Uran – also von U-238 – in einer vorhandenen Gesamtmenge stufenweise auf bis zu 80%. Dafür gibt es unterschiedliche Verfahren, die aber alle sehr Zeit aufwendig sind.

Dazu gehören Diffusion, Trenndüsenverfahren, Laser- und elektromagnetische Anreicherung und Gaszentrifugen. Letztere arbeiten in hintereinander geschalteten Kaskaden. Anreicherung dauert lange: zwischen Jahren und vielen Monaten – je nach Größe der Anlage und Zielmenge.

Nach Aufgabe des Waffenprogramms in Südafrika mit dem Ende der Apartheid befanden sich plötzlich jede Menge Gaszentrifugen auf dem internationalen Markt. Sie waren seiner Zeit mit Hilfe westdeutschen Knowhows gebaut und am Kap installiert worden. Sie dienten der Produktion von Waffen fähigem Material als Grundlage für die südafrikanische Atombombe."

Strom glaubte seinen Ohren nicht zu trauen, als er diesen wissenschaftlichen Diskurs aus dem Munde eines Ex-KGB-Agenten vor sich ausgebreitet bekam. Er war so erschlagen, dass er zunächst nichts weiter mental verarbeiten konnte, geschweige denn eine Frage oder Bemerkung dazwischen bekam. Allmählich kam er wieder zu sich:

„Wassili, was immer Ihr vorhabt – ich bin nicht Euer Mann. Ich bin IT-Fachmann und jetzt Schmuckhändler und verstehe von diesen Dingen rein gar nichts. Komm zur Sache, und halte mir keine wissenschaftlichen Vorträge."

„Gut. Sagen wir es einmal so: wir haben Freunde in einem fernen Land, die sich auch mit diesen Problemen auseinandersetzen. Einer meiner Freunde dort berichtete mir kürzlich von einem Problem und bat um meine Unterstützung. Er setzt solche Gaszentrifugen ein. Aber es gibt Ausfälle, Sabotage oder so. Er weiß es nicht genau. Auf jeden Fall ist der Zieltermin für ein Experiment, das kritisch für die Sicherheit seines Landes ist, infrage gestellt. Dieser Termin soll aber unbedingt gehalten werden. Das ist eine politische Vorgabe – koste es, was es wolle. Da gibt es dann noch ein paar Optionen …."

***

Strom war elendig zu Mute. Die Languste und der gute Wein und Jack Daniels suchten einen Weg nach oben. Aber gleichzeitig war er fürchterlich empört darüber, in welche Machenschaften man ihn hier verwickeln wollte – ja, verwickelt hatte. Weltpolitische Dimensionen taten sich auf. Kernwaffenkriminalität. Internationale Fahndung. Und er war schon mitten drin. Sein Leben, in dem er es sich so bequem eingerichtet hatte, seine Freiheit, selbst zu entscheiden, was er tun und lassen wollte, die Existenz seiner kleinen Familie, die ihm alles bedeutete und Sinn gab, all das hing plötzlich am seidenen Faden. Wenn er jetzt aussteigen würde, müsste er sofort eine Anzeige bei der Polizei aufgeben. Und wenn die staatlichen Herrschaftsinstrumente gnädig genug sein würden, würde man ihm einen neuen Einstieg ermöglichen: in ein Zeugenschutzprogramm – ihm und seiner Familie mit neuen Identitäten, an einem neuen Ort, neuer Schule, und was sonst noch dazu gehörte. Seine Zukunft war zerstört. Jetzt schon.

„Warum lasst ihr mich nicht gehen? Sobald ich draußen an der frischen Luft bin, vergesse ich alles, und ihr sucht Euch einen anderen. Außerdem weiß ich immer noch nicht, welche konkrete Rolle ich in dieser Angelegenheit spielen soll." Fast bettelte er seine Peiniger an.

„Mann, da wird nichts draus. Du bist das missing link, das wir gesucht haben. Da gibt es niemanden, den ich sonst noch kenne. Du wirst uns helfen. Wir werden Dir sagen, wie."

Pause. Schweigen auf allen Seiten. Strom dachte resigniert nach. Die beiden anderen starrten ihn an. Der Ball war jetzt bei ihm. Und dann gab es hier noch eine andere offene Frage. Strom nickte unmerklich, bevor er sie stellte:

„Was ist da für mich drin?"

Busheer beugte sich ganz langsam nach vorne: „Darauf hab ich gewartet. Ganz der alte. Natürlich ist etwas für Dich drin. Wenn die Geschichte gegessen ist, kannst Du in Ruhe wieder solange mit Bernsteinen handeln, wie Du willst. Wir schenken Dir und Deiner Frau Deine Tugend wieder."

„Eine Tugend, die ich bereits habe. Die brauche ich von Euch nicht. Die nehme ich auch gar nicht an. Ich bin draußen." Er machte Anstalten, zu gehen, war halb aus dem Sessel, Blick zur Tür, als Busheer ihn am Ärmel hielt. Der wirkte jetzt drohend und sprach auch so:

„Ich würde das nicht machen, Ritchie. An Deiner Stelle würde ich bleiben und die Details absprechen. Es gibt einen Grund, warum ich hier bin, obwohl ich mit dem Handel selbst nichts zu tun habe. Der Grund heißt Peter George."

„Peter George ist lange tot."

„Eben."

***

In Stroms Geist stiegen wieder Bilder auf. Sein Blick hing wieder an dem van Gogh.

Seltsamerweise tauchte zuerst eine Begebenheit auf, die in Wiesbaden spielte. Haupthaus & Sendker war da schon lange Vergangenheit. Er baute gerade sein eigenes Beratungsgeschäft in Deutschland auf und brauchte dazu nichts Dringenderes als gute Verbindungen und Partner. Er war zu Anfang alle seine Aktenordner in seinem persönlichen Archiv, all seine Visitenkartenalben durchgegangen, in denen er all jene Personen aufbewahrt hatte, die ihm jemals ihr Kärtchen rübergereicht hatten. Und jetzt rief er jeden an, von dem er sich irgendein Geschäft oder auch nur Empfehlungen und Hinweise erhoffte. Dazu gehörte auch Peter George.

Obwohl Peter George zu der Zeit schon seit mehreren Jahren tot war, existierte möglicherweise seine Firma noch. Er rief die Nummer in Frankfurt an, unter der er George immer erreichen konnte, als dieser noch unter den Lebenden weilte. Peters Frau, jetzt die Witwe George, eine Deutsche, die zu dem Zeitpunkt nicht mehr im Taunus in jenem komfortablen Bungalow lebte, in dem Strom George zum ersten Mal getroffen, und den sie von ihren Eltern geerbt, und in dem sich Peter George dann so bequem eingenistet hatte, war mehr als abweisend zu ihm am Telefon gewesen. Er hatte sie früher als gesellig und charmant kennen gelernt, wie er sie bei ihrer gemeinsamen ersten Begegnung in ihrem Haus erlebt hatte. Jetzt klang sie gekränkt. Akute Trauer konnte eigentlich nicht mehr der Grund sein, denn Peter war schon seit einigen Jahren tot. Jedenfalls machte sie aus ihrer Bitterkeit, die man ihrer

Stimmlage entnehmen konnte, kein Hehl. Es war auch kein Wunder. George hatte sie unversorgt zurückgelassen. Das, was sie in die Ehe eingebracht hatte, hatte er zu seinen Lebzeiten mit aufgebraucht. – Trotz allem: sie gab ihm die Nummer ihres Sohns in Wiesbaden. Den Sohn hatte Strom als schmales, verschüchtertes Würstchen ohne Rückgrat in Erinnerung. Er hatte ihn zusammen mit seinen Eltern flüchtig in ihrem Landhaus getroffen.

Der Junge reagierte auf Stroms Kontaktanruf positiv und sie verabredeten sich in Wiesbaden in seinem kleinen Beratungsbüro, von dem aus George gelegentlich gearbeitet hatte, wenn er es nicht von Frankfurt aus tat. Nach den üblichen Präliminarien – es gab keinen Kaffee und auch sonst keine Getränke – kam Strom sehr schnell zur Sache. Aber der blasse Sohn konnte ihm nicht helfen, hatte nichts Brauchbares, kein wirkliches Geschäft für ihn – nur eines, von dem er glaubte, dass Strom es ähnlich einschätzen würde, und das war wohl der einzige Grund, warum dieser Termin überhaupt zustande gekommen war:

„Mein Vater hatte einen Schweizer Pass, wissen Sie. Schweizer Pässe sind hoch im Kurs und schwer zu bekommen für Ausländer. Ich biete ihn Ihnen für 1200 DM an."

Peter Georges Schweizer Passport war alles, was sein Sohn noch von seinem Vater zu verscherbeln hatte. Strom winkte ab. –

Er hatte zuerst aus Erzählungen von Salas Busheer über diesen Menschen Peter George mit den angeblichen Superverbindungen gehört. Busheer und George trafen sich regelmäßig in Frankfurter Hotellobbies, um ihre Geschäfte abzusprechen: ungarische Salami en gros, polnische Lucky Strike, Milchpulver und Jeans aus Indien. Und dann kam das Odessaprojekt. George sollte dafür ungarische Spezialisten besorgen, die sich mit hochkomplizierten deutschen Werkzeugmaschinen auskannten. Die waren preiswerter als westliche und hatten weniger Visaprobleme in die UdSSR hinein. Denn damals schlug der kalte Krieg wieder einmal hohe Wellen wegen der Mittelstreckenraketenfrage in Europa. Sie kamen überein, dass Strom sich zwei Rekruten, die George in engere Wahl gezogen hatte, in seinem Haus im Taunus ansehen sollte.

Bei ihrem ersten gemeinsamen Zusammentreffen am Frankfurter Flughafen machte George seinen ersten Fehler:

„Hallo, Thomas, ich bin Peter. Wie war der Flug?" Thomas war nun Stroms zweiter Vorname. Er hatte diesen Namen allerdings niemals vorher im Schriftverkehr zur Reisevorbereitung an George kommuniziert. Woher hatte George seine Akte?

„Hallo Peter. Ich bin Richard. Freut mich, Sie zu sehen?" Er war jetzt auf der Hut und zog sich sofort innerlich zurück. Später erzählte ihm Busheer auf Nachfrage, dass George mit den amerikanischen Truppen gegen Ende des zweiten Weltkriegs als Debriefer im Solde des US-militärischen

Geheimdienstes nach Berlin gekommen war. Seine Aufgabe bestand darin, Flüchtlinge aus den osteuropäischen Ländern, die nach Berlin kamen, auszuhorchen und Informationen zu sammeln.

„Peter George arbeitet für beide Seiten des eisernen Vorhangs", erklärte ihm Busheer bedeutungsvoll. „Daher muß er wohl über Dich auch Bescheid wissen."

Es war ein sonniger Frühlingstag bei ihrer ersten Begegnung im Taunus gewesen. Als sie mit dem Wagen vom Flughafen auf Georges Anwesen ankamen, saßen die beiden Ungarn schon in einer Gartenlaube. Es lagen frische Paprika auf dem gedeckten Tisch; selbstgebackenes Bauernbrot, geräucherter Schinken und eine Glaskaraffe mit kühlem Roséwein lachten ihn an. Georges Frau war aufgeräumt und zu Scherzen aufgelegt, und ihr Mann, der kleine, rundliche, rotgesichtige Spion riss ununterbrochen Witze. – Die beiden Kandidaten fielen ziemlich bald bei Strom durch, aber er äußerte sich nicht in deren Gegenwart. Er sah Peter George danach noch einige Male wieder, als dieser Salas Busheer in dessen Büro bei Haupthaus & Sendker in einer ihrer vielen geschäftlichen Angelegenheiten aufsuchte – und vier Tage vor dessen gewaltsamen Tod in Georges Büro in Frankfurt.

***

Busheer fuhr scharf, aber akustisch verhalten fort: „Du hast Peter George ans Messer geliefert."

„Unsinn. George hatte einen Unfall. Er ist vor eine Lok gestürzt."

„Er stürzte nur deshalb, weil ihm jemand dabei half. Und den hattest Du auf die Spur gesetzt: Malboro."

„Malboro? Malboro soll Peter George vor den Zug gestoßen haben?"

„So war es. Und – wie gesagt – Du hast ihn an Malboro verraten. Du warst zwei Tage vorher mit Malboro zusammen – in Stuttgart."

„In der Nähe von Stuttgart. In Deinem Auftrag habe ich mit ihm Geschäfte verhandelt."

„Das auch."

***

Noch so ein sonniger Frühlingstag – im selben Jahr. Es war trotz blauen Himmels eigentlich noch zu kalt, um draußen zu speisen, aber bei der Osteria in Hemmingen in der Nähe von Stuttgart waren schon die Gartentische vorne zur Straße eingedeckt. Und so hatten dann doch drei Menschen in der Frische Platz genommen. Zwei saßen zusammen an dem einen Tisch – einer von ihnen ein pyknischer Typ, bei dem sich die ersten Anzeichen einer Stirnglatze bemerkbar machten, und sein Gegenüber ein eher schlaksiger, schmaler Mann mit wettergebräuntem Gesicht und grauen kurzen Haaren; er war vielleicht fünfzig Jahre alt. Der dritte

Gast, der zwei Tische weiter Platz genommen hatte, drehte den beiden anderen den Rücken zu. Sie bestellten sich beide Rindercarpaccio als Vorspeise. Es war Stroms erstes Carpaccio in seinem Leben. Zwischen ihren Vorspeisentellern lag ein DIN A4 Blatt, auf das jemand eine Art Schaltkreis gezeichnet hatte. Malboro führte die Unterhaltung:

„Ich war jahrelang in Vietnam damals. Militärlogistik. Nachts habe ich in offenen Flugzeugtüren gestanden. Die Baumwipfel waren keine zehn Meter unter meinen Füßen. Dann haben wir unsere Ladungen einfach abgeworfen. Ich war Spezialist für Kommunikationstechnik und solche Sachen." Er deutete mit ausholender Armbewegung auf die Skizze vor ihnen zwischen den Tellern.

Es ging wieder einmal um „Sachen". Dieses Mal um Sachen, die sowohl einen Bezug zu der Skizze auf dem Tisch als auch zu Malboros Erzählungen hatten. Malboro hatte immer noch Beziehungen zum Militär, zu alten Freunden, obwohl Vietnam für ihn schon längst Geschichte war. Er war sozusagen Handlungsreisender in Sachen Telefon- und Funkanlagen – nicht einzelne für den Haushalt oder die Arztpraxis; seine Stückzahlen interessierten nur weitere Zwischenhändler. Darum drehte sich das Geschäft am Tisch vor der Osteria – um Militärausrüstung, technische Geräte, die im normalen Kaufladen nicht zu haben waren, nichts für Privatleute. – Strom war nicht besonders heiß auf die Ware, wusste aber, dass Busheer an dem Geschäft interessiert war. Der hatte sicherlich schon Abnehmer im Visier. Aber heute sollte Strom nicht die Ware, sondern erst einmal den Mann vor ihm checken.

„Ich muss mit dem Hauptquartier in Bonn Rücksprache nehmen. Ich habe verstanden, dass einige Sachen sofort verfügbar sind, andere haben auch nur kurze Lieferzeiten. Ich kann hier am Tisch keine Entscheidungen treffen."

„Habe ich auch nicht erwartet. Erzählen Sie von sich."

Strom erzählte lustlos von sich. Belangloses. Während sie beim Ossobuco waren, versuchte jeder von den beiden, den anderen mit seinen Erfahrungen aus allen Ländern der Welt zu beeindrucken. Jetzt begann Strom zu frösteln. Es war doch noch zu kalt gewesen um diese Jahreszeit. Sie hätten sich besser reinsetzen sollen. Die Mittagssonne war vorüber gewandert, und er war froh, als sie endlich den Nachtisch löffelten. Auch noch Eis bei dieser Kälte. Malboro zahlte alles; es war Zeit zu gehen:

„Salas sagte mir, Sie hätten Kontakt zu Peter George."

„Kennen Sie den auch?"

„Ich habe gelegentlich mit ihm zu tun, aber er beantwortet meine Telefonversuche nicht mehr. Vielleicht ist er krank. Ich habe nur seine Büroadresse in Wiesbaden, wo er auch nicht immer ist. Seine Privatadresse ist mir nicht bekannt, und ich würde ihn auch nicht einfach so unangemeldet besuchen. Haben Sie eine Idee, wie ich an ihn rankommen kann?"

In diesem Moment hatte Strom aus irgendeinem Grund alle Sicherheitschecks ausgeschaltet. Wahrscheinlich kam das von dem Bardolino und dem Grappa oder, weil er einfach schnell aus der Kälte heraus wollte: „Kommen Sie in den nächsten Tagen nach Frankfurt?"

„Ich hatte eigentlich vor, von hier aus dorthin weiter zu reisen. Ich wollte mich ursprünglich mit ihm verabreden. Es hat nicht geklappt."

„Sie können ihn Donnerstag früh im Frankfurter Hauptbahnhof treffen. Er nimmt dort den Zug um 08:08 Uhr nach Köln. Er hat in Köln etwas zu erledigen und fährt dann anschließend weiter nach Bonn, wo er abends mit meinem Chef zusammenkommen will."

„Guter Hinweis. Besser als gar nichts. Wenn er schon nicht ans Telefon geht ….Vielleicht habe ich Glück. Ich brauche nur eine Terminzusage. Vielen Dank!"

Beim Aufstehen machten sie noch ein wenig Konversation. Malboro setzte sich wieder zu seinem Espresso, während Strom mit einem Taxi Richtung Stuttgarter Hauptbahnhof abfuhr. Der Mann zwei Tische weiter war schon vorher gegangen.

***

Im Maritim wurde immer noch gedämpft gesprochen. Busheer hatte wieder die Initiative ergriffen:

„Du hast Malboro zu Peter George geführt." Blitzartig kam ihm die Erkenntnis: Strom wusste jetzt, warum Busheer bei dieser Verhandlung dabei war. Er hatte überhaupt nichts mit dem Auftrag und den Männern dahinter zu tun – wie Abkhashvili es ihm ja auch klarzumachen versucht hatte. Busheer saß hier nur, um Strom zu erpressen, um die Daumenschrauben anzuziehen.

„Damals bei dem Italiener dort in Hemmingen zwei Tische weiter hat ein guter Freund von mir gesessen: Nick Steinmüller. Ich habe ihn Dir später einmal vorgestellt. Damals in Hemmingen kanntest Du ihn noch nicht. Er war in meinem Auftrag dort und hat jedes Wort mitbekommen. Du hast Malboro den Tipp mit dem Frankfurter Bahnhof gegeben."

„Ich habe ihm gesagt, wo er Peter George finden könnte …."

„Genau!" Busheer wurde jetzt wieder lauter mit einem breiten Grinsen. Er konnte sich einfach nicht beherrschen.

„Aber das ist doch Unsinn. Steinmüller mag das ja gehört haben, aber warum sollte Malboro Peter George umbringen? Es war ein ganz banaler Eisenbahnunfall."

„Gut, Ritchie. Ich habe Dir mehr als einmal gesagt, dass George für beide Seiten gearbeitet hat. Und irgendwie hat Malboro auch davon Wind bekommen. Er hatte die Befürchtung, dass die Amerikaner von seinen Geschäften erfuhren. Schließlich war es deren Ausrüstung, die Malboro in den Osten verscherbelte. Vielleicht weil George sich verleugnen ließ, und Malboro nicht mehr an ihn ran kam. Oder es gab andere konkrete Anlässe. Wie dem auch sei. Du hast Malboro auf die Fährte gesetzt und dafür Peter George genauso auf dem Gewissen. Das weißt Du auch."

Stroms Herz begann zu hämmern. Die Unregelmäßigkeiten im Rhythmus drängten nach vorne, wollten den Ton angeben. Noch war alles im Normbereich, aber es wurde zunehmend grenzwertiger:

„Salas, ich teile Deine Interpretation der Dinge nicht. Überhaupt nicht. Weder glaube ich, dass Malboro Peter George getötet hat, noch kannst Du mir das anhängen, nur weil ich ein Treffen auf einem Bahnhof erleichtert habe. Ich ziehe mir das nicht an. Der Fall ist ja auch polizeilich abgeschlossen."

„Mir ist es egal, was Du Dir davon anziehst oder nicht. Du hast kein Interesse, dass die Affäre wieder auf den Tisch kommt. Es gab einen Zeugen für dieses Gespräch. Niemand sonst weiß das. Der Fall mag aktenmäßig erledigt sein. Nichts könnte mich hindern, ihn wieder ins Rollen zu bringen. Ich kann mir vorstellen, dass Deine kleine Familie nicht darüber erbaut sein würde."

Strom hatte verloren. Diese Angelegenheit war mit rationalen Argumenten nicht mehr zu bereinigen. Er saß mit zwei ausgekochten Gangstern mutterseelenallein am Tisch. Er hatte jetzt keine

Wahl mehr, wollte er einen allerletzten Rest seiner neuen heilen Welt noch retten:

„Was soll ich tun? Wen soll ich kontaktieren?"

„Niemanden. Wir brauchen einen Kurier. Jemanden, der nichts weiter macht, als Schmuck von einem Ort zu einem anderen zu bringen", meldete sich Abkhashvili erleichtert zu Wort. Busheers Part war für jetzt ausgespielt. „Ich denke, in etwa drei bis vier Monaten geht das los. – Von Ueckermünde im hohen Nordosten aus. Siehst Du – nicht nur Deine sonstigen Qualitäten und Dein neues Geschäft passen zu unserem Projekt – nein, sogar der Startpunkt der Route in Deutschland fällt in Dein Revier. Die Feinabstimmung machen wir in aller Ruhe bis dahin. Wir haben ja noch Zeit."

„Was für Schmuck?"

„Sagen wir einmal, Schmuck aus einem Material, das unseren Freunden im Süden bei ihrem Experiment weiter hilft."

Strom blickte traurig und appetitlos auf seinen Teller hinab. „Ich sage Euch: ich bin keine Agent oder Spion oder Irgendsoeiner mit diesen kriminellen Fertigkeiten. Ich bin mir sicher: das Ding geht schief. Und dann ist es nur Einer, der gegriffen wird: ich. Ihr seid draußen – egal wie die Sache ausgeht."

Bei der creme brule´ wagte Strom doch noch einmal einen erneuten Vorstoß in die andere Richtung – mit ziemlich rauer Stimme: „Also, ist auch für mich etwas dabei drin? Springt etwas raus?"

„Klar", dieses Mal kam Busheer wieder zu Wort. „Wie bereits versprochen: wir lassen Dich unangetastet wieder in Dein altes neues Leben zurück – zum heimischen Herd. Niemand wird etwas erfahren. Das ist das Geschäft."

Abkhashvili reichte Strom einen braunen Umschlag über den Tisch: „Hier, für die Unkosten. Mehr haben wir nicht."

Später auf der Fähre heimwärts dachte Strom darüber nach, wie sich seine ganze Welt in nur wenigen Tagen zu einem Ort des Grauens gewandelt hatte. Er war aber jetzt trotzdem wieder ruhiger – jetzt, wo er sich darauf konzentrieren musste, eine Strategie zu entwickeln, wie er sein bisheriges Geschäft mit seiner neuen Aufgabe in Einklang bringen konnte – auch vor seiner Frau, die von all dem natürlich nicht das Geringste erfahren durfte. Er saß in der Kabine des Fährschiffs, ganz allein. Er warf einen Blick nach draußen. Dann öffnete er mit zittrigen Händen den Umschlag, ohne den Inhalt herauszuholen. Er blickte hinein und identifizierte den obersten Schein: einhundert Euro. Dann zählte er mit geschlossenen Augen und Daumen und Zeigefinger im Umschlag den Packen ab: fünfzig Stück.

In Ueckermünde

Sie hatten die Fingerabdrücke des vermeintlichen Iwanow an die russische Botschaft hinterher geschickt. Wolter erwartete keine baldige Antwort. Er saß allein in seinem Büro und blickte versonnen auf das Gebäude über den Hof. Der Sommer neigte sich seinem Ende zu. Der Himmel war bedeckt. Von See pfiff ein scharfer Wind über Häuserdächer und durch Straßen. Wolters Stimmung befand sich auf einem Tiefpunkt. Sie traten auf der Stelle. Irgendwie hatten sie sich in einem Dickicht unzusammenhängender Fakten verheddert. Aus Bonn kam auch nichts Gescheites. Die Zeit lief weiter. Es gab zwar Erkenntnisse, aber die rundeten sich noch nicht zu einem Bild. Wolter brachte keine geschlossene These zustande:

Der Abgleich der Fahrzeugmieten zwischen AVIS und Sixt hatte ergeben, dass Strom im März begonnen hatte, ein ums andere Mal seinen Wagen in Frankfurt am Main zurückzugeben statt wie in der Vergangenheit entweder in Heringsdorf oder Berlin. Der Wechsel zwischen seinen beiden traditionellen Rückgabeorten sah über die vergangenen Jahre nach Zufallsprinzip aus; Frankfurt war neuerdings regelmäßig in gleichen zeitlichen Abständen.

Ebenfalls seit März hatte der Russe bei AVIS geliehen – immer dann, wenn Strom anschließend nach Frankfurt zurück fuhr. Strom musste entsprechend der Leihdauer und natürlich auch in Anbetracht der Entfernungen in Frankfurt auch noch jedes Mal zusätzlich übernachtet haben. Das sollten die Bonner herausfinden.

Der verdächtige mögliche Komplize von Radke, Edgar Sommer, war immer noch flüchtig, aber im Hof hinter seiner Wohnung in Leopoldshagen hatten sie den Transporter gefunden. Die Reifenprofile stimmten mit den Spuren in Rieth überein. Die Spurensicherung war dran. Damit stand fest, dass Sommer dabei gewesen sein musste. Zumindest war das sehr wahrscheinlich. Steckbriefe waren an Polizeireviere und Tankstellen verteilt worden. Sommer besaß eine auffällige Tätowierung am rechten Unterarm: ein Löwe mit weit aufgerissenem Maul.

Bonn fragte nach einem Aluminiumkoffer. Sie hatten keinen gefunden – weder in den beiden Mietautos, noch im Wald noch in der Hütte, auch nicht bei Stroms Sachen im Hotel. Der unbekannte Dritte oder Sommer musste ihn an sich genommen haben, wenn er denn je existiert hatte.

Die Liste der Hotelgäste: infrage kamen ja ohnehin nur die beiden Männer. Alle anderen hatten seine Leute beziehungsweise Polizeibeamte in deren Wohnorten trotzdem befragt. Strom und Iwanow waren nicht aufgefallen, waren anscheinend allerdings auch nie zusammen gesehen worden in der Pommernyacht. Komisch. Die eine männliche Person von zunächst bleibendem Interesse kam aus Dresden, ein Fotograf, der an einem Bildband über das Stettiner Haff arbeitete. Der andere hieß Ernst Solinger aus Hagen. Er musste noch irgendwo unterwegs sein. Zuhause hatten die Beamten ihn nicht angetroffen. Er hatte am Morgen vor der fraglichen Nacht bereits ausgecheckt. Wolter würde die weiteren Nachforschungen nach ihm den Bonnern überlassen. Hagen lag ja auch in Nordrhein-Westfalen.

Die Überprüfung von Stroms Kundenliste des Schmuckgeschäfts durch die Bonner Kollegen hatte nichts gebracht. Überwiegend Frauen über Vierzig, keine Auffälligkeiten. Und auch die Liste, die seine Witwe zusammengestellt hatte mit den Kontakten vergangener Beratungsprojekte erwies sich als nichtssagend: alles seriöse Unternehmen oder Behörden: Kfz-Zulieferer, Energieversorger, Maschinenbauer, Handelshäuser. – Aber trotzdem. Da mussten noch Kontakte schlummern, die seine Frau entweder verbarg, oder von denen sie nichts wusste. Es ging ja nicht nur um Firmen. Da waren doch auch Beraterkollegen und andere Spezialisten im Spiel gewesen. Da mussten die Freunde am Rhein noch einmal tiefer rein.

Die polnischen Kollegen waren ein zweites Mal bei den Glinckas auf Besuch gewesen und hatten etwas dringlicher gefragt. Insbesondere hatten sie die Wohnungsbeschreibung der Witwe Strom im Gepäck gehabt. Tatsächlich gab es keinen Tisch mit gelber Wachstuchdecke mehr auf der Terrasse, aber man sah noch deutlich die Stellen, wo die Tischbeine gestanden hatten. Auch gab es keinen Perlenvorhang mehr, dafür aber eine neue Glastür – vor knapp zwei Tagen eingesetzt. Die Tarnung änderte nichts an der Tatsache, dass Barbara Strom die Wohnung anscheinend gut gekannt haben musste. Paula und Krzysztof Glincka gaben ihr Leugnen auf und zu, dass sie Richard Strom gekannt hatten. Sie bestätigten auch in groben Zügen das Bernsteingeschäft wie von Frau Strom berichtet. Ab jetzt hatten sie zwei Probleme: das Finanzamt, und sie waren unter Verdacht, indirekt an kriminellen Handlungen beteiligt gewesen zu sein: drei Morde in einem Wald auf der anderen Seite der Grenze. Sie sollten sich in der absehbaren Zukunft in der Nähe ihrer Adresse im Hinblick auf weitere Verhöre bereit halten.

Viele kleine Einzelheiten, aber kein großes Bild. Wolter hielt an seiner groben These fest, dass alles ganz einfach mit dem Menschenschmuggel zu tun hatte. Vielleicht lief da ja noch mehr. Zigaretten, wer weiß? Stroms Bernsteingeschäft war sicher real, konnte aber auch ein Cover geworden sein seit März dieses Jahres. Und im Wald bei Rieth hatte es Unstimmigkeiten gegeben ….

Die Tür ging auf und Naumann stürzte herein: „Wir haben Sommer. Er wurde in Berlin gefasst – ausgerechnet in einem Tattoo-Shop. Der Tätowierer hatte dessen Steckbrief mit dem Löwenkopf am Tag vorher an der Raststätte

Michendorf gesehen. Er wird morgenfrüh hierher überstellt."

Fähre Königswinter

Gegen 19:00 Uhr betrat ein breitschultriger, hoch gewachsener Mann mit grauem Bürstenhaarschnitt und Reisetasche am langen Arm Salomos Gasthaus. Er schaute kurz nach links und rechts und trat zum Tresen. Salomo hatte Dienst:

„Ich habe ein Zimmer bestellt. Mein Name ist Ernst Solinger."

„Guten Abend, Herr Solinger. Einen Augenblick bitte." Es befanden sich drei elektronische Bildschirme im Fond auf der Anrichte mit den Gläsern: die Kasse, ein Laptop und ein Netbook, aber Salomo griff sich dennoch seine DINA4-Kladde und suchte die Reservierung für seinen neu angekommenen Gast. „Hier haben wir´s. Ernst Solinger. Jawohl. Wie lange wollen Sie bleiben? Sie hatten für zwei bis drei Nächte reserviert."

„Ich kann es noch nicht genau sagen. Liegt an den Geschäften. Vielleicht drei Tage, vielleicht eine Woche. Ist das ein Problem?"

„Im Moment noch nicht. Ich habe noch Spielraum. Aber, wenn die Nachfrage plötzlich steigt, benötige ich Gewissheit."

„Gut. Ich zahle eine Woche im Voraus. Wenn ich früher fort muss, habe ich Pech gehabt. OK?"

„Meinetwegen. Ihr Risiko. Zimmer vier. Ich zeige Ihnen den Weg die Treppe hinauf."

Links neben der hufeisenförmigen Theke führte eine Tür zu den Toiletten und zur Treppe in den ersten Stock mit den Gästezimmern.

Fünfzehn Minuten später war Blumenbach wieder im Schankraum. Er setzte sich auf einen Barhocker und bestellte ein Budweiser. An der Theke saß noch ein älteres Paar.

„Möchten Sie etwas essen?"

„Nein danke. Ich habe unterwegs an der Autobahn schon etwas zu mir genommen. Mein Wagen steht etwas weiter halb auf dem Bürgersteig. Haben Sie einen Stellplatz?"

„Stellplätze haben wir nicht. Sie müssen es irgendwo an der Strasse oder in einer der Nebenstrasse versuchen. Es gibt keine Parkuhren hier."

„OK. Wie komme ich zum Rhein?"

„Das ist ganz einfach. Wenn Sie vorne rausgehen geht schräg gegenüber die Schlossallee ab. Der immer folgen. Bis zum Rhein sind es höchstens zweihundert Meter."

Blumenbach hatte sein Pils ausgetrunken, erhob sich und verschwand durch den Vorderausgang auf die Strasse: „Bis später." Er fand für seinen Mazda Tribute eine Parkmöglichkeit auf dem Bürgersteig gegenüber dem Italiener an der Schlossallee. Statt zum Rhein ging er aber wieder zurück auf die Mainzer Strasse, an der sein Hotel lag, und bewegte sich nach Süden Richtung Sparkasse. Er suchte das Eckhaus mit der Doc Morris Apotheke und fand es zwei Minuten später. Oben in der Eckwohnung im zweiten Stock wohnte seine Zielperson. Blumenbach nahm an einem der Tische draußen vor der Eisdiele Platz mit Blick in die richtige Richtung. Er bestellte sich einen Amarenabecher, den er langsam und bedächtig auslöffelte. Nachdem er bezahlt hatte, bog er links um die Ecke in die Siegfriedstrasse ein. Jetzt sah er den Rhein schon. Es waren tatsächlich nur zweihundert Meter. Und überall, wo er auf Straßenschilder traf, begegnete ihm die Nibelungensage: Gunterstrasse, Kriemhildstrasse. Ob es hier tatsächlich einstmals gewesen war?

Am John-J.-McCloy-Ufer hielt er sich links Richtung Königswinterer Fähre. Er genoss den Augustabend, den Anblick der Weinberge von Rhöndorf und den Blick auf die Uferpromenade von Königswinter auf der anderen Rheinseite. Über allem thronte drüben der Drachenfels und etwas tiefer die Drachenburg. Er kam am traditionellen Weinhäuschen vorbei. Im Sommer kann man dort bei Sonnenschein auf der Terrasse direkt neben dem Fußweg am Rheinufer sitzen oder bei schlechtem Wetter seinen Schoppen drinnen in Nischen, die Weinfässern nachempfunden sind, genießen.

In der Nähe der Fähre nahm er auf einer Bank Platz. In seinem Rücken lag das Altenstift Haus Steinbach. Blumenbach lehnte sich zurück und breitete seine Arme auf der Rückenlehne aus. Es wurde allmählich dämmrig. Er beobachtete die Fähre, die im viertelstündigen Rhythmus Personen, Radfahrer und Autos von einer Rheinseite auf die andere transportierte. Die Kunst des Bootsführers bestand darin, mithilfe seines Radars immer die richtige Lücke zwischen den rheinab und rheinauf fahrenden Schiffen zu finden: große Kähne mit Kohle, Öl, Schrott, Getreide und die Flotte der Köln-Düsseldorfer-, Bonner- und Siebengebirgs-Personenschiffahrt mit ihren Ausflugsschiffen. Auf der anderen Seite des Rheins lag das Maritim. Langsam gingen die Laternen an der Uferpromenade von Königswinter an. Blumenbach kam sich vor wie am Gardasee an einem lauen Sommerabend. Seine Gedanken schweiften zurück in die jüngste Vergangenheit ….

***

Die Männer die ihn in seiner Wohnung in Tel Aviv aufgesucht hatten, hatten ihm von einem Maulwurf erzählt, den sie ins Kernforschungszentrum in Natans im Iran eingeschleust hatten. Dort musste wohl Panik herrschen. Nach dem Einsatz des Stuxnet-Virus waren zwei Anreicherungsstrassen ausgefallen. Der Stuxnet-Virus war bis dahin einzigartig. Während gängige Schadsoftware wie Trojaner und Viren die bekannten Betriebssysteme, unter denen alle möglichen Anwendungen liefen, angreifen, drang Stuxnet erstmalig in die Steuerungssoftware von Anlagen und Maschinen ein. In diesem konkreten Fall in die Steuerungen der Gaszentrifugen, die zur Anreicherung von Spaltmaterial dienten. Der Virus bewirkte zwei Dinge. Die Zentrifugen liefen normalerweise alle bis kurz unter der zulässigen Drehzahl, um eine maximale Ausbeute zu erzeugen. Stuxnet trieb nun die Drehzahl über das Limit hinaus und spielte der Kontrolleinheit falsche Maschinendaten vor, sodass der Fehler unentdeckt blieb – so als ob sich die Drehzahl weiterhin im Normbereich befinden würde. Als Folge davon liefen die Zentrifugen heiß und wurden unbrauchbar.

Die Techniker in Natans hatten aber Vorgaben, und wie Ari und Jakob ihm berichtet hatten, würden sie den Termin zum ersten Bombshot, der von Teheran geplant war, nicht halten können. Soviel wusste der Maulwurf im Natansteam. Aber in dem Team da unten gab es noch eine schillernde Persönlichkeit – einen Professor Orlow, nach Ende der achtziger Jahre aus dem ehemaligen sowjetischen Atomwaffenprogramm ausgeschieden und jetzt Berater für die Iraner. Der hatte wohl einen Plan B.

***

Blumenbach erwachte aus seinen Träumen. Eine leichte Brise war aufgekommen. Er begann zu frösteln und zog sich das Sweatshirt über, das er sich nur locker über die Schultern gelegt hatte. Dann stand er von seiner Bank auf und ging weiter am Fähranleger vorbei Richtung Rheinhotel Dreesen. Linker Hand lagen die Gebäude der ehemaligen amerikanischen Botschaft. In Höhe des Kanuclubs blieb er stehen, lehnte sich an ein Geländer und blickte tief in das Rheinwasser hinein, sah die Strudel, die Strömung, die Enten und die Schwäne….

***

Orlow hatte angesichts der Engpasssituation in Natans in Moskau angerufen, hatte Ari berichtet, aber der Maulwurf hatte den Anruf verfolgt. Von außerhalb der Anlage hatte dieser eine sichere Nachricht per BlackBerry über den BlackBerry Enterprise Server abgesetzt. Sie teilte die Festnetz-Telefon-Nummer, die Orlow gewählt hatte, und zwei kryptische Nachrichten mit:

OMEGA WIRD GEHALTEN:

LÖSUNG IST SCHWARZES MATERIAL AUS RUSSLAND. ORLOW HAT MOSKAU KONTAKTIERT.

Omega war der Termin für den Bombshot. Schwarzes Material war waffenfähiges Uran oder Plutonium aus ungesicherten Beständen. Ari und Jakob hatten ganze Arbeit geleistet. Sie hatten herausgefunden, wer hinter der Moskauer Nummer steckte.

Zwischen Ueckermünde und Frankfurt

Während seines Rückwegs vom Maritim nachhause hatte sich Stroms Kopf einigermaßen geklärt, und er hatte sich einen Plan für das weitere Vorgehen zurecht gelegt. Dieser Plan betraf zum einen sein Verhalten gegenüber seiner Familie, zum anderen weitere praktische Schritte, um den Forderungen Wassilis nachzukommen.

Zuhause hatte er zunächst Barbara plausibel gemacht, dass sich das Geheimnis um seinen Auftrag gelüftet hatte. Es handele sich um eine Art Beratungsprojekt für eine sehr begrenzte Zeitdauer. Das Schöne an dem Projekt sei, dass es sich mit seiner Reisetätigkeit in den Nordosten verbinden ließe, nur dass er wohl ein ums andere Mal einen kurzen Umweg über Ueckermünde machen müsste, statt von Ahlbeck direkt wieder nachhause zurückzukehren. Außerdem würde er die Rückfahrt ganz mit dem Leihwagen machen, den er dann Tags drauf in Frankfurt abgeben würde. So sähe die Logistik aus.

Die Vereinbarung mit Wassili sah vor, dass er zusätzlich zu seinen Bernsteinen an einem vereinbarten Ort weiterer Schmuck unbekannter Herkunft und aus unbekanntem Material – Strom vermutete Spaltstoff – entgegen nehmen, und in Frankfurt an einem bezeichneten Ort deponieren sollte. Während der ganzen Aktion würde Wassili in der Nähe bleiben, ohne allerdings aktiv zu werden.

Die Sinnfälligkeit des Unterfangens blieb Richard Strom zunächst verborgen. Er war also nur ein Glied in einer Kurierkette. Das Zeug kam von draußen – also offenbar über Wasser, wahrscheinlich über das Oderhaff, also eigentlich über Polen, vielleicht aber auch von Skandinavien oder gar von Russland aus, nach Deutschland. Er, Richard Strom, transportierte es weiter. Bei einer Kontrolle würde seine Eigenschaft als Schmuckhändler seine Tarnung sein. Darin konnte er einen Vorteil in den Überlegungen seines Geschäftspartners nachvollziehen – und zusätzlich, dass dieser ihn von früher her kannte und wusste, dass er in heiklen Situationen auf ihn zählen konnte. In Frankfurt würde dann jemand anderes die Lieferung übernehmen. Wohin sie dann weiter ging, wusste Strom nicht, sollte es offensichtlich auch nicht wissen. Deshalb die Übergabe an einem unverfänglichen Ort. Er vermutete, dass die Ware bis an irgendeine südliche Grenz gebracht wurde, von dort ins Ausland, bis es irgendwo in einem arabischen Land landete. Die einzelnen Kettenglieder kannten die jeweils andere Identität des Nächsten beziehungsweise Vorgängers nicht und hatten somit keine Ahnung von dem Gesamtplan. So stellte sich ihm die ganze Aktion auf jeden Fall in groben Zügen dar.

Die Sache ließ sich einfacher an als gedacht und war mit einigen zusätzlichen Unkosten verbunden. Fünftausend Euro pro Fuhre waren eigentlich nur ein Klacks, aber Strom sah auch da keine andere Wahl, so wie er da drin steckte.

Das erste Mal:

Er mietete seinen Audi wie jedes Mal in Heringsdorf und machte seinen Deal mit Paula. Dann fuhr er nach Ueckermünde und checkte in der Pommernyacht am Hafen ein. Wassili war auch schon da, aber sie kannten sich nicht. Am nächsten Morgen fuhr er zunächst allein ins Haffbad. Das Haffbad war eigentlich eine erschlossene Strandpromenade, direkt am Stettiner Haff etwas außerhalb der Stadt gelegen. In den Jahren nach der Wende hatte man alles gründlich renoviert: Zentralstück war der große Strandpavillon mit seiner Restauration. Bei sonnigem Wetter auf der Terrasse und Blick über das Haff auf Usedom überkamen Strom mediterrane Gefühle. Er kannte das Idyll natürlich schon von den vielen Ferienaufenthalten mit seiner Familie dort.

Ein Stückchen vom Pavillon entfernt Richtung Uecker, die hier ins Haff mündete, gab es ein einfaches Fischrestaurant und daneben eine Minigolfanlage. Der gegenüber direkt am Strand war die Seerettungsstation mit dem Strandkorbverleih eingerichtet. Alles reihte sich wie Perlen auf einer Schnur: Andenkenbuden, Bierstände, ein Schnellimbiss, Wasserskiverleih und der Ritt auf der Banane. Weiter östlich ging der Badestrand ins FKK-Gebiet über, und ganz weit hinten in der Nähe des Fischereihafens, schon in Neuendorf, der Hundestrand. Im Hinterland Kuhweiden und die Lagunenstadt. Ein wunderschönes Fleckchen Erde – und hier sollte es also stattfinden. –

***

Richard Strom hatte seinen Wagen auf dem Bezahlparkplatz vor dem Haffbad abgestellt und schlenderte lässig auf die Strandhalle zu. Sie sollten sich innen treffen, in der dunklen Kneipe, die zum Restaurant gehörte. So lautete die Anweisung – um 16:30 Uhr. Ein einzelner Mann würde kommen. Es war noch eine Viertelstunde Zeit. Strom betrat den Gastraum, nahm an einem der hinteren Tische am Fenster Platz und bestellte sich ein Lübzer Pils. Heute war er, wie auf seinen übrigen Besorgungsfahrten, leger gekleidet: es war noch früh im Jahr, April; die Saison hatte noch nicht begonnen, und über das Haff pfiff ein kühler Wind von See. Jahreszeit für seinen Windbraker-Anorack und die Schiebermütze. Es war seine erste Kurierfahrt. Ganze fünf Monate hatte es gedauert, bis grünes Licht gekommen war. Er hatte Zeit gehabt, sich zu beruhigen und nervlich auf sein neues Projekt einzustellen. Damit seine Lage aber nicht in Vergessenheit geriet, hatte sich Wassili regelmäßig zwischendurch über Mobiltelefon gemeldet. Die Lieferanten hatten wohl Schwierigkeiten mit dem Stoff und der Verarbeitung gehabt. Daher die Verzögerung. Wie dem auch sei.

Strom blickte durch das Fenster nach draußen auf den kleinen Park vor dem Souvenirladen. Ein Mann von untersetzter Statur im Alter von höchstens vierzig Jahren kam auf die Strandhalle zu. Der Mann war in seiner Jeanskombination definitiv zu dünn angezogen. Seine dunklen Haare reichten seitlich über die Ohren, und als er näherkam, entdeckte Strom einen silbernen Ring in einem seiner Ohrläppchen.

Der fremde Kollege trat ein, blickte sich kurz um, und beide erkannten das jeweils vereinbarte Zeichen: Strom hatte sich eine AIDS-Schleife ans Revers geheftet, und auf dem Aktenkoffer des andern klebte ein Sticker mit einem roten Herzchen und der Parole „I love NY". Der Fremde setzte sich einen Tisch weiter als Strom und bestellte ebenfalls ein Pils. Den Koffer schob er unter den Tisch in Richtung Strom. Blicke wurde nicht ausgetauscht. Strom studierte den Nordkurier, der auf der Fensterbank gelegen hatte. Er bestellte noch ein Pils. Nach einer Weile hatte der Fremde ausgetrunken, bezahlt und war verschwunden. Der Koffer war stehen geblieben – im Dunkel unter dem Tisch.

„Zahlen." Strom nahm den Koffer und ging betont langsam – so als würde er das Spiel schon lange kennen. Verdammt schwer das Ding. Wie viel

157

die wohl geladen haben? Er ging zum Bezahlautomaten, dann zu seinem Auto, ein letzter Blick aufs Haff, wendete und fuhr auf die Schranke zu, steckte sein Ticket in den Schlitz, und fuhr dann unter der sich öffnenden Schranke hindurch auf die Strasse Richtung Innenstadt, bog schließlich nach rechts und war fünf Minuten später auf der Klappbrücke über die Uecker, hinter der er parallel zum Ufer nach rechts abbog, am Restaurant Backbord vorbei und auf einem der Parkplätze hinter dem Hotel Pommernyacht den Wagen abstellte. Es war 17:30 Uhr.

Er nahm den Koffer mit. Der Plan war, dass er den Schmuck in seinen Alukoffer umladen sollte zu den Steckkissen mit den Bernsteinen. Er ging auf sein Zimmer und konnte es nicht erwarten, den Inhalt zu begutachten. Wie schwer das Zeugs war. Ob das wohl zu den anderen Sachen noch hineinging? Als er den Aktenkoffer öffnete, war er enttäuscht. Exakt zwei Steckkissen, die ziemlich spärlich mit Broschen und Ringen bestückt waren. Kitschig vergoldet. Strom löste vorsichtig ein einzelnes Stück von einem der Kissen. Es war schwer wie Blei – schwerer als Blei. Und es war warm in seiner Hand. Er runzelte die Stirn und steckte es zurück. Dann nahm er seinen Alukoffer aus dem Kleiderschrank und lud um. Den Aktenkoffer mit dem NY-Sticker sollte er entsorgen. So war es vereinbart.

**

158

In aller Frühe am nächsten Morgen machte sich Richard Strom auf in Richtung Anklam über Land. Er hatte Wassili am Abend vorher an der Bar in der Pommernyacht kurz gesehen, aber weder Blick noch Wort gewechselt. Er war also immer in der Nähe. Dem selbst konnte ja nichts passieren. Der observierte, und wenn etwas schiefgehen sollte, war er über alle Berge. – Es war nichts los auf den Straßen heute Morgen um diese Zeit um kurz vor sechs. Als Strom gelegentlich in seinen Rückspiegel schaute, gewahrte er in weiter Ferne hinter sich einen schwarzen 3er BMW. Sonst nichts.

In der Nähe von Anklam nahm er die Auffahrt auf die Ostseeautobahn A20. Seine Route führte an Greifswald, Rostock, Schwerin vorbei bis nach Lübeck, von dort über die A1 nach Hamburg, wo Strom heftige Staus erwarteten, dann immer weiter über Bremen, Osnabrück, Münster, durchs Ruhrgebiet und bei Köln auf die A3 Richtung Frankfurt. Dies war nicht die kürzeste Strecke. Die führte an Berlin vorbei, aber wahrscheinlich die schnellste. Der ganze Tag würde dabei draufgehen. –

Am Wiesbadener Kreuz nahm er den Abzweig nach Frankfurt, dann kurz hinter Eschborn die Abfahrt, die ihn in Richtung Innenstadt / Universität brachte, bis er schließlich in die Tiefgarage des Kongresszentrums einfuhr. Er hatte unterwegs zweimal kurz Pause gemacht, um sich zu erfrischen und Kleinigkeiten zu essen. Die

Vorgehensweise in Frankfurt war anders als an der Ostsee. Er hatte die Schmuckstücke von den Steckkissen abgelöst und in eine Ökotasche umgefüllt. Dann war er zur Ludwig-Erhard-Anlage, einem Park gegenüber dem Messegelände, geschlendert, hatte die vereinbarte Parkbank gefunden und seinen Beutel in den Papierkorb daneben gesteckt. Danach war er gegangen. Er hatte nicht zurück geschaut. Jetzt galt es nur noch, den Mietwagen bei Sixt am Hauptbahnhof zurückzugeben. Sein ICE fuhr um 20:00 Uhr. Eine Stunde später würde er in Siegburg sein, wo sein eigenes Auto im Parkhaus stand. Eine halbe Stunde später würde er durch seine Wohnungstür treten. Das erste Mal. Hatte reibungslos funktioniert.

Wieder in Bonn

Thorsten Klein hatte sich seine Frühstückbrötchen von der Bäckertheke im nahen Supermarkt geholt, dazu etwas Mett. Käse und Marmelade waren bei ihm zuhause noch vorrätig. Während er seinen Kaffee trank, blickte es aus dem Fenster über das Tankstellendach hinweg auf die Konrad-Adenauer-Strasse, wo der Berufsverkehr in beiden Richtungen – also nach Bonn/Bad Godesberg oder ins Drachenfelser Ländchen Richtung Rheinbach – schon in vollem Schwung war. Klein fühlte sich lustlos: die kleinen Routine-Gaunereien, mit denen er sich täglich herumschlagen musste, interessierten ihn nicht wirklich, und der Fall vom Oderhaff ging ihm bereits auf die Nerven. Viel lieber wäre er heute Morgen ins Fitnessstudio gegangen und hätte sich dort durchgearbeitet. Hatte er auch vorgehabt, aber dann war er zu spät aufgestanden. Der Dienst wartete.

Gegen 09:00 Uhr kam er im Kommissariat an. Seine Leute waren alle schon da und fleißig. Er rief zur Besprechung. Tanja Maurer trug vor:

„Die Kollegen in Hagen hatten mehrfach bei Solinger geklingelt – bisher ohne Erfolg. Gestern wurden sie fündig. Der Mann war zuhause: Ernst Solinger."

„Na also. Und?...."

„Pass auf. Es wird spannend: er war noch nie in seinem Leben an der Ostsee, geschweige denn in Ueckermünde, gewesen."

„Behauptet er ...."

„Es wird schwierig. Der Mann hat für die fragliche Zeit ein Alibi. Er war die letzten vierzehn Tage mit Freunden auf Angeltour in Norwegen. Kann alles belegen, hat Zeugen benannt. Niemand kann sich vorstellen, dass der zwischendurch mal kurz über die Ostsee geschippert ist, um in der Pommernyacht einzuchecken und es nach zwei Nächten wieder in seine Angelhütte am Fjord zurück zu schaffen."

„Und per Flugzeug?"

„Ausgeschlossen. Die waren in der Wildnis. Weit ab von jedem Flugplatz. Und so etwas wäre seinen Freunden unweigerlich aufgefallen. Es sei denn, seine vier Kumpel aus der Nachbarschaft in Hagen gehören auch alle zur Gangsterbande."

„Vergiss es. Ich werde Wolter anrufen. Die Sache geht mir allmählich auf den Keks. Wolter wollte mir sowieso noch erzählen, was bei dem Verhör mit Sommer herausgekommen ist, dem Komplizen von Radke. Egal. Wir müssen frischen Wind in die Sache bringen. Die Strom ist mir zu glatt. Die müssen wir noch einmal besuchen. Heute fahre ich hin. Wer hat Lust, mitzukommen?"

Keiner. So schien es. Klein zeigte auf Kessenich: „Anrufen. Termin machen. Wir kommen um zwei." Kessenich verschwand nach nebenan.

„Mariechen, was meinst Du?" Klein lehnte sich in seinen Sessel zurück und verschränkte die Arme hinter seinem Kopf. „Was hat so ein anscheinend gebildeter Schmuckliebhaber mit einer Menschenschleuserbande zu tun? Wie kommt der darein?"

„Weiß ich nicht. Habe mir darüber den Kopf nicht zerbrochen. Weißt Du, die besten Leute kommen auf die schiefe Bahn, wenn die Kohle winkt, oder wenn sie falschen Umgang haben. Das gibt's. Davon braucht die Frau nicht unbedingt etwas zu wissen."

Maurer stand auf, und Klein griff zum Hörer. Er kombinierte Wolters Durchwahl. Kurzes Begrüßungsgeplänkel, dann kam Klein zur Sache:

„Habe Neuigkeiten von Ernst Solinger."

„Der war unterwegs."

„In Norwegen – Angeln." Klein berichtete die ganze Story. Sackgasse. Oder nicht ganz, denn Solinger hätte sich auch ohnehin als ganz harmlos herausstellen können, wäre er tatsächlich in der Pommernyacht gewesen. Nun aber wussten sie, dass ein dritter verdächtiger Mann gleichzeitig mit Strom und dem Russen in demselben Hotel übernachtet hatte und danach verschwunden war. Und dieser Dritte hatte sich mit einer gestohlenen Identität

163

ausgestattet. Seine Papiere waren nicht das Original eines Toten wie bei Iwanow, sondern mussten eine bewusste Fälschung gewesen sein, da Solinger seinen Pass in Norwegen bei sich gehabt hatte. Das sah nach hochgradiger Organisation und Professionalität aus. Klein war überzeugt, dass dieser Dritte den Geländewagen gefahren hatte, dessen Spuren vor dem Wald in Rieth identifiziert worden waren. Und er war auch davon überzeugt, dass dieser Mann den Russen erschossen hatte, falls die Befragung von Sommer inzwischen nichts anderes ergeben hatte.

Hatte sie nicht. Wolter berichtete:

Sommer hatte alles abgestritten, obwohl man einen Transporter in seinem Hof gefunden hatte. Fingerabdrücke störten ihn nicht. Er und sein Freund Radke nutzten das Gefährt abwechselnd. Radke hatte es am Tag vor dem Zwischenfall ausgeliehen. Hatte ja einen Schlüssel und ihm nur kurz Bescheid gesagt und gefragt, ob der Wagen frei wäre. Am nächsten Morgen hatte das Fahrzeug dann wieder an seinem alten Platz gestanden. Ja, er hatte von dem bedauerlichen Zwischenfall in Rieth in der Zeitung gelesen. Es tue ihm leid um seinen Freund. Aber er kannte weder Strom noch Iwanow. War in der fraglichen Nacht auf dem Haff gewesen: fischen. Es gab keine Zeugen. Radke kannte doch noch andere Leute, die den Transporter gefahren haben könnten. Irgendeiner hat das Auto wohl wieder zurück gebracht. Sackgasse. Sie mussten ihn laufen lassen. Für einen Haftbefehl war die Beweislage zu dünn.

***

Klein, der zum ersten Mal in Barbara Stroms Wohnung war, sah sich aufmerksam um: Hausflur, Wohnzimmer und besonders das kleine Büro. Kessenich bemerkte, dass alles noch so war wie beim letzten Mal. Aber die Witwe war jetzt wesentlich gefasster. Klein entdeckte die beiden Figuren – den Hund und den Bären:

„Das sind aber interessante Tierchen. Die kommen aber nicht von hier. Haben Sie die von einer Fernreise aus dem Urlaub mitgebracht?"

„Nein. Die gehörten meinem Mann. Er war früher – bevor wir uns kannten – viel im Ausland unterwegs gewesen. Er hat so allerhand Erinnerungsstücke hinterlassen."

„Lassen wir das." Klein wurde jetzt ernst: „Frau Strom. Wir haben die Reisetätigkeit Ihres verstorbenen Mannes im Detail nachprüfen lassen. Er war ja für Ihr gemeinsames Geschäft, den Schmuckhandel, tätig. Seine Hauptbezugsquelle lag wohl am Stettiner Haff. Ist das richtig?"

„Ja. Es war unsere einzige Bezugsquelle, auch wenn die Paula das jetzt abstreitet …."

„Die Familie Glincka hat mittlerweile Ihre Aussagen bestätigt. Die Sache ist erledigt."

Barbara Strom atmete ersichtlich durch. Klein fuhr fort: „Also, es gab keine weitere Bezugsquelle?"

„Nein."

„Gut. Sie sagten, Ihr Mann wäre so alle vier bis sechs Wochen dort hinaufgereist. Ist das richtig?"

„Das ist richtig."

„Und dann kam er direkt wieder mit der Ware zu Ihnen nachhause zurück."

„Jawohl."

Klein hielt inne. Kessenich fuhr fort: „Hat Ihr Mann seine Routine zu irgendeinem Zeitpunkt in den letzten Monaten geändert."

„Inwiefern?"

„Nahm er immer dieselbe Route oder manchmal auch eine andere?"

„Nein. Er nahm ja nicht immer dieselbe Route. Manchmal kam er direkt und auf kürzestem Wege von Ahlbeck zurück. Das war seine Standardtour. Gelegentlich hat er die Sachen aber auch direkt aus Swinemünde abgeholt. Und dann hat er manchmal auch unsere Freunde in Altwarp besucht. Dann kam er später zurück."

„Frau Strom, Ihr Mann hat sein Mietfahrzeug entweder in Heringsdorf oder aber auch in Berlin zurück gegeben. Hing das mit dem Besuch Ihrer Freunde in Altwarp zusammen?"

„Ja. Von Altwarp war es näher bis Berlin. Von dort nahm er dann den Zug."

Klein griff wieder ein: „Wann und warum hat Ihr Mann begonnen, jede zweite Tour um einen Tag zu verlängern und den Wagen in Frankfurt abzugeben?"

Barbara Strom runzelte die Stirn. Hochspannung lag in der Luft des kleinen Apartments. Klein und Kessenich schauten die Witwe unverwandt an.

„Ja, das war so seit einem halben Jahr etwa."

„Was war der Grund dafür, wenn Ihr Mann doch nur die Steinchen aus Nordost holen war? Hatte das auch etwas mit Ihrem Schmuckhandel zu tun?" fragte Klein in gespielter Ruhe. Barbara Strom schluckte und machte eine fahrige Bewegung mit der rechten Hand zu ihrem Gesicht hin:

„Ich hatte vergessen, das zu erwähnen …. Es hing mit dem neuen Projekt zusammen …."

Die beiden Kriminalbeamten richteten sich kerzengerade in ihren Sesseln auf. Kessenich hatte sich als erster wieder gefasst:

„Welches neue Projekt?"

„Es hatte nichts mit dem Schmuck zu tun. Ich weiß nicht genau, um was es ging. Es hatte eigentlich schon vor knapp einem Jahr begonnen, aber richtig erst seit März oder so."

Klein war in sich zusammen gefallen und bedeckte seine Augen mit beiden Handflächen:

„Erzählen Sie uns alles über dieses Projekt. Wir waren der Überzeugung, Ihr Mann wäre im Ruhestand."

„War er auch. Aber dann tauchte dieser Mensch auf, ein alter Geschäftspartner aus früheren Zeiten. Das war letzten Oktober. Mein Mann hat ihn in der Kneipe bei Salomo getroffen. Sie sind wieder ins Gespräch gekommen, und der Mann hat Richard ein Angebot gemacht. Es ging um einen Beratungsauftrag für einen Kunden. Der alte Freund war nur der Mittelsmann gewesen. Mehr weiß ich auch nicht."

„Und das neue Projekt spielte sich in Frankfurt ab?"

„So genau weiß ich das nicht. Auf jeden Fall hat er dort auch jemanden getroffen. Er hat mir keine Einzelheiten erzählt."

„Wurde er dafür bezahlt?"

„Ja, ich glaube schon."

„Was heißt: Sie glauben es? Hat er keine Rechnungen an seinen Auftraggeber gestellt?"

„Ich glaube, er hat es aus Gefälligkeit getan und dafür eine Unkostenerstattung in bar erhalten." Die beiden Beamten tauschten Blicke aus.

„Gibt es Verträge?"

„Nein. Das waren mündliche Abmachungen."

„Frau Strom, wir benötigen in dieser Angelegenheit alle nur denkbaren Details. Damit ersparen Sie uns, nochmals mit einem Hausdurchsuchungsbefehl wieder zu kommen."

„Meinen Sie, die Sache mit Frankfurt hat mit dem Mord zu tun?"

„Das wissen wir nicht, aber wir ermitteln in alle Richtungen. Was geschah, nachdem Ihr Mann seinen alten Partner wieder getroffen hatte? Haben Sie diesen Mann kennengelernt?"

„Ich habe den nie gesehen. Richard hielt Geschäftskontakte und Familie immer strikt auseinander."

„Wie hieß der Mensch?"

„Keine Ahnung."

„Also, was geschah dann?" Die Polizisten wechselten sich jetzt ab.

„Richard hat seinen neuen Auftraggeber einige Tage später im Maritim in Königswinter getroffen. Dort sind sie sich einig geworden."

„Und den eigentlichen Auftraggeber kennen Sie natürlich auch nicht."

„Nein."

„Wie ging es weiter? Sie sagten, die Abmachung wäre im Oktober gelaufen, aber erst im März ging es richtig los."

„Ja, so war es. Aber zwischendurch meldete sich der Mittelsmann von Zeit zu Zeit auf dem Mobiltelefon meines Mannes. Jedenfalls hat Richard mir das gesagt."

„Haben Sie mit dem Mann am Telefon gesprochen?"

„Nein. Nie."

„Und dann sagte Ihnen Ihr Mann eines Morgens, dass er dieses Mal einen Tag später kommen würde und über Frankfurt. War es so?"

„So ähnlich."

„Was haben Sie sich dabei gedacht?"

„Nichts weiter. Ich wusste ja von dem neuen Projekt."

„Er hat Ihnen nie gesagt, worum es ging? Haben Sie nicht danach gefragt?"

„Ich dachte, es ging um einen seiner alten IT-Aufträge. Die hatten mich noch nie interessiert."

Die Befragung ging dem Ende zu. Die Polizisten mussten sich erst in Ruhe auf dem Kommissariat sortieren. Sie ließen sich noch erklären, wo Salomo lag und verabschiedeten sich vorläufig.

***

Als Klein sein Büro in der Königswinterer Strasse betrat, fand er auf seinem Schreibtisch eine Nachricht von Tanja Maurer:

WOLTER BITTET UM RÜCKRUF

Klein griff zum Hörer und hatte seinen Homologen am anderen Ende sofort dran. Dieses Mal gab es keine Präliminarien. Klein hörte schweigend zu und ließ sich dabei langsam auf seinen Bürosessel sinken. Er sagte nur „ja" und „hm" und sonst nichts. Zum Schluss: „Ich rufe noch heute Abend zurück. Wir haben auch Neuigkeiten. Tschöö."

Dann verließ er sein Büro und ging in den Großraum, wo er Maurer und Kessenich noch vorfand. Er winkte sie rüber:

„Setzt Euch. Ich habe mit Wolter gesprochen. Schwerin hat die beiden unbekannten Geschosse, mit denen der Russe getötet wurde, identifiziert. Sie stammen aus einer IMI Jericho."

Ratlose Blicke von seinen Gegenübern. Schließlich bequemte sich Kessenich: „Nie gehört."

„Ich bis vorhin auch nicht. Es handelt sich um eine Waffe, die von Mossad-Agenten eingesetzt wird."

Lähmende Stille. Nach langer Pause:

„Wir müssen von vorn anfangen. Und – wir müssen da noch mal rauf."

Richtung Hamburg

Blumenbach löste den Mazda Tribute elegant aus der Parklücke an der Mainzer Strasse und steuerte sein Fahrzeug in Richtung Bonn, über die B9 durch den Godesberger Tunnel, Ausfahrt Friesdorf und dann auf den Zubringer zur A59. Er war auf dem Weg nach Norden, am Flughafen Köln-Bonn vorbei Richtung A1, auf der er bis Hamburg bleiben würde. Seine Zielperson nahm eine andere Route: per Bahn – aber dieselbe Destination: Ueckermünde. In der Botschaft gab es gute Leute, die den Mann schon vorher beschattet hatten und seine Wege kannten.

Er hatte Strom zum ersten Mal zwei Tage nach seinem Eintreffen in Mehlem von Angesicht zu Angesicht gesehen – bei Salomo an der Theke. Er hatte ihn sofort von dem Foto her erkannt, mir dem man ihn ausgestattet hatte. In den Tagen vor der Abreise hatte er die Apotheke von der Eisdiele aus beobachtet. Der Mann schien keine ausgeprägten Gewohnheiten zu haben. Er ging mal hierhin, mal dorthin, etwas einkaufen, mal zum Rhein. Morgens brachte er sein Töchterchen in die Grundschule. Und am vergangenen Sonntag ging die ganze Familie in die Heilandkirche zum Gottesdienst um zehn Uhr. Blumenbach war derweil über den Mehlemer

Friedhof gegenüber der Kirche spazieren gegangen und hatte sich die Zeit mit dem Ablesen von Grabsteinen vertrieben. Es sah so aus, als wäre all das kein Cover, keine Tarnung – das ganz normale Leben eines kleinen Geschäftsmanns. Aber das war nicht seine Sorge. Die anderen würden schon ihre Gründe haben. Er war ausführendes Organ und stellte keine Fragen, die mit der Technik seines Auftrags nichts zu tun hatten.

Die Aufklärung hatte ganze Arbeit geleistet.

Dabei war die Zielperson zunächst noch gar nicht bekannt gewesen, als sie ihn, Tobias Blumenbach, wieder aus der Kälte zurück geholt hatten. Es war bis dahin ja nur ein Zwischenhändler identifiziert worden. Blumenbachs Aufgabe war es gewesen, selber die Zielperson ausfindig zu machen – eine Arbeit von der er eigentlich nichts verstand. Alles, was die hatten, war die Moskauer Telefonnummer des Zwischenhändlers, den Orlow von Natans aus angerufen hatte – wahrscheinlich ein Ex-KGBler, ein Schläfer, den Professor Orlow möglicherweise von früher her kannte, und der ihm noch einen Gefallen schuldete – offene Rechnungen halt. Wie das so ist. Die Kunst hatte darin bestanden, dieser Telefonnummer einen Namen und eine Adresse zuzuordnen, und herauszufinden, wer dieser Mann war, was er machte.

Das Problem war, dass sein Land keine Residency in Moskau unterhielt. Aber da war noch das freundschaftliche Verhältnis zur US-Botschaft. Da gab es jemanden, der helfen und alle möglichen

Informationen liefern konnte. Blumenbach brauchte alles: Name, Aufenthalt und Vergangenheit. Welche Aufgaben der Typ in seiner Karriere erledigt hatte. Mit welchen Leuten, besonders im Ausland, im Westen, er Kontakt gehabt hatte usw. Blumenbach war schon dabei, seine Reisesachen für das Ausland zu packen, als noch nicht einmal der Zwischenhändler, geschweige denn die Zielperson, noch deren Aufenthaltsorte bekannt waren. Die US Residency in Moskau war kontaktiert worden. Er war in Alarmbereitschaft geblieben und hatte auf Papiere und Geld gewartet.

Fred Cleaver war einer von mehreren Undercover-Leuten der Gegenspionage und in der US-Botschaft in Moskau als einfacher Bote angestellt. Die Russen kannten natürlich seine tatsächliche Aufgabe, wie das in dem Geschäft nicht ungewöhnlich ist. Den hatte Ari an einem grauen Tag in der zweiten Oktoberhälfte von Tel Aviv aus auf einer sicheren Leitung angerufen. Ari hatte die Telefonnummer aus Moskau durchgegeben. Die Anfrage war einfach gewesen: er benötige den zugehörigen Namen und alles weitere, was über ihn zu erfahren sei. Vermutung war, dass es sich um einen Ex-KGB-, vielleicht aber doch noch FSB-Mann handelte. Die Rückinfo, Akte usw. sollte über diplomatic pouch nach Tel Aviv kommen. Die Sache wäre eilig. Cleaver hatte versprochen, sich darum zu kümmern. Und das hatte er dann ja auch getan.

∗∗∗

Köln lag hinter ihm. Jetzt kamen die Baustellen auf der A1 bis Münster – alle zwanzig Kilometer eine. Er würde im Rasthof Lichtendorf ein verspätetes Frühstück zu sich nehmen. Im Hotel hatte er nichts gegessen. Es war noch zu früh gewesen. Blumenbach ging davon aus, dass Strom am frühen Nachmittag in Heringsdorf ankommen und dann kurze Zeit später in Ahlbeck seinen ersten, ganz regulären Bernstein-Deal mit den Polen tätigen würde. Erst morgen Nachmittag gegen 17:00 Uhr würde der eigentliche Handel im Strandpavillon in Ueckermünde stattfinden. Dieses Schema war seinen Leuten bekannt. Ein Eingreifen seinerseits war dort nicht erwünscht. Und den Boten von drüben würden sich andere vornehmen – bis zum letzten Glied der Kette zurück und auch nach vorn. Er war nur für das Kettenglied Strom zuständig. Die Sache würde in der Pommernyacht erledigt werden. –

Der Name zu der Moskauer Nummer aus Tel Aviv / Natans war schnell gefunden worden: Wassili Abkhashvili. Das hatte Fred Cleaver noch selbst in Rekordzeit erledigen können. Aber um Detailinformationen über diesen Mann zu erhalten – wenn er denn tatsächlich für den KGB oder das FSB gearbeitet hatte oder noch arbeitete – hatte Cleaver sein Netzwerk aktivieren müssen. Er hatte einen russischen Informanten, den er über einen Barkeeper

175

im Mezhdunarodnaya Hotel im Moskauer Welthandelszentrum aktivieren konnte. Dort hatte er einen Umschlag für seien Mann Dimitri Sokolow hinterlassen. Sokolow hatte damals, Anfang der neunziger Jahre, als alles in Auflösung begriffen war und alle Archive geöffnet wurden, für sich so viele Daten dort herausgeholt und gesichert, wie er auf seinen Dreizolldisketten fortschaffen konnte. Die hortete er jetzt bei sich zuhause. Als später Putin kam, wurden alle Archive wieder geschlossen. Somit war das Material, das er besaß, unschätzbar wertvoll für Leute wie Fred Cleaver. Eine bessere Quelle musste man lange suchen. Na, und auf diesem Wege waren sie dann an die Identität von Abkhashvili gekommen. Das Ganze hatte Cleaver einen DELL Laptop mit Windows 7 für Sokolow gekostet.

Im Bahnhof Smolenskaya hatte Sokolow Cleaver einen braunen Umschlag übergeben. Und der hatte ihn dann per diplomatic pouch nach Tel Aviv weitergeleitet. Und dessen Inhalt hatte Blumenbach kurze Zeit später selbst zur Kenntnis nehmen können:

Als erstes war ihm ein älteres Foto in die Hände gefallen. Es zeigte das Brustbild eines Mannes in schwarzer Lederjacke mit Halbglatze – schwarzes Haar und schwarzer Schnurrbart. Die dunkelbraunen Augen blickten aus leichten Schlitzaugen direkt in die Kamera: Kaukasus, hatte Blumenbach gedacht. Dann lag ein kurzer Werdegang des Typen und eine Beschreibung seines letzten Projektes bei: KGB-Mann. Ex-KGB-Mann. Hatte kurz nach der Wende mit dem aktiven Dienst aufgehört. Zuletzt hatte man ihn im Innendienst verwendet. Wahrscheinlich musste er sich mit Ablage und Archivarbeiten beschäftigen. Wie dem auch sei: Ari und Jakob hatten sicherlich einen guten Grund, sich für diesen Mann jetzt zu interessieren.

Nach dem späten Frühstück schwang Blumenbach sich wieder in seinen Tribute und rauschte davon – immer noch in Richtung Hamburg. Er lag gut in der Zeit.

Nochmals bei Salomo

Klein hatte keine Lust. Also machten sich Kessenich und Maurer wieder einmal auf den Weg nach Mehlem. Sie parkten in der Schlossallee und schlenderten hinüber ins slowakische Gasthaus. Es war kurz nach 17:00 Uhr. Der Laden hatte geöffnet. Salomo putzte die Bierhähne: „Guten Tag. Was kann ich für Sie tun?"

Sie waren die ersten Gäste heute, also war Diskretion fehl am Platze. Kessenich zückte seinen Ausweis:

„Wir sind von der Polizei und möchten Ihnen ein paar Fragen stellen."

Wenn Salomo ein schlechtes Gewissen hatte, so ließ er sich nichts anmerken. Aber warum sollte er ein schlechtes Gewissen haben?

„Bitte; möchten Sie etwas trinken?"

Tanja Maurer lehnte für beide ab.

„Worum geht es?"

Kessenich nahm den Faden wieder auf: „Es geht um einen Ihrer Gäste."

Er zeigte ein Porträtfoto von Strom: „Kennen Sie diesen Mann?"

„Ja, das ist der verstorbene Herr Strom. Er ist vor einigen Tagen beerdigt worden. Das kam alles sehr plötzlich. Er hatte wohl einen Unfall oder so etwas Ähnliches."

„War Strom hier Stammgast?"

„Kann man so sagen, obwohl er nicht öfters als ein-, zweimal die Woche vorbei kam. Und viel hat er auch nicht verzehrt. Einmal im Jahr brachte er auch seine Frau und sein Kind mit. Dann haben sie zu Abend gegessen."

„Wir möchten Sie nach einer Begebenheit fragen, die für unsere Nachforschungen sehr wichtig ist. Allerdings liegt die schon eine gewisse Zeit zurück – etwa ein Jahr", übernahm Tanja Maurer jetzt das Interview: „Sie beherbergen doch gelegentlich auch ausländische Gäste?"

„Kann man so sagen."

„Auch aus Osteuropa?"

„Wenn es sich um Ausländer handelt, vorwiegend aus Osteuropa."

„Auch Russen?"

„Eher selten, aber es kann schon mal vorkommen."

„Ich möchte auf einen Abend im vergangenen Oktober zurück kommen. An diesem Abend hat sich Herr Strom in Ihrem Lokal mit einem Mann getroffen, von dem wir vermuten, dass es sich um einen Russen handelte. Können Sie sich daran erinnern?"

Salomo überlegte nicht einmal: „Wenn es soweit zurückliegt? Unmöglich. Was meinen Sie, wie viele meiner Stammgäste mit Menschen auf der Durchreise hier am Tresen ins Gespräch kommen.

Daran kann ich mich wirklich nicht erinnern. Im vergangenen Oktober."

„Wie verhielt sich Strom sozial? War er gesprächig oder eher verschlossen?"

„Er wollte meistens seine Ruhe haben. Ich nehme an, er wollte sich entspannen – von der Arbeit."

„Dann müsste es Ihnen doch aufgefallen sein, wenn er mit einem Russen ins Gespräch gekommen wäre, oder nicht?"

„Ich achte nicht auf solche Dinge. Wie gesagt, ich kann mich nicht daran erinnern."

Kessenich holte ein weiteres Bild aus seiner Jackentasche. Es war die Computersimulation eines Gesichts. Sie war nach der Leiche des toten Russen aus Rieth erstellt worden. Das Foto im Pass war zu ungenau gewesen, um als Referenz dienen zu können:

„Erkennen Sie diesen Mann?"

„Ist das der Russe?"

Kessenich nickte.

„Ich kann mich nicht erinnern. Aber Sie können es ja bei meiner Frau versuchen. Die kommt gerade rein. Hallo, Lydia"

Die Beamten ließen die Frau, die zwei Plastiktüten mit Waren hereinschleppte, in Ruhe ankommen. Dann erklärten sie ihr Anliegen nochmals und kamen auf den Oktoberabend zurück. Lydia war spontan: „Ich kann mich erinnern", sagte sie zu dem Bild. „Ich erinnere mich nicht an den Mann, aber an den Abend. Und zwar aus folgendem Grunde: noch nie habe ich Herrn Strom in einem solchen Zustand gesehen. Der trank hier immer nur zwei Bier, zwei Schnaps, dann war er fort – nachhause zum Abendessen. Aber damals – das vergesse ich nie."

„Was war geschehen?"

„Am Ende war er völlig betrunken. Da drüben, an dem Tisch, haben sie gesessen und einen Wodka nach dem anderen getrunken. Ich habe mir ernstlich Sorgen gemacht, wie er nachhause kommen würde. So habe ich ihn weder vorher noch nachher so erlebt. Er war doch ein seriöser Mensch."

„Haben Sie außerdem noch etwas in Erinnerung aus jener Begegnung?"

„Außer, dass Herr Strom eher ungehalten war. Er schien sich über die Begegnung nicht zu freuen. Der andere redete ununterbrochen auf ihn ein."

„Noch einmal", warf Maurer ein: „War das dieser Mann?"

„Kann sein. Ich bin mir nicht sicher. Soll das der Russe sein?"

„Er könnte es gewesen sein."

„Wenn das so ist, war er vielleicht Gast bei uns. Dann müsste er im Belegungsbuch stehen. Aber das Buch vom vergangenen Jahr haben wir nicht mehr."

„Sie sind doch verpflichtet, solche Unterlagen für das Finanzamt aufzubewahren."

Salomo meldete sich: „Ja, sicher. Wir haben das auch noch. Ich übertrage das regelmäßig in den

Computer. Ich nutze das Buch nur, weil es für mich bequem ist. Da kann ich drin rumstreichen und verbessern und so weiter. Ist Gewohnheitssache. Ich schau mal in den Laptop."

Er ging zum Buffetschrank hinter der Theke und warf seinen Rechner an. Es dauerte eine Weile. Dann suchte er nach einer bestimmten Datei. Währenddessen fragte Lydia die Polizisten, ob sie wirklich nichts trinken wollten. Es waren zwei Handwerker hereingekommen, und um die Diskretion zu wahren, akzeptierten die Beamten je einen Kaffee. Salomo kam zurück:

„Im vergangenen Oktober hatten wir einen russischen Gast. Er ist unter dem Namen Yuri Iwanow eingeschrieben."

Neustart in Rieth

Obwohl Wolter skeptisch war und sich nur zögerlich darauf einlassen wollte, setzte Klein es schließlich durch, dass er und Kessenich noch einmal zu Besuch kamen. Klein hatte das Gefühl, dass der Schlüssel des Verbrechens in seinem eigenen Verantwortungsbereich lag. Die Figur, um die sich alles dreht, hieß Strom – und nicht Radke oder Sommer. Der Tatort war zwar Rieth, aber das besagte nichts in seinen Augen. Trotzdem wollte er den Ort noch einmal in Augenschein nehmen. Er hatte ihn ja noch nie gesehen.

Im Dienstzimmer von Hauptkommissar Wolter tauschten sie sich aus. Zugegen waren: Wolter, Klein, Kessenich und Nicole Reuter. Zwei Thesen wurden gegeneinander abgewogen. Wolter blieb bei seiner vereinfachten Version des Schmuggels:

„Die drei Männer sind bei der Übergabe von Illegalen kurz hinter der Grenze zu Tode gekommen. Da gibt es für mich keinen Zweifel. Was der Grund dafür war, wissen wir noch nicht. Auch nicht, welche exakte Rolle die einzelnen Personen dabei spielten. Zwei der Täter, die geschossen haben, sind selbst Opfer geworden. Wir suchen eigentlich nur noch einen einzigen Mann – wahrscheinlich den, der sich Solinger nannte. Dann ist das Bild rund, und der Fall könnte als erledigt abgeschlossen werden. Darauf konzentrieren wir uns hier. Ich gehe weiterhin von der Schleppertheorie aus. Und, dass auch Sommer dabei war, aber der kann mit Sicherheit keine israelische Pistole bedienen, woher er die auch immer hätte haben können. Er hält sich zur Verfügung, und wir werden ihn nochmals befragen. Momentan haben wir keine weitere Handhabe gegen ihn."

Es lag auf der Hand, dass Wolter sich von Klein und Konsorten in seinem Vorgarten gestört fühlte. Seine mürrisch vorgetragenen Auslassungen ließen keinen Zweifel daran. Klein reagierte gelassen und freundlich:

„Also, Kollegen. Wir wollen Euch nicht über Gebühr auf die Nerven gehen. Aber Strom fällt nun Mal in unseren Geltungsbereich. Und aus unserer Warte sieht der Fall, was seine Person betrifft – und für uns ist er nun Mal bisher nur Opfer und nicht Täter, da wir seine Rolle in dem Kuddelmuddel noch nicht kennen – ziemlich kompliziert aus. Und zwar folgendermaßen:

Ich unterstelle, dass Strom bis etwa zum Herbst vergangenen Jahres einen ehrlichen Schmuckhandel betrieben hat, hier jahrelang herauf gefahren ist, und dass seine Frau in jedem Fall sauber ist. Ich kann mich täuschen, aber so ist momentan meine Annahme. Dann ist etwas passiert, das sein Leben geändert hat. Er traf mit dem Russen, den wir weiterhin nur als Iwanow kennen, in der

Nähe seiner Wohnung in einer Kneipe zusammen, und Iwanow vereinbarte ein Geschäft anderer Art mit ihm. Warum Strom angesprochen wurde, und warum der eingewilligt hatte, davon haben wir keine Ahnung. Seine Frau wusste von dem Geschäft, oder Projekt, wie sei es nennt, aber nicht, um was es ging. Ich vermute, dass Stroms Reisetätigkeit irgendwie mit in das Vorhaben von Iwanow passte. Das Ding lief anscheinend seit März dieses Jahres über mehr als sechs Monate lang nach Plan, dann passierte etwas, was zu den Vorfällen in Rieth geführt hat.

Bis dahin gab es eine Synchronität zwischen den Reiserouten von Iwanow und Strom. Dann aber kam noch jemand ins Bild: Solinger. Da er sich mit der Identität eines noch Lebenden ausgestattet hatte, der sich zufällig zum Tatzeitpunkt im Urlaub im Ausland befand, hätte der Unbekannte diese Identität nicht beliebig lange vorher oder nachher nutzen können, ohne aufzufallen ...."

Reuter unterbrach ihn: „Wir haben gecheckt. Strom und Iwanow waren regelmäßig gleichzeitig in der Pommernyacht, Solinger nur ein einziges Mal – beim letzten Mal."

„Dann muss Solinger der Störfaktor sein. Und wenn wir unterstellen, dass er ein Mossad-Mann ist, dann bekommt die Schmuggelgeschichte eine ganz andere Dimension."

Wolter rief dazwischen: „Dann waren das keine normalen Illegalen, dann waren das vielleicht Terrorkommandos oder etwas in der Richtung, von dem der Mossad Wind bekommen hatte. Und die griffen ein."

„Möglich", sagte Kessenich. „Aber ist Leuten wie Sommer und Radke so eine hochkarätige Aktion zuzutrauen?"

„Auf den ersten Blick nicht, aber wenn die Typen nur bewährte Routen nutzen wollten. Warum nicht? Wir müssen Sommer noch einmal unter Druck setzen."

„Was ist mit Stroms Freunden in Altwarp? Habt Ihr die gesprochen?"

„Ja", antwortete Nicole Reuter. „Fehlanzeige. Die vermieten Ferienwohnungen. Seit Jahren. Stroms waren öfters Gäste. Darüber kennen die sich. Die beiden Althaus waren früher Bedienstete bei der Flugabwehrbatterie. Haben sich da kennengelernt und sind nach dem Abzug des Militärs in ihrem Häuschen da wohnen geblieben. Sind bekannt im ganzen Dorf und Hafen. Die wussten von dem Bernsteingeschäft, aber von nichts anderem."

„Egal", sagte Thorsten Klein. „Ein großes Rätsel ist der Verbleib von Stroms Alukoffer."

„Den hat vielleicht der Mossad-Agent mitgehen lassen", spekulierte Wolter.

„Wenn das so ist, dann muss mehr drin gewesen sein, als Bernsteinschmuck. Dafür schicken die Israelis keinen Spezialisten an die Ostsee. – Also, ich komme nochmals auf unsere Bitte zurück: wann können wir die Hütte in Rieth in Augenschein nehmen?"

„Wir haben alles vorbereitet. Wir wollen unterwegs eine Kleinigkeit in Rosies Fischoase essen. Dann kann´s losgehen. Aber ich sage Euch: wir haben sorgfältig gearbeitet, wenn Ihr das meint. Spurensicherung, alles. Die Hütte ist leer geräumt. Da ist nichts mehr."

„Glaub ich Dir, Heinz, aber ich muss einfach ein plastisches Bild vor Augen haben. Weißt Du, ich habe den Tatort nie gesehen. Das ist nicht sehr professionell von mir. Vielleicht öffnet mir das ja eine ganz neue Perspektive. Mit neuen Ideen. OK?"

„OK. Wie gesagt."

***

Rosies Fischoase liegt direkt hinter der Pommernyacht an der Uecker. Vor Jahren war das Schnellrestaurant noch eine einfache Fischverkaufsbude gewesen. Das Geschäft ging gut. Schließlich stand der Wagen ja direkt am Ableger der Schiffe nach Usedom und Swinemünde. Und die Haffrundfahrten legten dort ab. Die Passagiere hatten Hunger und Durst vor und nach der Fahrt. Heute ist aus dem Wagen eine lange Theke unter einem großen Zelt mit Vordach und jeder Menge Biertischgarnituren geworden. Die Schiffe starten jetzt auch wieder von dieser Seite der Uecker aus, nachdem der Flottenbetreiber zwischendurch mal für ein, zwei Jahre aus unerfindlichen Gründen die Ufer gewechselt hatte, aber das hatte Rosies Geschäft keinerlei Abbruch getan.

„Hier gibt es den besten Backfisch weit und breit", erklärte Stefan Kirn, der mitgekommen war, den Bonnern.

„Gibt's bei uns auf Pützchen's Markt", konterte Sven Kessenich.

„Wo ist eigentlich Mariechen?"

„Die haben wir zuhause gelassen. Die muss auf ihren Freund Markus aufpassen."

„Hat die einen Freund?"

„Ja sicher. Und einen ganz gefährlichen dazu."

„Gut zu wissen."

Sie aßen also Backfisch. Anschließend fuhren Wolter, Kirn und die Rheinländer in Wolters Dienstwagen über die Klappbrücke Richtung Osten. Nach fünf Minuten hatten sie Ueckermünde verlassen, waren an Berndshof vorbei, durch Bellin durch und bogen in Vogelsand-Warsin rechts Richtung Ahlbeck (nicht das auf Usedom) und Rieth ab. Über holprigen Strassen ging es daher, und Klein und Kessenich betrachteten interessiert die dichten Wälder, unterbrochen von gelegentlichen Wiesen und unbebauten Bruchlandschaften links und rechts des Weges. Es herrschte kein Verkehr um diese späte Mittagszeit. Kirn bog in Rieth ein und hielt sofort an dem Waldstück des Verbrechens. An der Stelle, an der oberhalb der Böschung ein ausgetretener Pfad in den Wald hinein führte.

„Hier lag der Russe." Kirn deutete auf einen Fleck unmittelbar vor dem Dienstwagen. „Und dahinten standen die beiden Mietwagen." Er deutete in Richtung Dorfplatz. „Kommt, wir gehen nach oben."

Die vier Männer kletterten die Böschung hoch und fanden oben den Pfad. Die Hütte war noch nicht zu sehen. Der Mischwald war dicht. Farnkraut mit vielen Spinnweben stand hüfthoch. Kirn ging langsam vor: „Hier hat sich inzwischen alles wieder aufgerichtet. Man erkennt kaum noch etwas."

Dann kamen sie an eine Stelle, die noch etwas niedergetreten war: „Hier hat Radke gelegen." Klein blickte auf die Stelle, dann sah er auf und bemerkte tiefer im Wald ein dunkles Hindernis – die Hütte, etwa hundert Meter vor sich. Sie gingen weiter. Rechterhand sah das Farnkraut aus, als wäre eine Walze darüber hinweg gegangen. Kirn erläuterte:

„An dieser Stelle haben sich die Illegalen umgezogen. Die Klamotten lagen noch herum, als wir ankamen. Das war Hals über Kopf geschehen."

Thorsten Klein war noch immer desinteressiert. Der Pfad führte jetzt geradewegs auf den Hütteneingang zu. Klein bemerkte etwas. Etwa zwanzig Meter vor dem Waldhäuschen ging eine Spur nach links ab. Man konnte umgeknickte Farnstängel und zertretene Kiefernzweige auf dem Boden erkennen:

„Was war hier los?"

„Hier wurde wohl Strom getroffen. Seine Spur weicht dann etwas vom Trampelpfad ab und läuft danach in einem leichten Bogen auf die Hüttentür zu."

Klein blickte zurück auf die Stelle, an der Radke, Stroms Todesschütze, gelegen hatte und schätzte die Entfernung. Dann ging er vorsichtig der kaum noch sichtbaren Spur des angeschossenen Richard Strom nach – den Blick angespannt auf den Boden gerichtet. Plötzlich verbreiterte die Spur sich.

„Da muss er gestürzt sein", bemerkte jetzt Wolter. Klein suchte mit seinen Augen angestrengt jeden Quadratzentimeter des Waldbodens zwischen den umgeknickten Farnbüscheln ab. Nichts. Er überstieg eine breite Baumwurzel. Die Spur war jetzt breiter – so als hätte sich jemand auf allen Vieren weiter geschleppt. Zehn Meter weiter stand er vor der Hüttentür. Das Polizeisiegel war aufgebrochen.

„Da waren schon wieder welche hier", erläuterte Wolter. „Hier kommen und gehen Spaziergänger, Liebespaare, Jugendliche, die hier einen saufen. Ich kann jetzt nicht mehr rund um die Uhr einen Streifenwagen vor dem Wald postieren. Irgendwann ist Schluss."

Klein erwiderte nichts. Er war enttäuscht von der Waldhütte, die kaum diesen Namen verdiente: eine Bretterbude, wie man sie heute kaum noch auf Baustellen findet. Die Tür hing schräg in den Angeln, das kleine Fenster mit der gesprungenen Scheibe war grau vom Staub der Jahrhunderte. Vorsichtig stieß Klein die Tür auf. Der drei mal zwei Meter große Raum war leer.

„Was habt Ihr hier drin gefunden?"

„Nichts als Dreck. Wir haben alles mitgenommen. Die Untersuchungen haben nichts Brauchbares ergeben: eine aufgerissene Seegrasmatratze, Speisereste, Pappkartons, eine rostige Rolle Draht, leere Flaschen. Die Ratten sind wohl mittlerweise von hier verschwunden. Ich sagte ja, es lohnt sich nicht. Ihr wärt besser zuhause geblieben."

„Schon gut. Jetzt weiß ich wenigstens, wie es hier aussieht. Kann mir den Tathergang bildlich vorstellen."

Sie gingen zurück. Klein nochmals Schritt für Schritt den Bogen entlang, den Strom geschlagen hatte. Er kam wieder zu der Stelle, wo der Angeschossene zusammengebrochen war. Und jetzt sah er es. Als er die Baumwurzeln überschreiten wollte. Dieses Mal von der anderen Seite. Etwas steckte von dieser Seite vor der Wurzel im Waldboden, etwas winzig Weißes, wie ein Pilz. Klein kratzte mit dem Fuß daran, es ging nicht ab. Die anderen waren inzwischen weiter gegangen.

„Wo bleibst Du?" rief Kessenich.

„Komme sofort. Einen Augenblick."

Klein zog den Gegenstand, der etwa zwei Mal vier Zentimeter groß und flach war, aus der Erde. Das Teil war schwarz von der Walderde, aber an den Seitenrändern glitzerte es wie Gold. Und es war schwer für seine Größe – und etwas warm. Er suchte den Boden nach weiteren Spuren ab, fand aber nichts mehr. Dann war er wieder bei den anderen, die unten an der Böschung gewartet hatten.

„Und?" fragte Wolter.

„Ich habe etwas gefunden. Schau dir das an."

Klein hatte es auf seine Handfläche gelegt.

„Ein Stück Blech", sagte Wolter.

„Das glaube ich nicht. Das muss gereinigt und gesichert werden. Wie schnell könnt Ihr das machen?"

„Das da? Sofort. Komm steig ein. Wir fahren los."

***

Da saßen sie alle wieder beieinander in Wolters Büro: er selbst, Klein, Kessenich, Kirn und Reuter. Vor ihnen auf Wolters grüner Schreibtischunterlage lag ein kleines Plastiktütchen mit einem beschrifteten Aufkleber. Und darinnen steckte eine flache Goldbrosche in Form eines Phantasieblumenblattes, die Ränder gezackt. An einer Stelle hatte irgendjemand zwei der kleinen Zacken entfernt. Das Metall an den Bruchstellen schimmerte violett. Sie schauten stumm auf den Gegenstand.

„Da ist kein Bernstein dran", bemerkte Kessenich.

„Nein", ergänzte Nicole Reuter. „Und Gold ist es auch nicht. Das ist nur Farbe. Die von der Sicherung haben es angekratzt. Aber es ist schwer wie Blei. Ist aber auch kein Blei."

Die Spurensicherung hatte die beiden kleinen Zacken abgeschnitten. Eine Probe ging nach

Schwerin, die andere hatte Klein für sich beansprucht, um das Material zu identifizieren. Die Fingerabdrücke stammten von mehreren Personen. Zwei davon waren identifiziert: die von Kommissar Klein, und die anderen waren von Richard Strom.

Bevor die Beamten wieder auseinandergingen – die einen blieben, die anderen in Richtung Bonn – brachte Klein noch ein weiteres Thema zur Sprache:

„Wir haben es hier mit dem Schmuggel von unbekannten Materialien zu tun. Und wir haben eine ausländische Macht, die involviert ist. Müssten wir nicht das BKA oder den Verfassungsschutz einbeziehen?"

Wolter schüttelte den Kopf: „Hör zu, Thorsten. Für mich ist das bis auf weiteres nur Schmuck – wenn auch wertloser, Tand. Außerdem habe ich – wie Du weißt – ja bereits die Bundespolizei informiert. Die hält sich momentan noch zurück und lässt uns machen. Das sollten wir so beibehalten."

Klein zuckte mit den Schultern. Es gab letzte Vereinbarungen. Er musste zurück. Zurück in Stroms Wohnung. Da musste mit Sicherheit auch noch etwas zu finden sein.

Richtung Stettiner Haff

Blumenbach hatte an der Raststätte Dammer Berge in Niedersachsen seinen Mazda vollgetankt. Das müsste jetzt bis zum Zielort reichen. Er nahm sich noch ein Käse-Sandwich und eine kleine Falsche Evian mit. Dann konnte es weitergehen. Durch Hamburg durch würde die schlimmste Pein sein: Baustellen, Autobahnkreuze ohne Ende. Richtung Lübeck würde es besser werden. Und erst auf der A20. Nur da waren Raststätten dünn gesät.

Er ließ sich noch einmal durch den Kopf gehen, wie seine Zielperson schließlich identifiziert worden war:

Ari Loeb und Jakob Shmuel hatten ihn kurz nach ihrem ersten gemeinsamen Zusammentreffen ins Crown Plaza in Tel Aviv bestellt. In den Ledersesseln in der Lobby hatten sie es sich beim Espresso bequem gemacht. Loeb war zuständig für Auslandsoperationen im Zusammenhang mit Nuklearproliferation, Shmuels Fokus war der Iran. Sie wollten das Material von Cleaver auswerten und der Dienst hatte einen Spezialisten geschickt, der sich mit dem Schmuggel von spaltbarem Material auskannte, einen Professor Nathan Stern, ein hochgewachsener, weißhaariger Mann in Jeans und offenem Hemd. Loeb hatte einen Raum reservieren lassen. Nach kurzem Händeschütteln waren alle an der Rezeption in Richtung auf einer der Flure marschiert, an dessen Ende zwei gegenüber liegende Türen zu Konferenzräumen geführt hatten. Sie hatten den Linken genommen. Der Raum war für gut 30 Teilnehmer ausgelegt gewesen. Sie hatten vor einer polierten Tischplatte gesessen, auf der verstreut einige Dokumente herum gelegen hatten. Darunter war auch die Depesche des Maulwurfs von Natans gewesen:

OMEGA WIRD GEHALTEN:

LÖSUNG IST SCHWARZES MATERIAL AUS RUSSLAND. ORLOW HAT MOSKAU KONTAKTIERT.

Stern hatte die Nachricht nachdenklich betrachtet. Loeb hatte Sterns Sicherheitsfreigabe erwähnt und war dann in die Details der Vorgeschichte gegangen: Stuxnet usw., und dann war da natürlich Cleavers Material. Hatte einen eher dürftigen Eindruck gemacht. Wassili Abkhashvili hatte bis Mitte der Achtziger für den KGB gearbeitet. Im wesentlichen Abwehrarbeit und Informationssammlung. Galt damals als IT-Spezialist, war aber anscheinend keiner von Bedeutung gewesen – zumindest in Fachkreisen unbekannt. Nachher war er in den Innendienst vom FSB übernommen worden. Danach wurden die

Archive geschlossen und somit Cleavers Quelle. Abkhashvili wurde auf Westler in Odessa angesetzt, sprach wohl leidliches Englisch und ein paar Brocken Deutsch. Das Interessanteste, das Cleaver mitgeschickt hatte, war ein Resumé von Abkhashvilis letztem größerem Projekt. Jeder Anwesende hatte eine Kopie vor sich auf dem Tisch liegen gehabt.

Es hatte sich dabei um ein großes Technologie-Projekt für das sowjetische Außenhandelsministerium gehandelt: Werkzeugmaschinen modernsten Typs, Hardware, und was sonst noch zu so einem Unterfangen gehörte. Und alles legal über COCOM abgewickelt. Projektleitung war damals von Bonn aus wahrgenommen worden – ein Handelshaus. Kompensationsgeschäft. Projektleiter auf westlicher Seite vor Ort war ein Deutscher gewesen, auf sowjetischer ein Parteimann namens Sergej Saizew. Nachforschungen hatten ergeben, dass Saizew später in Jelzins Stab aufgegangen war.

Blumenbach erinnerte sich, dass er in dieser Minute des Gesprächs wieder in seinen alten Operationsmodus eingeschwungen war – schneller, als er es vorher geahnt hatte. Er war hellhörig geworden, als er vernahm, dass in diesem letzten großen Projekt von Abkhashvili Westler tätig gewesen waren, zu denen dieser also Kontakte und Beziehungen entwickeln konnte. Ob sich darunter nun jemand befand, der für die geplante Operation

196

mit dem Iran infrage kommen könnte, hatten sie herausfinden müssen.

Das Projekt war mehr als fünfundzwanzig Jahre her. Andererseits hatte Abkhashvili seitdem nichts Brisantes mehr gemacht. In einer Registratur gearbeitet. Aber warum sollte die heiße Ware jetzt unbedingt über den Westen laufen? Sehr umständlich. Und riskant. Warum nicht auf einem kürzeren Weg direkt in den Iran?

Stern hatte die Antwort parat. Dass war seine Rollte in der Besprechung gewesen. Dafür war er dazu gestoßen. Es gäbe zwei denkbare Routen mit diversen Alternativen: eine östliche und eine westliche. Die östliche war die direktere von Russland aus in den Iran: über Georgien, dann Armenien oder über Georgien über Aserbaidschan oder über Aserbaidschan direkt. Denkbar war auch noch ein Weg über Kasachstan, Usbekistan und Turkmenistan. Noch weiter östlich wurde es noch unwahrscheinlicher: Tadschikistan, Afghanistan, Pakistan.

Die westliche Route führt beispielsweise von Weißrussland über Polen nach Deutschland und von da nach Italien. Dort konnte es per Boot über das Mittelmeer entweder in die Türkei oder nach Syrien weitergehen. Stern hatte erläutert, warum er sämtliche Ostrouten ausschloss. Über der westlichen gab es natürlich strengere Grenzkontrollen, die konnten geschickte Schmuggler aber zu umgehen versuchen. Die Bevölkerungsdichte und der Grenzverkehr waren hier so hoch, dass die Kuriere anonym bleiben konnten. Ganz im Gegenteil aber würden sie als Fremde in den wilden Kaukasusgebieten schon Tage vorher auffallen. Sie würden Führer benötigen, die sie illegal von einem Land ins andere bringen müssten. Das Risiko bestand darin, dass sich ihre Präsenz herumsprechen würde; Erpressungsversuche und schließlich Diebstahl der Ware wären die Folgen. Clan-Führer würden auch etwas von dem Kuchen abhaben wollen. Insgesamt also völlig unberechenbar. Die Westroute war natürlich ebenfalls riskant, das Risiko aber kalkulierbarer.

Die Frage, die im Raum lange diskutiert worden war, lautete: macht es Sinn für einen Operativen, mehr als fünfundzwanzig Jahre alte Kontakte aufzuwärmen in so einem Geschäft? – Aber das war alles, was sie hatten: eine läppische Projektliste mit den Namen der damals Beteiligten:

Sergej Saizew
Wassili Abkhashvili
Richard Strom
Hans Leiermacher
Sandor Nagy
Dieter Neumann
Howard Sheen

Saizew: Haken dran; Abkhashvili: Haken dran. Strom: war Projektleiter gewesen, also erste Wahl; Leiermacher: checken. Nagy: Ungar, eher unwahrscheinlich, da nicht auf der Route, aber nachprüfen; Neumann: checken. Sheen: Brite, eher unwahrscheinlich, da nicht auf der Route, aber nachprüfen. Das war das Ergebnis ihrer Zusammenkunft im Crown Plaza gewesen. Den Rest hatten andere Spezialisten erledigt. Nagy war nicht auffindbar gewesen. Sheen lebt mittlerweile in den USA. Leiermacher arbeitet für ein Versicherungsunternehmen, und Neumann bei der Post. Als heißester Kandidat war Strom übriggeblieben. Es war ein Schuss ins Blaue gewesen. Er war observiert worden und danach zur Zielperson erklärt: in Ueckermünde im Gastraum der Strandhalle nahm er die Ware entgegen und brachte sie anschließend nach Frankfurt. Diesen Teil der Route galt es zu unterbinden und den Mann auszuschalten. Das war Blumenbachs Teil der Arbeit. Um die anderen Kettenglieder sorgten sich andere Leute.

Uni Frankfurt, Bockenheim, Hörsaalgebäude H6

„Im Sommer des Jahres 1903 besuchten die Rutherfords die Curies in Paris. Mme. Curie erhielt ihren Doktortitel zufällig an dem Tag von Rutherfords Ankunft. Gemeinsame Freunde hatten eine Feier arrangiert. ‚Nach einem sehr lebendigen Abend', erinnert sich Rutherford, ‚zogen wir uns gegen elf Uhr in den Garten zurück, wo Professor Curie uns eine Röhre brachte, die teilweise mit Zinksulfid überzogen war, und die eine große Menge in Lösung befindliches Radium enthielt. Die Luminosität war brillant in der Dunkelheit, und es war ein passendes Finale zu einem unvergesslichen Tag.' Der Zinksulfid-Überzug fluoreszierte weiß und machte dadurch den Ausstoß der energiereichen Teilchen aus dem Radium auf seinem Weg das Periodische System entlang von Uran bis Blei sichtbar in der Dunkelheit des Pariser Abends. Das Licht war hell genug, sodass Rutherford Pierre Curies Hände sehen konnte, ‚in einem sehr entzündeten und schmerzhaften Zustand, nachdem sie den Radiumstrahlen so ausgesetzt waren. Geschwollene Hände durch Strahlungsverbrennungen war eine weitere Bestätigung dafür, zu was in Materie enthaltene

Energie fähig war', zitierte Dr. Erik Schlee aus seiner Übersetzung der von ihrer Tochter Eve verfassten Biografie von Marie Curie.

„Und damit möchte ich das Kapitel Radioaktivität für heute abschließen. Vielen Dank."

Die Studenten klopften auf die Pulte und brachen auf in den nächsten Vorlesungssaal oder in die Pause. Aber wie üblich nach seinen Vorlesungen bildete sich auch heute wieder ein kleiner Pulk von besonders Interessierten um den Katheder des Dozenten. Es gab noch Fragen, Anmerkungen, Anregungen für das nächste Mal. Schlee war Mitte Fünfzig, leicht untersetzt, dunkelblond mit grauen Einschlüssen. Er trug einen Vollbart, der auch schon anfing, weiß zu werden. – Schlee hatte jetzt maximal zehn Minuten, dann kam der nächste Kollege, und er musste das Feld räumen. Und er musste noch Unterlagen und Laptop zusammenpacken und die Formeln von der Tafel wischen. Also, ganz schnell.

Ob die gezeigten Folien ins Internet gestellt würden, ob er von den neuen Ergebnissen aus dem CERN gelesen hätte? Und schließlich ein junger Kerl mit Wuschelkopf in grauem T-Shirt und grauer Jeans:

„Sie sagten, auf Grund der Charakteristika der Strahlungsarten radioaktiver Elemente könne man diese Elemente eindeutig identifizieren – auch wenn sie nur in Spuren in einer Probe vorhanden sind. Habe ich das richtig verstanden?"

„Ja. Alpha-, Beta- und Gamma-Strahlen haben charakteristische Energieverteilungen, die quasi wie ein Fingerabdruck ein bestimmtes Isotop identifizierbar machen. Dazu gibt es jede Menge Tabellen oder Grafiken mit Messergebnissen, die im Laufe der Zeit zusammengetragen worden sind."

„Kann man aufgrund dieser Eigenschaften denn auch auf die Herkunft dieser Elemente schließen?"

„Man kann möglicherweise auf die Herkunft einer bestimmten Probe schließen. Das kommt auf die Mischung oder Herstellung an. Proben, die radioaktive Elemente und deren Folgekerne enthalten, stammen ja aus bestimmten geologischen Formationen, die einzigartig sind. Und verarbeitete Materialien sind ja einem Verfahren unterlegen gewesen, welches bestimmte ungewünschte Beimischungen mehr oder weniger ausgeschieden hat."

„Bei angereichertem Uran könnte man also feststellen, ob eine Probe aus den USA oder aus Russland stammt?"

„Unter Umständen ja, insbesondere, wenn sie aus abgebrannten Brennelementen wieder aufbereitet wurde. Die Zusammensetzung des Abbrands, d. h. die Spaltprodukte mit den übrigen künstlich-radioaktiven Nebenprodukten, kann eine mehr oder wenig eindeutige Signatur aufzeigen, die auf den Reaktortyp oder gar auf einen einzelnen Reaktor hinweist."

„Vielen Dank."

Schlee hatte während des Gesprächs seine Sachen gepackt, seinen schwarzen Blouson übergezogen und verließ jetzt den Hörsaal – im Rucksack die Unterlagen, in der umgehängten Lorrybag seinen Laptop mit Zubehör. So bepackt machte er sich auf den Weg zum Aufzug. Unten angekommen, hielt er sich zweimal links, bog in die Robert-Mayer-Straße ein bis er über die Hauptstrasse in die Senckenberg-Anlage unter die Baumdächer gelangte. Jetzt erst griff er in die Brusttasche seines Blousons und fischte die Packung Cohiba Minis und ein Gasfeuerzeug heraus. Die Obligatorische nach der Vorlesung. Würde bis auf halbem Wege zum Hauptbahnhof – gute zehn Minuten – reichen. Am Ententeich mit den Nilgänsen vorbei in die Ludwig-Erhard-Anlage, immer schön weiter im Park durch die Friedrich-Ebert-Anlage bis er die Straßenseite Höhe Matthäuskirche wechselte. Der Zigarillo war mittlerweile aufgeraucht. Noch zweihundert Meter, dann kam die Kneipe Gleis 25 – immer noch „Cuba libre" für drei Euro fünfzig mit Kreide of der Tafel draußen angepriesen – und gegenüber schon der Nordeingang. Vorbei an den „Wursthelden" und an Macdonalds. Schlee zog sein BlackBerry aus der Seitentasche des Lorrybags, schaltete es ein und wählte die Voicebox „3311". Er hatte eine neue Nachricht. Sein Freund Thorsten Klein bat um Rückruf.

„Klein."

„Ja, hier Erik. Du hast mich gesucht?"

„Ja. Prima. Gut, dass Du anrufst. Wo bist Du gerade?"

„In Frankfurt."

„Ach so. Wir müssen zusammenkommen. Ich brauche mal wieder Deine Hilfe."

„Kein Problem. Sagen wir …. nächste Woche irgendwann?"

„Neenee! Früher. Wann kommst Du heute nachhause?"

Schlee war nicht so begeistert: „Ziemlich spät am Nachmittag. Dauert das lange?"

„Überhaupt nicht."

„Wenn die Bahn so fährt wie auf dem Papier, läuft mein Regionalexpress um 17:46 Uhr in Oberwinter ein. Dort steht mein Motorroller."

„Dann lass uns doch ein Bier zusammen trinken, bevor Du nachhause fährst."

„Wo? In der Gans?"

„Nee. Geht nicht. Zu viele Bekannte. Ich schlage vor in „Nr. 5" an der B9."

„Um was geht's?"

„Erzähl ich Dir später."

„Ok. Bis nachher."

Schlee beendete das Gespräch und schaltete das Mobilfunkgerät aus. Sein Zug bis Koblenz, wo er umsteigen musste, würde erst in einer halben Stunde abfahren. Er wandte sich nach links ins Bistro, legte seine Gepäckstücke auf einem Barhocker ab und setzte sich auf einen anderen daneben. Der freundliche ältere Barkeeper aus Kroatien war heute wieder dran:

„Ein Hasseröder und einen Jack Daniels ohne Eis."

Die Ware kam prompt. Thorsten Klein war ein alter Freund von Schlee. Sie waren beide Mitglieder im Sportverein in Niederbachem und hatten früher als Jugendbetreuer viel Spaß miteinander gehabt. Schlee war Physiker und Informationswissenschaftler. Die Welt, auch die Welt des Verbrechens, wurde immer komplexer, und manchmal brauchte sein Freund Klein technischen Rat. Dann rief er Erik an, oder brachte das Thema zur Sprache, wenn sie sich bei einem der Dorffeste trafen. Er war gespannt, was es dieses Mal gab. Aber mehr als eine halbe Stunde wollte er heute nicht opfern. Es gab noch im Garten zu tun. Er rief seine Frau nicht an, dass er später kommen würde. Er würde die Zeit einhalten.

***

„Nr. 5" war ein kleines Lokal in den Räumen eines ehemaligen Ladens für Schiffszubehör direkt an der Marina von Oberwinter an der B9 am Rhein gegenüber einer Werft für Sportboote. Als Schlee seinen Runner abstellte, erkannte er schon Kleins Dienstwagen auf dem kleinen Parkplatz vor dem Lokal. Klein saß an einem Tischchen in der Nähe der Eingangstür. An der etwas erhöht liegenden Theke erzählte ein älterer Mann aus seinem Leben, und an einem weiteren Tischchen spielten zwei andere ältere Männer Schach.

„Hallo, Erik. Gute Fahrt gehabt?"

„Ja, alles pünktlich."

Klein hatte sein Kölsch schon vor sich stehen. Schlee bestellte ein „Bit". Nach einer kurzen „wie geht´s"-Einleitung kam Klein, der bemerkte, dass sein Freund wenig Zeit mitgebracht hatte, zur Sache:

„Ich habe einen Fall, der ziemlich kompliziert ist, und der sich auch nicht hier vor der Haustür zugetragen hat. Da geht es auch um internationale Verwicklungen. Mehr kann ich im Moment dazu nicht sagen. Außer: Kapitalverbrechen."

„Mord."

„Ja. Sogar mehrfacher."

Schlee war erst einmal in seinem Leben mit einem Kapitalverbrechen konfrontiert worden, und das war ziemlich lange her.

„Wie kann ich helfen?"

Klein zog eine kleine Glasphiole hervor, so wie man sie für Parfum-Proben benutzt. In dem Röhrchen erkannte Schlee ein winziges Stückchen Metall. Jedenfalls nahm er an, dass es Metall war. Es glänzte. Klein hielt es ihm vor die Nase.

„Was ist das?"

„Das weiß ich nicht, und deshalb sitzen wir hier. Es wurde zur Untersuchung von einem größeren Gegenstand abgenommen – einem Schmuckstück. Ich möchte es analysieren lassen. Kannst Du das organisieren?"

Schlee nahm jetzt das Röhrchen zwischen die Finger und betrachtete es aufmerksam:

„Ich selbst kann das nicht …."

„Das hatte ich auch nicht erwartet. Aber Du bist doch im Wissenschaftsbetrieb. Du weißt doch, wo man das machen kann."

„Schon möglich. Ich könnte im Helmholtz-Institut an der Uni in Bonn nachfragen. Die haben die technischen Möglichkeiten. Aber möglicherweise benötigen die einen offiziellen Auftrag. So ohne weiteres komme ich an die technischen Geräte bei aller Freundschaft und guten Beziehungen nicht ran."

„Wenn Du ein Papier brauchst, wird das kein Problem sein. Die Leute da drehen ja auch nicht den ganzen Tag Däumchen und müssen sicher auch auf die Kosten achten."

„Sicher. Kann ich das mitnehmen?"

„Hör zu. Was ich hier mache, ist gegen jede Vorschrift. Ich gebe gerade ein Beweisstück an einen Menschen heraus, der keinen offiziellen Auftrag hat. Den reiche ich nach. Aber, wenn Du mir helfen willst, halt es vorläufig bei Dir. Die Sache drängt. Den Papierkram erledigen wir später. Wenn es nicht klappt, sag mir frühzeitig Bescheid. Dann muss ich den normalen Dienstweg gehen. Ich dachte, bei Dir ginge es schneller."

„Ich werde es versuchen. Bis wann brauchst Du Ergebnisse?"

„Bis gestern."

Im Haffhus

Verlässt man Ueckermünde in Richtung Altwarp gen Osten und lässt Berndshof rechter Hand liegen, so gelangt man nach wenigen Kilometern in das Dorf Bellin mit seiner Jugendherberge am Waldesrand, dem kleinen Friedhof neben dem Sportplatz an der Durchgangsstrasse und der alten Schule, deren Schornstein vor noch nicht allzu langer Zeit ein riesiges Storchennest gekrönt hatte. Etwa halb durch den Ort weist auf der linken Straßenseite ein großes Schild auf die Zufahrt zum Haffhus hin, einem Gaststätten- und Hotelbetrieb mit Ferienwohnungsanlage direkt am Haff mit kleinem Sandstrand zwischen einem Schilfgürtel. Das Haus ist neueren Datums, aber im Stil alter Bauernhäuser mit Reetdach errichtet. Die Terrasse gibt insbesondere bei Sonnenuntergang einen herrlichen Blick auf das Wasser.

An jenem frühen Sommerabend Ende Juli saßen dort zwei Männer an einem Tisch. Einer von Ihnen trug trotz der Hitze eine schwarze Motorradkluft aus Leder mit Fransen an den Hosenbeinen und Jackenärmeln. Jacke und Hemdkragen standen offen und ließen eine Stahlkette mit einem Totenkopf-Klunker blicken, der ihm bis auf die behaarte Brust baumelte. Seine Augen wurden von einer schwarzen Sonnenbrille geschützt. Unter seiner gewaltigen Adlernase machte sich ein wulstiger Schnurrbart breit. Die zurück gekämmten Haupthaare bedeckten seine Ohren und hingen im Nacken über den Kragen seiner Lederjacke herunter: Frank Radke.

Ihm gegenüber flätzte sich sein Kamerad und Geschäftspartner Edgar Sommer. Er war kleiner als Radke, trug eine abgewetzte Jeans und ein verwaschenes T-Shirt, dessen Motiv nicht mehr zu erkennen war. Sein Kopf war kahlgeschoren, und seine letzte Bartrasur war vor höchsten drei Tagen erfolgt. Vor ihm auf dem Tisch lag eine Packung Malborough, aus der er sich während der jetzt laufenden Wartezeit ständig bediente.

Beide Männer hatten der Kellnerin zu verstehen gegeben, dass sie an der Speisekarte nicht interessiert waren. Sie tranken Lübzer Pils, und neben ihren Bierkrügen standen leere Wodkagläschen. Sie hatten auf einen Dritten gewartet, der jetzt die Stufen zur Terrasse hochkam.

„Hallo, Krzysztof!" rief Radke. „Bist spät dran. Wir sind schon fast voll."

„Musste noch was klären, bin später losgefahren. Und viel Verkehr."

Krzysztof Glincka setzte sich auf einen der beiden noch freien Stühle zu den beiden Männern und bestellte sich die gleiche Lage wie seine Freunde. Im Verhältnis zu den beiden fiel er stark ab: er trug frisch gebügelte schwarze Jeans, ein kariertes Oberhemd über der Hose, und sein Haarschnitt konnte nicht konservativer sein – ein junger, schlanker Geschäftsmann halt.

„Wartet Ihr schon lange?"

„Geht so. Hast Du was für uns?" Die Unterhaltung nahm jetzt einen gedämpften Ton an. Blicke nach links und rechts und über die Schultern. Da war niemand. Heute waren sie die einzigen Gäste auf der Terrasse. Es war noch zu früh.

„Erst Mal Prost!"

„Prost!"

„Prost!"

Sie tranken in langen Zügen. Sommer suchte mit den Augen die Kellnerin, die drinnen an der Theke lehnte und nichts zu tun hatte. Er winkte:

„Noch drei Kurze."

Als die dann da und runter waren, begann Glincka zu erzählen:

„Also, Mitte bis Ende August, so in zwei bis drei Wochen kommt ein Trupp hierher. Es werden so etwa zehn sein. Ich kann sie über die übliche Route bringen."

Radke unterbrach: „Was sind das für Leute?"

„Mongolen."

„Mongolen? Wie kommt Ihr denn da ran?"

„Die kommen von Kaunas. Es gibt eine ganze Kolonie mit eigenem Basar und so weiter dort. Es sind alles Männer, die kommen."

„Weißt Du nicht genau, wann?"

„Ich sagte doch: in zwei oder drei Wochen. Man kann das nie so genau vorhersagen. Da muss vieles organisiert werden. Ihr kennt das doch."

„Wann kennst Du den genauen Termin?"

„Wie immer. Zwei bis frühestens drei Tage vorher."

„Wo soll das stattfinden?"

„Ich schlage vor, in Rieth an der alten Hütte."

„Das ist zu gefährlich. Die Bullen aus Altwarp waren schon beim letzten Mal nahe dran. Hast Du keinen besseren Vorschlag?"

„Wir kommen über Ziegenort nach Süden durch die Wälder. Rieth ist der direkte Weg. Alles andere ist mit anderen Schwierigkeiten verbunden. Wir machen das letzte Stück zu fuß. Nachts. Jacek bereitet eine Ablenkung vor. Er und ein Freund werden in der fraglichen Nacht zwei Sportboote von Neuwarp aus ins Haff schicken. Das wird die Polizeitruppe in Atem halten. Sie halten sich Richtung Nordwesten, Richtung Mönkebude. Mit nichts an Bord."

Radke und Sommer dachten nicht lange nach. Sommer fragte: „Was braucht Ihr von uns?"

„Klamotten zum Tauschen wie üblich. Und Ihr müsst sie abtransportieren. Die sind für Berlin vorgesehen. Das ist Eure Sache. Sonst nichts. Nur – Ihr müsst im entscheidenden Moment da sein. Wir werden keine Handys benutzen. Zu gefährlich. Die checken den Funk."

„Was ist da für uns drin?"

„Fünftausend pro Kopf. Macht runde fünfzigtausend zusammen. Geteilt durch zwei, macht fünfundzwanzigtausend für Euch."

Radke grinste: „Du hast Dich verrechnet. – Geteilt durch drei. Oder willst Du, dass mein Freund Edgar umsonst arbeitet?"

„Ihr seid eine Partei in dem Spiel, so wie wir auch. Bei mir sind auch noch andere dabei. Fifty-fifty ist fair."

Radke und Sommer wussten, dass die Aktion schon lief, und Glincka in Vorleistung gegangen war. Der hatte keine Wahl:

„Also, Krzysztof, schlag ein. Du behältst ein Drittel von der Kohle, wir kriegen den Rest. Wir werden die Köpfe zählen, bevor Du das Geld rüber reichst. Ist das klar? Schlag ein."

Krzysztof Glincka zögerte. Er hatte keine Wahl. Beim nächsten Mal musste das anders laufen:

„Gut, Ihr Schweine. Wegen des genauen Termins melde ich mich rechtzeitig. Sorgt nur dafür, dass Ihr Klamotten und Transport rechtzeitig organisiert. Am Besten gleich morgen."

„Mach Dir nicht in die Hose." Sommer hielt wieder nach der Bedienung Ausschau. Es waren jetzt einige Gäste gekommen, aber die Unterhaltung konnte trotzdem wieder lauter werden. Das Geschäftliche war erledigt. Die nächste Runde Pils und Wodka war in der Mache.

Hotel Pommernyacht

Tobias Blumenbach saß an der Bar im Restaurant „Roter Butt" der Pommernyacht am Hafen in Ueckermünde – ein Haus weiter und über die Strasse vom Restaurant Backbord. Er hatte es endlich geschafft, die mehr als achthundert Kilometer von Mehlem herauf. Das letzte Drittel auf der Ostseeautobahn war das schnellste gewesen – kaum Verkehr, exzellenter Ausbau und griffiger Straßenbelag. Er war förmlich dahin geglitten. Hinter der Ausfahrt bei Anklam ging es dann wieder etwas gemächlicher über Land. – Er war der einzige Gast jetzt an der Theke; im Restaurant hatte noch ein älteres Paar Platz genommen.

Morgen Nacht ist showdown. Soviel stand fest. Danach konnte es wieder nachhause gehen. Von Berlin aus. Sein letzter Job für seinen alten Arbeitgeber. Blumenbach würde froh sein, wenn der auch hinter ihm wäre. Und sein zweiter im Zusammenhang mit dem Nukleargeschäft. So viele Jahre und immer noch kein Ende.

Jemand war dabei, gestohlenes Spaltmaterial von A nach B zu bringen. Und Blumenbachs Beitrag würde sein, diesen Transport ein für alle Mal dadurch zu beenden, dass der Mann, der ihn jetzt schon seit geraumer Zeit durchführte, von ihm ausgeschaltet werden sollte. Eigentlich ganz einfach. Dabei war er selbst aber schon ziemlich eingerostet. Er trieb so gut wie keinen Sport mehr, hatte schon ewig keine Schießübungen mehr gemacht. Er war aus dem ganzen Denken, aus allen Reflexen heraus. Ob er das noch bringen würde?

Aber seine Auftraggeber waren zuversichtlich. Das alles käme schneller zurück als er dächte. Und dann hatten sie ihn an den einen Auftrag aus den siebziger Jahren erinnert – den in Paris. Dabei war er schon mehrfach vorher in Paris gewesen. Wann das jeweils im Einzelnen gewesen und um was es gegangen war, hatte er schon lange verdrängt und vergessen gehabt. Aber sie stießen ihn mit der Nase drauf: Saclay. Er musste in seinen Erinnerungen bestimmte Steine umdrehen. Schließlich hatte er es: George V.

Er war gut untergebracht gewesen damals im Hotel George V an der Avenue George V mitten im Herzen von Paris – ein Hotel wie ein Palast im klassischen Stil, versehen mit einem Luxus wie aus Zeiten vor der französischen Revolution: neoklassizistische Säulenhallen im Empfangsbereich, der die Ausmaße einer Kathedrale hatte, und mit Gold plattierte Himmelbetten in den Zimmern, die eigentlich regelrechte Appartements waren. Blumenbach hatte bei seinen Aufträgen immer Wert auf angemessene Unterbringung gelegt. Und in diesem Falle wäre es obendrein gar nicht anders gegangen. Hier hatten sie nämlich beide genächtigt, so wie jetzt in der Pommernyacht auch: seine Zielperson und er. Damals war es ein Iraker gewesen und er selbst, zu einer Zeit, als seine Haare noch dunkler waren und seine Taille schlank – vor mehr als dreißig Jahren.

Er war der vormaligen Zielperson zweimal bis nach Saclay in seinem Leihwagen gefolgt, am Tor des Kernforschungszentrums vorbei gefahren, und hatte dann im Café Christ de Saclay einen Espresso getrunken. Der Iraker war tatsächlich in das Forschungszentrum hineingekommen – mit Hilfe jener Italienerin, die für ihre Volkszugehörigkeit eher dünn ausgefallen und durch lange blonde Locken aufgefallen war. Der Iraker hatte die Frau auch während der kurzen Zeit, die ihm noch verbleiben sollte, einige Male an eine der üppigen Bars im George V mitgenommen. Blumenbach hatte es immer so eingerichtet, dass er stets einen Hocker in Hörweite in Beschlag nahm – nie weit entfernt von dem Pärchen. Auf Whisky hatte er allerdings an solchen Abenden verzichten müssen. Ein klarer Kopf war angesagt gewesen, um alles mitzukriegen. Zudem hatten sich die Beiden in englischer Sprache, aber mit den jeweils eigentümlichen Akzenten ihrer Herkunftsländer unterhalten. Nach erstem Zuhören war es immer um banale Dinge gegangen, wie sie üblicherweise junge Leute, die sich erst vor kurzem kennen gelernt hatten, austauschten: über ihr jeweiliges Land, dessen Vorzüge, über die Eigenarten der Menschen dort und sonstige heimatliche Besonderheiten. Aber der Iraker hatte nicht zum Spaß und auch nicht wegen des Mädchens da gesessen. Und so hatte er immer mal wieder seine für ihn entscheidenden Fragen in die Konversation eingestreut: wie es Ihr auf der Arbeit gefiel, was Sie eigentlich genau machte; das sei ja bewundernswert, eine Frau mit solcher Intelligenz, welche IT-Systeme sie denn zur Verfügung hätte; ja, die würde er auch kennen, ausgezeichnete Technologie, und welche Programmbibliotheken, die Daten und Datenbanken und ihr Tagesablauf, die ganze Verantwortung und der Stress und welche administrativen internen Prozesse in ihrer Abteilung.

Beim nächsten und letzten Mal war er dann etwas konkreter geworden: ob sie ihm einen Gefallen tun würde bei Gelegenheit, er bräuchte etwas Hilfe, fragte er so ganz nebenbei. Er würde ja gern den offiziellen Weg gehen, machte das auch normalerweise. Aber die Bürokratie; Sie hätte sich ja selbst darüber beklagt. Die Italienerin versprach heißen Herzens unbürokratisches Engagement, soweit es natürlich in ihren Möglichkeiten lag, aber der formale Weg wäre trotzdem notwendig, damit alles seine Richtigkeit und Nachvollziehbarkeit hätte. Selbstverständlich, selbstverständlich. Und dann hatten sie wieder von anderen Dingen gesprochen. Tarik Ishaq hatte sich vorsichtig an die junge Frau heran gepirscht. Er hatte konzentrische Kreise geschlagen, die sich seinem Opfer spiralförmig annäherten. Aber mittlerweile war er schon nahe genug dran gewesen. Nach Blumenbachs vorgegebenen Kriterien: zu nahe.

An einem frischen Sommermorgen im Jahre 1975 hatte Tobias Blumenbach um 05:00 Uhr aus dem George V ausgecheckt, nachdem er planmäßig seine Rechnung bereits am Abend zuvor bezahlt hatte. Er hatte ein vorbestelltes Taxi, das draußen vor dem Hotel wartete, zum Charles de Gaulle Airport genommen, wo er mit einer frühen El Al Maschine in Richtung Tel Aviv davon gesegelt war. Richtung Heimat, Richtung Strand.

Zwei Stockwerke über dem Empfang hatte fünf Stunden später das Zimmermädchen die Blut überströmte Leiche Ishaqs aufgefunden – mitten in dem luxuriösen Stilmöbelzimmer bäuchlings auf einem wertvollen chinesischen Teppich – ein umgestürzter Epochenstuhl daneben. Blumenbach hatte abends vorher auf ihn im Zimmer selbst gewartet, nachdem er sich sicher gewesen war, dass Ishaqs Freundin nicht mit nach oben kommen würde. Als Ishaq sich eingeschlossen und den Fernseher eingeschaltet hatte, war Blumenbach mit gezogener Schalldämpferwaffe hinter einem der Fenstervorhänge hervorgekommen.

„Ploff, ploff", hatte es gemacht. Eins ins Herz, eine zwischen die Augen. Auftrag erledigt.

**

217

09:00 morgens. Frühstücksrestaurant.

Drei einzelne Männer in den Sechzigern sitzen verteilt zwischen etlichen anderen Gästen, die ihr Frühstück zu sich nehmen, im „Roten Butt". Zwei der beiden Männer trinken Kaffee, einer Kräutertee – wegen seines Herzens. Der Israeli liest dabei den Nordkurier. Alle drei nehmen gebratenen Speck und Würstchen zu sich – auch der Israeli – zur Tarnung, wie er sich vorsagt und sich selbst vormacht. Richard Strom geht es schlecht an diesem Morgen. Schlechter als sonst, obwohl er sich schon seit längerem jeden Morgen schlecht gefühlt hatte. Wer ihn gekannt hätte, wäre erschreckt gewesen über die Farbe seines Gesichts. Ihm geht es heute besonders schlecht aus zwei ganz konkreten Gründen: erstens wegen dem, was er heute nun schon seit Monaten regelmäßig zu erledigen gezwungen war; zweitens, weil es nach seinem Willen heute ganz anders werden sollte als bisher.
Alle drei Männer hatten hier in der Pommernyacht übernachtet, waren sich aber teils absichtlich, teils unwissentlich aus dem Wege gegangen. Strom und Abkhashvili ignorierten sich und hatten abends an der Bar fünf Hocker von einander entfernt gesessen, als wären sie sich nie vorher begegnet. Beiden war nicht bewusst, dass sich noch ein dritter Spieler ganz in ihrer Nähe befand. Blumenbach bewegte sich hingegen, wie er wollte. Niemand kannte ihn ja, niemand würde ihn

hier erwarten. Er besah sich das kleine Theaterstück sozusagen von einem Logenplatz aus an und wartete nur auf den richtigen Augenblick, um einzugreifen.

***

Gegen 16:30 Uhr verließen die drei Männer im zufälligen Abstand von etwa fünfzehn Minuten voneinander das Hotel. Jeder hatte den Tag irgendwie anders zugebracht. Strom war im Zoo an der Liepgartenstrasse gewesen, hatte dort auch eine Kleinigkeit gegessen und sich danach noch ein Stündchen hingelegt. Nachdem er das Hotel nun wieder verlassen hatte, ging er zu seinem Leihwagen, den er in einer Seitenstraße geparkt hatte: sein üblicher Audio 80, bescheiden genug im Vergleich zu dem von Wassili. Abkhashvili hatte sich einen 3er BMW besorgt. Er liebte schnelle Autos.

In unauffälligem Tempo navigierten sie ihre Wagen jetzt hintereinander her durch den dichter werdenden Ueckermünder Feierabendverkehr. Am Haffbad angekommen, ließen sie nicht weit voneinander entfernt auf dem Besucherparkplatz ihre Fahrzeuge stehen. Von da aus schlenderte Strom zunächst in Richtung Strand. Er war zu früh dran. Abkhashvili würde in seinem Wagen warten und ihm später wieder ins Hotel folgen – in höchstens einer Stunde. So sollte es sein. Wie immer.

Blumenbach war mit seinem Mazda Tribute in gebührendem Abstand auf denselben Parkplatz gefolgt. Er machte es sich in seinem Wagen bequem. Er brauchte nur zu warten.

Richtung Altwarp

Drei Männer mit jeweils ganz eigenen Vorstellungen. Jeder für sich allein. Jeder mit einer ganz eigenen Erwartung, wie der Tag verlaufen sollte. Nur einer wusste, dass es nicht so sein würde wie sonst: Richard Strom. Aber auch seine Vision sollte sich nicht erfüllen.

Strom hatte wie üblich seine schwere Ware erhalten und ging zu seinem Audi. Abkhashvili saß rauchend in seinem BMW und war zufrieden, dass alles wieder einmal so lief wie eingefädelt. Noch eine Nacht und morgenfrüh würden sie beide getrennt auf dem Wege nach Frankfurt sein. Blumenbach in seinem Mazda stand fünfzig Meter weiter und spähte über den oberen Rand der Ostseezeitung in Richtung schwarzer Audi. –

Strom legte den Aluminiumkoffer auf den Beifahrersitz. Er öffnete ihn und besah sich das oberste Steckkissen. Nach einigem Zögern löste er eine schmale, goldene Brosche in Form eines Phantasieblumenblattes ab und ließ das Teil in seine linke Jackentasche gleiten. Strom hatte mehrere Monate Zeit gehabt, sich immer wieder seine Situation vorzulegen, zu überdenken und Konsequenzen daraus zu ziehen. Zu Anfang war es fast wie ein Abenteuer. Ihm war zwar jedes Mal mulmig wegen der offensichtlichen Gefahr, aufzufliegen, aber auch, weil er Barbara ständig belügen musste. Doch irgendwann hatte er sich daran gewöhnt. Bis sich eines Tages ein leises, aber dann stärker werdendes Gefühl einstellte, welches er vor sich selbst nur als Grauen wahrnahm. Dieses Grauen, verbunden mit der melancholischen Erinnerung an die Zeiten vergangenen ruhigen Glücks vor dem Auftauchen von Wassili Abkhashvili, stellte ihm immer wieder dieselbe Frage: nimmt das denn überhaupt kein Ende? Wie lange sollte dieser „letzte" Gefallen denn noch dauern? Und selbst, wenn dieser Auftrag vollständig erledigt sein würde? Würde es immer noch weiter gehen? –

Sie hatten den Parkplatz am Haffbad verlassen und bewegten sich in Richtung Hafen, Richtung Pommernyacht. Drei Autos. Strom, Abkhashvili, und Blumenbach mit etwas Abstand. –

Und dann war da noch etwas. Entscheidend Wichtiges. Wer konnte sich für solch ein Material mit einer derartigen Brisanz, von dessen Existenz nur ganz wenige Fachleute wissen konnten, wohl interessieren? – Doch nur Menschen, die an Waffen arbeiteten und es selbst noch nicht hatten, oder nicht in ausreichender Menge, wie Wassili es im Maritim vor Busheer erläutert hatte. Und solche Menschen waren auf weniger als eine handvoll Länder in der Welt verteilt. Strom als Nuklearkurier. Das war so klar, eindeutiger ging es nicht. Dahinter kam er nie mehr zurück. Irgendwann würde nach ihm gefahndet werden – weltweit mit Phantombild oder Foto und allem. Atomschmuggel. Waffenembargobrecher. Verstoß gegen das Kriegsmaterialgesetz. All das. Und noch mehr. Was sollte aus ihm jetzt noch werden?

Er musste zurück nach Hause. Auf dem schnellsten Wege. Musste Barbara alles erzählen, alles. Von jetzt und von früher. Schonungslos – bevor andere vor ihrer Haustür stehen würden. Er musste von Busheers Erpressung berichten. Aber da war die Sache mit Peter George. Er war da nicht schuld dran. Definitiv nicht. Das war eine reine Verstrickung, für die er gar nichts konnte. Würde sie ihm das glauben? Würde sie überhaupt noch zuhören wollen nach seiner wie auch immer gearteten Eröffnung? Er hatte sie immer über seine Vergangenheit im Unklaren gelassen. Das kam noch erschwerend hinzu. Und er hatte es bewusst getan. – Aber er musste es jetzt riskieren. Alles offen legen. Das war seine einzige Chance auf einen Rest von anständigem Leben überhaupt. Und dann mit der Ware zur Polizei gehen. Vielleicht käme er dann unter Zeugenschutz. Oder es gab irgendwie mildernde Umstände.

Und dann war ihm endlich noch ein weiterer Gedanke in den Sinn gekommen, und der sollte von dem Moment an entscheidend sein, nachdem er zum ersten Mal auftauchte: was war er eigentlich im Begriff zu tun in diesem Spiel? Doch etwas, das weit über den kleinen Kosmos seiner Familie hinausging. Er sollte eine Ware abliefern, mit deren Hilfe vielleicht Millionen von Menschenleben bedroht werden würden – bei geeigneter Reichweite der entsprechenden Trägersysteme vielleicht sogar Barbara und Gina selbst auch. Wie tief war er nur gesunken? Nur um sein privates Idyll zu retten, war er auf die grobe Erpressung eines Busheer eingegangen. Er hatte nur sich und sein kleines Glück im Fokus gehabt. Sonst hatte er keinen Gedanken verschwendet. Er fühlte sich so, als hätte er das obendrein noch für Geld getan: die unterste Schublade menschlicher Gewissenlosigkeit. Als ihm all das bewusst geworden war, plante er den Ausstieg. Die Brosche hatte er als letztes Beweismittel der Charge entnommen, falls der Koffer auf irgendeine Weise abhanden kommen würde. –

Er hatte die Brücke passiert, und hätte zur Pommernyacht rechts abbiegen müssen. Stattdessen gab er Gas, fuhr geradeaus weiter, dann scharf rechts Richtung Schweinemarkt. Er wollte raus aus der Stadt und in Anklam auf die Ostseeautobahn. Dann aber nicht Richtung Norden, sondern nach Prenzlau und von dort über Berlin weiter. Er musste Wassili abhängen, der ihm wie immer in gebührendem Abstand gefolgt war.

***

Tobias Blumenbach war sofort aufgefallen, dass etwas an dem Ablauf nicht stimmen konnte: der Kurier hatte sich abgesetzt! Blumenbach hatte noch vage bemerkt, dass der Audi geradeaus gefahren war. Das war gegen die Routine. Und heikle Aufträge wie der, um den es gerade ging, folgten normalerweise einem minutiös geplanten Ablauf. Hier gab es jetzt einen Bruch. Irgendetwas lief da aus dem Ruder. Der BMW einige Fahrzeuge vor ihm hatte nicht reagiert und war zum Hotel zurück gefahren, als ob nichts geschehen wäre. Blumenbach zögerte einen Augenblick, dann folgte er dem Russen. Den hatte er ja noch im Blick, den anderen müßte er jetzt suchen. Warum sollte er das selbst tun? Der russische Schatten würde Mittel und Wege finden. Er brauchte sich nur an dessen Fersen zu heften.

Als Abkhashvili zum Hotelparkplatz eingebogen war, ging er sofort in die Bremsen und blieb in der Einfahrt stehen: der Audi war nicht da. Dabei war er dicht bei ihm gewesen. Zwei, drei Autos hatten sich irgendwann unterwegs an einer Einmündung, wo sie Vorfahrt beachten mussten, dazwischen gedrängt. Er war wohl unaufmerksam gewesen – zu viel Routine. Alles war zu oft gut gegangen. Er musste überlegen. Da er in der Einfahrt nicht stehen bleiben konnte, setzte er den Wagen zurück und fuhr rechts an den Straßenrand.

***

Strom war erleichtert, dass er seinen Aufpasser anscheinend abgeschüttelt hatte. Und noch dazu so schnell. Die geplante Strecke war jetzt Grambin – Mönkebude – Leopoldshagen – Bugewitz und dann zur Autobahnauffahrt. Er blickte in den Rückspiegel. Da war niemand hinter ihm.

In Mönkebude bog er von der Landstrasse ab Richtung Hafen. Dort würde er eine Kleinigkeit essen – ein Fischbrötchen oder so. Er war sich sicher, dass das für etliche Stunden seine letzte Mahlzeit sein würde. Also stellte er seinen Wagen in der Nähe des Deichs ab und ging das letzte Stück zu fuß zum Yachthafen. Hier lagen die schönsten Privatyachten in allen Größen und Preislagen: von kleinen Küstenseglern bis hin zu Hochsee tauglichen Zweimastern. Strom ging an die Fischbude gegenüber vom Beckenkopf und bestellte sich ein Brötchen mit einem Bismarckhering und einen Apfelsaft. Er ließ es sich in Ruhe schmecken. Aufregungen würden später ohnehin haufenweise kommen. – Nachdem er fertig gegessen hatte, ging er zum Wagen zurück und fuhr weiter.

In der Nähe von Leopoldshagen klingelte sein Mobiltelefon. Er schaute auf das Display. Das war Wassili. Er schaltete das Gerät aus. Bei Anklam nahm er die Auffahrt Richtung Stettin. Bis hierher war alles im Lot. Strom entspannte sich und dachte über sein weiteres Vorgehen nach – insbesondere über seine Eröffnung Barbara gegenüber. Als er etwa eine Viertelstunde auf der A20 unterwegs gewesen war, überholte ihn urplötzlich ein 5er

226

BMW. Der blieb bei hoher Geschwindigkeit auf gleicher Höhe mit Stroms Audi – Fahrersitz gegenüber Fahrersitz. Strom blickte vorsichtig nach links. Abkhashvilis fahles Gesicht war ihm von der Seite her zugewandt. Seine dunkelbraunen Schlitzaugen hatte der Georgier zusammengekniffen. Da war kein Humor mehr drin zu sehen. Abkhashvili nahm seine rechte Hand vom Lenkrad und deutet mit dem Zeigefinger nach vorn, nach halb rechts auf den Randstreifen. Dann gab er Gas, vollendete rasant sein Überholmanöver und lenkte mit zweihundert Metern Vorsprung und eingeschalteter Alarmblinkanlage seinen Wagen auf den Seitenstreifen, wo er zum Stehen kam. – Strom drückte das Gaspedal nach unten durch und raste vorbei, ohne nach links oder rechts zu schauen. Der Verkehr war nicht besonders dicht hier zu dieser Zeit.

Im Spiegel sah er den BMW wieder ablegen und ihm nachfolgen. Wassili blieb jetzt hinter ihm. Sehr dicht. Und so ging es Kilometer um Kilometer weiter. Vorbei an Neubrandenburg-Nord, Neubrandenburg-Süd, an Friedland. Strom war verzweifelt. Damit sein Plan aufging, musste er am Ende mindestens eine Stunde vor ihm bei sich in Mehlem sein. Bei sich zuhause. Wie geplant. – Der Mazda Tribute folgte in sicherem Abstand.

Und wieder setzte der Verfolger im BMW zum Überholen an. Er hatte ein Stück Pappe an das Beifahrerfenster geklemmt. Fuhr wieder auf gleiche

Höhe ran, sodass Strom lesen konnte, was mit einem fetten Edding draufgeschrieben war:

MEHLEM
MAINZERSTRASSE

stand da. Auch ohne Hausnummer ein deutlicher Hinweis auf seine Privatadresse. Barbara. Gina. Es würgte in seinem Hals. Kalter Schweiß trat Richard Strom auf die Stirn. – Blumenbach im Tribute folgte stetig. Der hatte Zeit. Er blieb auf Peilung. Funktionierte gut, was die Techniker ihm da mitgegeben hatten.

Wo war Wassili? fragte sich Strom. Er musste dieses Mal vorweg gefahren sein. Der würde ihn mit Sicherheit nicht verlieren. Spätestens hinter dem Dreieck Uckermark auf der Autobahn Richtung Berlin würde er wohl wieder auftauchen. Der wusste genau, wo er ihn zu suchen hatte. Oder nicht? War er tatsächlich vorgefahren? Wollte er gar vor ihm da sein? Zuhause bei ihm? Wassili war kein Gewaltverbrecher, eher ein klassischer Schreibtischtäter. Er würde Stroms Familie nicht in seine Gewalt bringen wollen, um seinen Willen zu brechen. Nein. Das nicht. Aber er würde ihn vor den Seinen bloßstellen. Das war die Busheer-Erpressung von Anfang an gewesen. – Aber was nutzte es Abkhashvili, wenn er es vor Stroms Ankunft tat. Für Barbara war er ein völlig unbeschriebenes Blatt, ein fieser Eindringling, vielleicht sogar ein Krimineller, wenn er so mir nichts dir nichts bei ihr auftauchen würde. Sie würde sofort die Polizei rufen. – Abkhashvili würde also sicher unten vor seiner Haustür auf ihn warten und dann aber einen Riesenärger machen, wenn er seine Ware nicht endlich bekäme. Zwei Möglichkeiten standen Strom noch offen: Wassili noch einmal abhängen, ausreichend vorher bei sich zuhause ankommen und Barbara kurz einweihen, dann zur Polizei gehen und alles andere wie bereits vorüberlegt durchführen oder…. ihn nochmals täuschen. –

Kurz vor der Ausfahrt Strasburg bekam Strom Abkhashvilis Wagen wieder im Rückspiegel zu sehen. Er musste wohl auf einen Parkplatz gefahren sein und ihn vorbeigelassen haben. Es hatte keinen Zweck, gegen den schnellen Wagen. Abhängen ging nicht. Er wählte die nächste Option.

Er konnte einfach unter diesen Umständen so nicht nachhause kommen. Er musste jetzt auch gegenüber Barbara mehr Zeit gewinnen. Strom schaltete sein Mobiltelefon wieder ein. Er musste einen neuen Lagebericht an sie durchgeben. Es sollte nur ein kurzer Austausch werden. Wie es ihr geht und so weiter. Dann war sie im Funknetz. Er konnte die Müdigkeit in seiner Stimme nicht verbergen. Dabei war sie ganz gespannt auf seine Geschichte. Die war jedoch noch nicht zu Ende:

„Ich komme Morgen nicht heim. Ich muss noch mindestens eine weitere Nacht hier oben bleiben. Wir sind noch nicht durch.

Unvorhergesehene Abstimmungsprobleme. Es tut mir leid. Ich denke fest an Euch. Was macht Gina?"

Und: „Ich melde mich später noch einmal. Machs gut. Ich bin froh, wenn ich wieder bei Euch bin."

Barbara klang nicht enttäuscht. Es war nicht außergewöhnlich, dass sie ein paar Nächte allein blieb. Das kannte sie ja auch, wenn er ihre Steine holen fuhr. Was waren da schon ein paar Nächte mehr. Hauptsache, ihm würde es gut gehen.

Er hatte in seiner Not einen weiteren Geistesblitz, eine Art Reflex, eine Eingebung erhalten: Paula. Die einzige und letzte Option, die ihm momentan noch unter diesen Umständen geblieben war. Paula in Polen. Nicht, dass er dort sicherer als woanders sein würde. Aber er könnte vielleicht wieder Zeit gewinnen, könnte Abkhashvili doch noch abhängen. Er würde zweifelsohne bei Paula unterkommen. Es war ja ihr sehnlicher Wunsch. Nur waren dieses Mal die Umstände alles andere als optimal für freudige Begegnungen. Vielleicht könnte sie ihm auch helfen, abzutauchen, sodass er sich unerkannt wieder nach Deutschland zurück, nachhause, begeben könnte. Mit der Bahn oder einem anderen Leihwagen. Irgendwie. Er würde den Wagen, den er jetzt fuhr, wie üblich bei Sixt in Bansin abgeben und gegen einen anderen austauschen. Und dann würde er Barbara alles erklären, wie er es vorhatte, und zur Polizei gehen. So könnte es funktionieren.

Aber seine Gedanken waren alles andere als klar. Er phantasierte. Er war gejagtes Wild. Die Brosche steckte auch immer noch in seiner Jackentasche. – Aber vielleicht war es doch nicht so schlimm, wie er es sich vormachte. Vielleicht konnte er ja durchhalten. Nur nicht wieder die Nerven verlieren. Bald, in ein, zwei Tagen würde sich alles geklärt haben. Er würde Wassili aus seinem Rücken haben, eine ausgeschlafene Nacht bei Paula verbracht, kräftiges Essen und ein paar Wodka zu sich genommen – und dann langsam auf dem Weg nachhause sein. – Wie es auch sei, jetzt war es ohnehin zu spät. Er hatte sich entschieden.

***

Es wurde spät und war bereits dunkel.

Wassili folgte dem Audi dicht auf. Bis zur Endstation, welche auch immer die sein würde, würde das so sein, wenn Strom nicht noch etwas unternehmen würde. Es herrschte wenig Verkehr. Er konnte soviel Gas geben, wie der Wagen hergab. Die Scheinwerfer des BMW blieben trotzdem weiter immer direkt hinter ihm. Der Abstand betrug etwa hundert Meter. Weit und breit zumeist kein anderes Auto zu sehen. Nur irgendwo ganz weit hinten leuchteten die Frontscheinwerfer eines dritten Wagens. Dass es ein Mazda Tribute war, konnte Strom nicht wissen. Der Abstand dazu lag irgendwo zwischen zweihundert und dreihundert Metern. Manchmal ließ dessen Fahrer das eine oder andere

Fahrzeug dazwischen. Sie näherten sich jetzt der letzten Ausfahrt vor dem Kreuz Uckermark: Pasewalk-Süd. Abkhashvili wartete auf seinen Moment. Strom hielt sich rechts. Er wollte hier rausfahren und sich weiter wieder in Richtung Usedom orientieren.

Aber bei der Weiterfahrt kamen ihm wieder neue Gedanken. In seinem Kopf ging es fahrig zu. Ihm fiel wieder Paula ein. Er würde ja irgendwann spät in der halben Nacht dahinten ankommen. Und sie war in keinster Weise auf seinen Besuch vorbereitet. Einige Male hatte er sein Mobiltelefon schon in die Hand genommen, um sie anzurufen und vorzuwarnen, es dann aber wieder gelassen. Sie kannte ihn ja nur als den Bernsteinhändler, und dass er eine kleine Familie im Rheinland hatte. Mehr wusste sie ja nicht über ihn. Wie würde sie wohl reagieren, wenn er so plötzlich unangemeldet zu einer nächtlichen Stunde wie dieser auftauchen würde und auch noch dringenden Unterschlupf benötigte? Es genügte eigentlich schon, dass seine Ehe so gut wie kaputt war, sollte das Geschäft auch noch vor die Hunde gehen? – Vielleicht würde sie Verständnis haben, aber mit einem Georgier auf den Fersen? Wassili würde definitiv zuschlagen; er musste es tun, wenn Strom in Swinemünde ankommen würde. Weiter ließ sich das Katz- und Mausspiel nicht mehr treiben. Strom überlegte lange hin und her.

Dann nahm er die Ausfahrt Pasewalk-Süd. Ein letztes Manöver. Ein letztes Ziel: seine alten Freunde in Altwarp – Gerd und Mina Althaus. Dort konnte er zu jeder Zeit ankommen. Die kannten ihn seit Jahren privat, wussten, was er so machte und hatten für vieles Verständnis. Außerdem gab diese Strecke ihm eine letzte Gelegenheit, auf den vielen möglichen Querverbindungen durch Felder und Wälder nach Ueckermünde Abkhashvili doch noch abzuschütteln. Wenn das auch nicht funktionierte – in Altwarp würde Schluss sein. Aus. Dahinter kamen noch achthundert Meter Wasser bis nach Polen, aber keine Fähre mehr. Dann würde er aufgeben müssen, den Koffer überreichen und seinen Freunden alles erklären. Am Tag danach würde er dann zuhause anrufen. Und zurück fahren. Sich mit Barbara aussprechen und zur Polizei gehen. Das waren die Karten, wie sie auf dem Tisch lagen. Kein Joker war mehr im Ärmel.

***

Nachdem er bei Pasewalk die Autobahn verlassen hatte, fuhr Strom jetzt auf der Landstraße in Richtung Anklam. Er würde – dieses Mal von Süden kommend – wieder bei Ferdinandshof nach rechts abbiegen und auf Ueckermünde zu halten. Jetzt fuhr er an Jatznik vorbei.

Kurz hinter Jatznik quert eine Eisenbahnlinie die Landstraße. Als Strom sich ihr näherte, begann gerade die rote Warnleuchte zu blinken. Die beiden Schranken links und rechts gerieten in Bewegung nach unten. Was machte um diese Zeit ein Zug in dieser Gegend? Konnte nur ein Güterzug sein. Statt abzuwarten, drückte Strom das Gaspedal ganz durch. Er schaffte es gerade noch unter die Fallbeile hindurch, bevor die Schranke schloss. Wassili hinter ihm musste eine Vollbremsung hinlegen. Er war ausgesperrt. In diesem Augenblick wagte Strom noch ein weiteres Manöver. Sofort schaltete er die gesamte Fahrzeugbeleuchtung aus. Es war Vollmond, der von gelegentlichen Wolken von Zeit zu Zeit verdeckt wurde. Jetzt war er grade klar zu sehen. Einhundert Meter hinter dem Bahnübergang führte eine schmale Landstraße nach rechts in Richtung Torgelow. Auch über diese Nebenstrecke würde er nach Ueckermünde kommen. Mitten durch dichte vorpommersche Wälder hindurch. Ohne Licht fuhr Strom langsam weiter, um nicht von der Straße in den Wald abzukommen. Nach etwa dreihundert Metern schaltete er das Abblendlicht wieder ein und erhöhte schlagartig das Tempo. Hinter ihm war niemand zu sehen.

Bis Torgelow war er ganz allein. Es war schon nach 11:00 Uhr abends. Als er durch das kleine Städtchen hindurchraste, war es menschenleer. Weiter ging es danach an Liepgarten vorbei in Ueckermünde hinein; vorbei an der Polizeistation; dann kam er auf die Ostumgehung, ließ Berndshof rechts liegen, und jetzt befand er sich auf seiner alten Hausstrecke in Richtung Altwarp.

Die Landstraße gehörte ihm allein. Vor ihm und hinter ihm war alles stockdunkel. Er hatte Wassili abgehängt. Wohin sollte der sich auch orientieren, nachdem er endlich über den Bahnübergang gekommen war? Woher sollte er denn Stroms Endziel kennen? Er würde umherirren, suchen, ihn nicht finden. Ja, er, Wassili, war tatsächlich abgehängt. Stroms Beine fühlten sich jetzt bleischwer an. Er wurde mit einem Male sehr müde.

Jetzt kam er durch das kleine Dörfchen Bellin. Auch dahinter war die Landstraße wieder von dichtem Wald gesäumt. Danach hatte er nur noch Vogelsang-Warsin vor sich – mit dem alten DDR-Straßenbelag, Katzenkopfsteine. – Plötzlich rauschte in hohem Tempo ein dunkler Wagen an ihm vorbei. Strom wurde schlagartig aus seinen trübseligen Gedanken gerissen. Er hatte alle Konzentration verloren gehabt. Die Müdigkeit forderte jetzt ihren Tribut. Er hatte schon lange versäumt, den Rückspiegel zu beobachten. Der fremde Wagen war schon aus Vogelsang heraus und vor ihm hinter der lang gezogenen Kurve in Richtung Altwarp hinter den Bäumen verschwunden. Strom fuhr weiter, ohne zu überlegen, der Kurve nach. Danach würde die mehrere Kilometer lange gerade Strecke der schmalen L31 ihn aufnehmen – bis sie am Ortseingang von Altwarp in die Nordstrasse einmünden würde. –

Keine hundert Meter vor ihm stand ein Wagen quer auf der engen Strecke. Warnblinkanlage an. Links und rechts davon ging es nicht vorbei: da waren Gräben und dichtes Kieferngehölz. Strom ging voll in die Bremse und blendete auf. Es war Wassili Abkhashvilis BMW. Der Fahrer des Wagens lehnte an der Vordertür und rauchte. In der Dunkelheit konnte Strom die Glut seiner Zigarette sehen. Es gab keinen Weg mehr vorbei. Das war´ s. Showtime. Und das keine fünf Kilometer mehr vor dem Ziel.

Hektisch blickte Strom nach rechts und links ins Dunkle hinein. Dann bemerkte er rechter Hand die Einfahrt eines Waldwirtschaftsweges, der aber nach fünf Metern durch eine rot-weiße Schranke versperrt war, gesichert durch Vorhängeschloss. Ein letztes Aufbäumen packte ihn. Er legte den Rückwärtsgang ein, lenkte seinen Wagen rückwärts in das Wegstück hinein bis direkt vor die Schranke. Dann vorwärts wieder raus. Gewendet. Und nun mit Vollgas in die Richtung zurück, aus der er gerade gekommen war. Aus den Augenwinkeln sah er noch, wie die Zigarettenglut zu Boden fiel, und wie Wassili die Fahrertür hinter sich zuschlug. Wohin jetzt? Was weiter? Er konnte nicht wieder ziellos zurück. Aber wohin denn jetzt? Seine chaotischen Gedanken drehten sich im Kreise: Paula, Gerd und Mina, Gina, Altwarp, Mehlem, Swinemünde. Wohin nur?

Er war wieder in Vogelsang. Dort gab es nur eine einzige Abfahrt von der Hauptstraße. Sie führte nach Rieth. Von dort waren es bis nach Rieth keine zwölf Kilometer. Und das alles über die alten, holprigen DDR-Pflastersteine. Rieth lag direkt an der polnischen Grenze – teils am Wasser, teils von dichten Wäldern umgeben. Es gab in dem Ort keinen offiziellen Grenzübergang, keine Straße hinüber. – Er musste zuerst durch Luckow und dann noch über das Mecklenburg-vorpommersche Ahlbeck – nicht zu verwechseln mit dem namensgleichen gegenüber von Swinemünde. In Rieth würde die sandige Dorfstraße einen Bogen am Wald entlang machen. Weiter ging es mit dem Auto nicht. Mitten im Wald standen dort irgendwo weiß-rote Stelen: hier war die polnische Grenze. Man konnte jetzt ungehindert hinüberwandern. Strom kannte in diesem Wald eine kleine Hütte. Sie war knappe zweihundert Meter von der Straße entfernt – noch in Deutschland. Zu ihr hin führte ein einsamer, verwurzelter Weg. Der war nur zu Fuß passierbar. Sie waren einmal beim Beerensuchen im Urlaub zufällig auf diese Hütte gestoßen – er und Barbara und Gina. Nicht weit entfernt davon hatten sie Kleidungsstücke gefunden. Die hatten wohl einer Gruppe von illegalen Grenzgängern gehört, die von Schleppern nach Deutschland gebracht worden waren. Im Wald bei Rieth hatte man ihnen dann ihre alten, verdächtigen Klamotten abgenommen und durch bessere Jeans und T-Shirts ersetzt. –

Hinter ihm in der Ferne ratterten die Scheinwerfer des BMW über das Katzenkopfpflaster heran.

Nachdem beide Fahrzeuge hintereinander in Vogelsang in Richtung Rieth abgebogen waren, löste sich aus der Dunkelheit vom Rande der Durchgangsstraße dort ein silbergrauer Mazda Tribute und folgte in gebührendem Abstand den Vorausfahrenden. –

Strom wollte jetzt nur noch eines. Es ging überhaupt nicht mehr um Flucht, um die heiße Ware in seinem Koffer oder um sonst etwas damit Zusammenhängendes. Es ging jetzt nur noch um sein nacktes Überleben. – Er brauchte so schnell wie möglich nichts als Ruhe und Rast. Meinetwegen erst einmal nur eine halbe Stunde, meinetwegen eine Viertelstunde, zehn Minuten, fünf, eine. Nur Ruhe. Er war jetzt vollständig von Panik ergriffen.

In Rieth

Er kam jetzt aus Ahlbeck heraus. Fuhr zehn Minuten später in Rieth ein. Am Wald entlang. Bis zum Dorfplatz. Hielt an und sprang aus dem Wagen, den Aluminiumkoffer in der Rechten; seine Linke umklammerte krampfhaft das kleine Schmuckstück in der Jackentasche. Rannte zu der Böschung am Waldrand. Aus den Augenwinkeln nahm er einen grauen Transporter wahr, der ein Stück weiter parkte, aber er maß dem keine Bedeutung zu: irgendein Einheimischer hatte ihn sicher dort abgestellt. Hetzte die steile, sandige Böschung hoch. Der Mond war jetzt gerade hinter Wolken verschwunden. Er hastete in den Wald hinein. Hier musste er sein, der schmale Pfad. Er tastete sich mit den Füßen über Baumwurzeln vorwärts, stolperte. Der Mond kam wieder heraus, lugte durch die dichten Baumwipfel. Nichts war auf dem Boden zu erkennen; er stolperte immer weiter ohne anzuhalten. Er ahnte den Weg. Durch Farnkraut; Brombeerranken rissen links und rechts an seinen Kleidern. Jetzt wieder völlige Dunkelheit. Er konnte kaum noch atmen. Dann kam wieder der Mond heraus. Keine dreißig Meter vor sich sah er die schwarze Hütte.

Plötzlich begann der Wald zu leben. Strom blieb stehen. Lauschte. Hinter ihm war nichts, aber da – direkt vor ihm und weiter rechts. Es raschelte überall. Er hörte gedämpfte Stimmen. Sah nach rückwärts. Da war wieder nichts. Er begann, an seinem Verstand zu zweifeln. Dann wäre er in der Dunkelheit fast mit einem Menschen zusammengestoßen. Der verschwand wieder, aber hier war es voller Menschen – rund um zu. Was war hier los? Jetzt hörte er Stimmen:

„Was ist da vorne los? Warum geht das nicht weiter?"

Jemand knipste eine Stablampe an und ließ das Licht schweifen. Neben der Hütte vor sich erkannte Strom einen Mann. Das Licht fiel kurz auf die Gestalt. Dann war die Lampe wieder aus. Aber er hatte den Menschen an der Hütte erkannt.

„Krzysztof!" schrie Strom aus Leibeskräften. In der Nähe der Hütte hörte er ein Rascheln, das sich schnell entfernte. Jemand rief:

„Was ist los? Wer ist das? Was will der hier? Der hat uns gesehen."

Und jemand anderes: „Wir sind aufgeflogen. Weg! Weg!"

Der Lampe ging wieder an. Das Licht fiel auf ihn. Nur kurz; dann war es wieder aus. Er wollte zur Hütte rennen. Krzysztof war hier. Was hatte das zu bedeuten? – Strom kam nicht weit. Direkt, nachdem das Licht erloschen war, fielen kurz hintereinander zwei Schüsse. Er spürte die Schläge im Rücken. Er meinte, jemand hätte ihn gestoßen. Fiel vornüber auf eine Baumwurzel. Musste den Koffer fahren lassen und auch die Brosche, um den Sturz abzufangen. Er rappelte sich wieder auf, griff sich den Koffer, als er einen weiteren Schuss hörte. Aus einer Waffe direkt hinter sich. Er war vom Weg abgekommen. Stolperte, aber kam an.

Die Tür war nur angelehnt. Strom stieß sie auf. Vermied jedes Geräusch. Etwas huschte im Innern herum, kratze, quiekte. Er zog die Tür ruckartig hinter sich zu, ging langsam einen Schritt vor, stieß dann an etwas Weiches auf dem Boden. Er beugte sich hinunter, betastete es: eine feuchte Matratze. Richard Strom sank in die Knie und legte sich auf dieses Abfallstück: zwischen sonstigem Unrat und Ungeziefer. Er drehte sich auf den Rücken, spürte die Nässe unter seinem Hemd, Schmerzen in der Brust. Seine Atmung ging rasselnd. Er hustete. Das Leben wich langsam aus ihm. Er schloss die Augen, versuchte tief durch zu atmen. Er bekam keine Luft mehr. Dann wallte es wie eine warme Stoßwelle durch seinen ganzen Körper. Dann war es still. –

Ein diffuser Strahl Mondlicht fiel durch den Spalt, der sich rasch verbreitete, als die Tür langsam vorsichtig aufgedrückt wurde. Wassili Abkhashvili trat zögernd in die Hütte:

„Ritchie?" Stille. Noch einmal:

„Ritchie?"

Abkhashvili war auf der Hut. Routinemäßig. Sein Leben lang. Immer schon gewesen. Er hielt eine Taschenlampe in der Hand. Er richtete den Strahl zuerst hinter die halboffene Tür, dann nach rechts, dann mitten in den Raum hinein. Er bemerkte alte, vermodernde Kleidung, Pappkartons, eine rostige Drahtrolle, verschimmelte Essensreste. Und mitten dazwischen lag jemand auf einer verfaulten Matratze, aus der seitwärts die Füllung quoll: Richard Strom. Der rührte sich nicht unter dem Strahl von Abkhashvilis Lampe.

„Ritchie?"

Abkhashvili trat entschlossen vor. Leuchtete Strom direkt ins Gesicht. Schüttelte ihn kurz an einer Schulter. Keine Reaktion. Dann hob er ein Augenlid an und ließ die Lampe voll hineinstrahlen. Wieder nichts. Er fühlte Puls zuerst am Handgelenk, dann an der Halsschlagader. Auch nichts. Er tastete die Hütte noch einmal mit dem Lampenkegel ab. Neben der Matratze fand er, was er suchte. Das Aluminium warf den Schein hell zurück. Er hob den Koffer auf und drehte sich zur Tür. Er blickte sich noch einmal um. Gab es da noch etwas zu überlegen? Kein Mitgefühl regte sich in ihm. Es war von Anfang an immer nur eine rein geschäftliche Beziehung gewesen – auch schon damals vor mehr als fünfundzwanzig Jahren. Wer war Richard Strom? Der Mann, dem er einmal auf der Bahnstrecke zwischen Köln und München im Speisewagen einen kleinen Schäferhund aus Granit und eine Bärenfigur aus Onyx zum Geburtstag geschenkt hatte – Bücherstützen, zusammen mit einem Sixpack Stolichnaya-Gäsern. – Er zog die Hüttentür hinter sich zu und suchte sich bedächtig seinen Weg aus dem dunklen Wald, der jetzt still da lag, zurück. –

Schließlich hatte er es geschafft und war wieder draußen. Hier wurde es heller im Mondschein. Er sah das Heidekraut oben auf dem Böschungsrand. Stieg durch den gelben Sand hinunter, aber bevor er einen Fuß auf die Schotterstrasse gesetzt hatte, keine fünfzig Meter vom Dorfplatz entfernt, wo er sein Auto direkt neben Stroms Audi 80 geparkt hatte, erwischte es ihn. Unten an der Böschung stand schon jemand. Eine Gestalt löste sich aus dem Mondschatten einer Kiefer. Wassili Abkhashvili sah ihn. Zu spät:

„Ploff, ploff", macht es. Eins ins Herz, eine zwischen die Augen. Auftrag erledigt. Abkhashvili sackte ohne einen Laut halb auf der Böschung, halb auf dem Schotterweg zusammen.

Tobias Blumenbach kam zu ihm und entwand den Griff des Aluminiumkoffers der Hand des Toten, ging dann das Stück Straße zurück, wo weiter hinten sein Mazda stand. Er öffnete den Kofferraum und legte den Koffer hinein. Dann stieg er in den Wagen.

Er ließ sich Zeit. Langsam rollte er die Dorfstraße entlang und folgte den Landstraßen zurück, die ihn wieder nach Vogelsang brachten, bis er wieder am Abzweig von der L31 nach Altwarp angekommen war. Er lenkte sein Auto in Richtung Ueckermünde. Zuerst durch die Stadt, dann weiter südlich in Richtung Meiersberg. Bei Ferdinandshof bog er auf die 109 ein und kam über Jatznik bis kurz vor Pasewalk, wo er auf die A20 auffuhr. Dann folgte er der A20 bis kurz vor Gramzow, wo sie auf die A11 in Richtung Berlin traf. Noch drei Stunden, dann würde er in einer El-Al-Maschine sitzen in Richtung Heimat. Zum Baden war es jetzt zu kalt, aber die Strandbars hatten sicher immer noch geöffnet.

Im Helmholtzinstitut

Erik Schlee hatte den Bus nach Mehlem-Bahnhof genommen und war von dort mit dem Regionalzug zum Hauptbahnhof nach Bonn gefahren. Er hatte Zeit; der Morgen war sonnig und frisch. So machte er sich auf den Weg unter der Eisenbahnunterführung her in Richtung Poppelsdorfer Schloss unter noch belaubten, aber schon frühherbstlich vergilbten Bäumen und auf breiten Kieswegen. Zehn Minuten später hatte er das Schloss mit seinen Anlagen und dem botanischen Garten erreicht. Vor dem Poppelsdorfer Weiher hielt er sich rechts, folgte der Meckenheimer Allee und bog dann in die Nussallee ein, wo er nach knapp einhundert Metern sein altes Helmholtz-Institut fand.

Er hatte sich Gedanken gemacht über seinen Auftrag. Schließlich war es nicht das erste Mal, dass er seinem Freund, dem Kriminalbeamten Thorsten Klein einen Gefallen tat. Wenn es um wissenschaftliche Dinge oder um Fragen im Zusammenhang mit IT-Sicherheit ging, wurde er schon mal angefragt und half gerne. Aber in diesem Fall ging es um Kapitalverbrechen. Das war neu für ihn. In seinem Leben war er erst einmal mit einem Kapitalverbrechen konfrontiert worden –

wahrscheinlich trotzdem öfter als die meisten seiner Bekannten. Und das war mehr als dreißig Jahre her.

Wenn man von der Route Nationale N118 aus Richtung Paris kommend im Kanton von Bievres die Ausfahrt „Saclay" nimmt, gelangt man auf die Hochebene von Palaiseau. Man sieht nur Felder und Chausseen. Kurz hinter der Abfahrt kann man in einer Landgaststätte einkehren und sich dort erfrischen. Gegenüber der Eingangstür steht ein kleiner, gläserner Schrein, in dem sich eine weiße Christusstatue befindet. Aus diesem Grund nennt sich das Restaurant „Le Christ de Saclay". Fährt man daran vorbei weiter auf der D306, kommt man direkt am Haupttor des Kernforschungszentrums von Saclay vorbei. Gleich hinter der Einfahrt und parallel zum Zaun war die NEA DB, die Nuclear Energy Agency Data Bank damals untergebracht gewesen und hieß damals noch NDCC: Neutron Data Compilation Center. In Saclay wurde nach dem zweiten Weltkrieg die erste französische Atombombe entwickelt. Viertausend Leute arbeiteten dort. Schlees Aufgabe viele Jahre später beim NDCC, bei dem er damals beschäftigt war, war es, aus vorgegebenen wissenschaftlichen Quellen – Konferenzsammelbänden, Veröffentlichungen in Fachzeitschriften, Laborberichten, internen Forschungspapieren usw. – die wichtigsten Informationen zu extrahieren, die relevant für die Neutronenforschung waren: Art des Experiments, Labor, Land, beteiligte Personen, Energiespektren und natürlich die numerischen Ergebnisse. Das hatte er zwei Jahre lang mit wechselndem Engagement gemacht. Dann wurde er im dem Institut verantwortlich für das Auffinden von den Quellen selbst.

Ihm war aus diesen drei Jahren allerdings ein Ereignis unauslöschlich im Gedächtnis geblieben, als er zum ersten, aber wie sich nun herausstellen sollte, nicht zum letzten Mal mit einem Mord konfrontiert wurde.

An einem lauschigen Sommerabend war er zu einem Empfang im „Chateau", dem Hauptquartier der OECD, zu der das NDCC gehörte, in der rue du Chateau, einer kleinen Seitenstraße in Paris im 16. Arrondissement geladen gewesen. Beim „Chateau" handelt sich um ein ehemaliges Jagdschloss aus vorrevolutionärer Zeit am Rande des Bois de Boulogne. Gegenüber dem „Chateau" auf der anderen Straßenseite erhob sich der moderne Block der International Energy Agency. Beide Gebäude waren durch einen unterirdischen Gang miteinander verbunden, in dem sich die Luxusläden befanden, in denen die gut dotierten internationalen Beamten, die bei den beiden Behörden dort arbeiteten, zoll- und steuerfrei Parfums und Spirituosen und Lederwaren einkaufen konnten.

Der Empfang hatte im alten Chateau in einem der vielen Repräsentationssäle stattgefunden. Livrierte Diener hatten Kanapees umhergereicht. Schlee hatte sich gerade mit dem Bürochef des

NDCC, Werner Landmann, unterhalten. Sie hatten würdevoll beieinander gestanden, gedeckt gekleidet, wie es sich in einem solchen stilvollen Gebäude mit so schweren Lüstern über ihren Köpfen und dem wichtigen Anlass, den sie schon vergessen hatten, gehörte. Beide hatten jeder ein großes Glas Gin-Tonic in der Hand, dem Standard Empfangsdrink, als Rosa vorüber gegangen war – grußlos und mit steinernem Blick. Rosa kam aus Italien und war mit der Shielding-Gruppe aus Ispra kürzlich zum Team in Saclay gestoßen. Sie war sehr katholisch, und niemand brachte sie dazu, dass sie jemals ihre Bikini-Urlaubsfotos zeigte – trotz wiederholter Aufforderung von allen (männlichen) Kollegen. An jenem Abend jedoch war sie noch bleicher erschienen als gewöhnlich. Auf Schlees freundliche Anrede hatte sie auch nicht reagiert. Abwesend wie ein Geist.

Er erinnerte sich seiner Konsternation, mit der er sich an Landmann gewandt hatte. Der war damals auf dem Laufenden gewesen, und hatte ihn gefragt, ob er keine Tageszeitungen läse – beispielsweise den Figaro. Und dann hatte er es ihm erzählt: Tarik sei erschossen worden. In seinem Hotelzimmer im George V am Abend vorher. Der Verdacht läge auf Mossad.

Rosa, die schüchterne Rosa, die keine Männer kannte, hatte vor kurzem einen Iraker, Tarik Ishaq, kennen gelernt. Wie und wo, hatte keiner gewusst. Nach ihrer eigenen Aussage einer der charmantesten Herren, die jemals auf Erden gewandelt hätten. Er hatte es auf jeden Fall verstanden gehabt – wie auch immer – Rosa aus ihrer prüden Verspannung zu lösen. Nie war sie glücklicher gewesen als damals. Ab da war morgens ein anderes Wesen ins Büro gekommen. Alle hatten es ihr gegönnt, und man hatte merkte, wie das Leben ihr gut getan hatte. Und aus Dankbarkeit hatte sie ihn dann eines Tages mit ins NDCC gebracht. Sicherheit war damals lasch gewesen. Die Kernwaffenentwicklung war mittlerweile weiter in den Süden, nach Bruyère-le-Chatel verlagert worden, und die meisten Daten im NDCC waren ohnehin öffentlich zugänglich. Mitarbeiter im Forschungszentrum waren sämtlich sicherheitsüberprüft und verfügten über spezielle Zutrittsausweise. Sie durften Gäste mitbringen, die sich zwar registrieren lassen mussten, aber deren Sicherheitsüberprüfung fand erst später mit entsprechender bürokratischer Zeitverzögerung statt. Und so war dann der freundliche Tarik ins NDCC gekommen – strahlend stolz präsentiert von Rosa an all ihre Kollegen. Zweimal war er bei ihnen zu Gast gewesen. Dann war Mossad gekommen. –

Schlee trat in das Institut ein, in dem er eine Reihe von Jahren in der Forschung tätig gewesen war. Er hatte sich mit einem alten Kollegen, Gerd Schmeling, verabredet und fand den Weg zu dessen Büro mühelos. Schmeling hatte einen großen Pott Kaffee vor sich, der auf irgendwelchen Computerausdrucken braune Kringel machte:

„Ach, Erik, schon da. Wie ist es?"

„Gut, und selbst auch?"

„Kann nicht klagen."

Nach dieser rheinischen Begrüßung kam Schlee gleich zur Sache. Er holte die Phiole aus seiner Parkatasche und reichte sie rüber. Schmeling war ein behäbiger Typ mit ausgeprägtem Bauch unter einem zu engen weißen T-Shirt, Halbglatze und Vollbart:

„Die Probe ist aber wirklich klein."

„Nicht verlieren. Mehr haben wir nicht. Kannst Du herausfinden, was für ein Material das ist?"

„Sicher. Wir machen die Probe noch ein wenig kleiner, schaben etwas ab und verbrennen die Späne. Die Spektralanalyse wird uns zeigen, was das ist."

„Gut. Wie lange brauchst Du?"

„Da ich – wie Du siehst – nichts anderes zu tun habe", er deutete mit einer ausladenden Bewegung in die Runde auf einen Berg von Papieren neben seinem Bildschirm auf dem Schreibtisch, „kann ich Dir das Ergebnis wahrscheinlich in zwei Stunden mitteilen."

„Hört sich gut an. Dann will ich Dich nicht weiter stören. Ich gehe ins Havanna, einen Cappuccino trinken, den Generalanzeiger lesen und warte auf Deinen Anruf, wenn Du fertig bist. Ich bin Dir eine Flasche Halbtrockenen von der Ahr schuldig."

„OK. Bis dann." Und Schlee verschwand nach unten Richtung Straßencafé Havanna. Es war zwar schon kühl, aber die Sonne schien. Man konnte es draußen aushalten, wenn man warm angezogen war.

Eineinhalb Stunden später.

Der Bodensatz in der zweiten Cappuccinotasse war auch schon angetrocknet, der Generalanzeiger notdürftig wieder zusammen gefaltet und auf einem Stuhl deponiert, als Schlees Mobiltelefon Laut gab. Schmeling war dran:

„Hast Du was?"

„Ja, ich habe etwas. Wenn Du hörst, was es ist, wirst Du verstehen, dass ich noch mehr Zeit benötige – viel mehr Zeit."

„Was das?"

„Urandioxid."

Schlee hielt den Atem an. Was hatte Klein ihm da in die Hand gegeben? Zu viele Gedanken schossen ihm durch den Kopf: Kapitalverbrechen und Spaltstoff. Das musste ein großer Coup sein, dem sein Polizistenfreund da auf der Spur war. Er hörte, wie Schmeling weiter sprach:

„Ich mache eine Analyse des radioaktiven Spektrums. Will sehen wie die isotopische Zusammensetzung ist. Vielleicht können wir auch herausfinden, woher das Zeug kommt. Dafür muss ich einen Messplatz aufbauen. Alles so ganz ohne Auftrag. Du weißt schon."

„Nein. Du bekommst Deinen Auftrag und kannst das der Polizei in Rechnung stellen. Das braucht aber seine Zeit. Bürokratie und so. Muss ja auch im Institut genehmigt werden. Wir schleifen jetzt nur Kanten, um schnell über die Runden zu kommen. Der Papierkram kommt später. – Bis wann hast Du mehr Infos?"

„Ich lasse ein paar Sachen liegen. War an einer Veröffentlichung dran. Die kann ein, zwei Tage warten. Ich mach mich gleich an die Arbeit. Übermorgen wissen wir mehr, wenn wir es sorgfältig machen wollen."

„Erst mal besten Dank. Du meldest Dich?"

„Klar."

***

Zwei Tage später spätnachmittags saßen Schlee und Klein wieder in Nr. 5 beim Bier zusammen. Schlee schob ein Kurzprotokoll auf einem einzigen Blatt Papier über den Tisch:

„Der detaillierte Bericht kommt später. Hier das vorab."

„Egal. Erklär es mir."

„Also: bei dem Material handelt es sich um Urandioxid oder genauer Uran (IV)-Oxid, wie es in Kernreaktoren eingesetzt wird. Das allein ist schon brisant genug für mich als kriminalistischen Laien, der die Hintergründe nicht kennt. Viel Besorgnis erregender ist die Tatsache, dass es sich dabei um angereichertes Uran handelt, das weit über die

Reaktorfähigkeit hinausgeht. Ein Reaktor benötigt je nach Typ einen Anreicherungsgrad zwischen drei und fünf Prozent ..."

Nach diesen einleitenden Worten, die Schlee ohne Vorwarnung nüchtern-sachlich abspulte, wurde Klein förmlich in seinen Stuhl zurückgeschleudert. Er registrierte unbewusst, wie sein Kreislauf in den Keller ging und sich Schweiß auf seiner Stirn bildete: Atom, illegales Material in Schmuckstücken versteckt, Mossad, Naher Osten, Waffen – das Karussell drehte sich rasant. Er konnte seinem Gegenüber nichts von der komplizierten Fahndung rauslassen. Zögerlich unterbrach er ihn mit einer Sachfrage:

„Was heißt hier angereichert? Kannst Du mir das erklären?"

„Gut. Natururan enthält im Wesentlichen die beiden Isotope oder Uranarten U-235 und U-238, wobei U-235 das eigentlich Interessante ist. Es wird nämlich in Reaktoren oder Bomben verwendet, weil es bestimmte Eigenschaften wie z. B. eine hohe Spaltwahrscheinlichkeit für niedrig energetische Neutronen besitzt. Ich erspare mir weitere Details ...."

Klein hatte seine Stirn in Falten gelegt.

„Also, kurz gesagt: je höher der Anteil von diesem Isotop ist, desto geeigneter ist der Mix für die genannten Anwendungen. Nun kommt U-235 nur zu etwa 0,7 Prozent in der natürlichen Zusammensetzung vor. Das ist zuwenig für die in Frage kommenden Technologien. Für einen Reaktor benötigt man etwa 3,5 Prozent, für eine Bombe sogar mindestens 80 Prozent. Um dahin zu kommen, muss man also den Isotopenmix entsprechend anreichern, d. h. den Anteil U-235 erhöhen. Chemisch geht das nicht, da es sich bei beiden Isotopen um Ausprägungen ein und desselben Elements handelt …"

Das Stirnrunzeln wurde intensiver.

„Also setzt man komplizierte Verfahren ein, um zu dem gewünschten Ergebnis zu kommen. Die möchte ich an dieser Stelle nicht weiter erläutern. Um es vorweg zu nehmen: bei Deiner Probe handelt es sich um Uran mit einem Anreicherungsgrad von mehr als 80 Prozent U-235! Hoch waffenfähiges Material!"

„Wo kommt das her?"

„Aus Russland. Aus welcher Anreicherungsanlage genau das Material letztendlich stammt, kann ich nicht ohne größeren Aufwand feststellen, allerdings verweist die mineralische Zusammensetzung der Probe eindeutig auf die russische Herkunft des ursprünglich eingesetzten Natururans. Möglicherweise hat eine erste frühere Anreicherung in einem Swimmingpool-Reaktor am Kurchatov Institut in Moskau stattgefunden. Mehr kann ich im Moment nicht sagen. Auch nicht, wie das Zeug hierher gekommen ist. Das wär´s von meiner Seite."

„Ja, vielen herzlichen Dank, Erik. Das war sehr hilfreich."

„Nebenbei: an dem Teil saßen noch andere Spuren. Zum Beispiel Goldfarbe. Ich kann mir keinen Reim darauf machen."

„Das Zeug war getarnt. Mehr kann ich Dir nicht sagen. Übrigens: ist das gefährlich? Ich meine für mich. Kann ich davon krank werden?"

„Von dem Bisschen nicht, wenn Du es nicht gerade herunterschluckst. Das sendet natürlich radioaktive Strahlung aus. Wäre es etwas größer, könntest Du den Temperaturunterschied fühlen: es ist warm wegen der Alpha-Strahlung. Aber Alpha-Strahlen durchdringen noch nicht einmal ein Blatt Papier. Bei den Betas und Gammas sieht das schon anders aus. Aber die Probe ist zu klein, um ernsthaften Schaden anzurichten. Ich habe sie in ein Bleiröhrchen deponiert. Hier ist es."

Schlee reichte die Kapsel über den Tisch und Klein steckte sie in seine Windjacke. –

Auf der Fahrt ins Büro war sich Hauptkommissar Thorsten Klein darüber im Klaren: sie mussten alle bisherigen Theorien verwerfen, sofern sie überhaupt welche gehabt hatten. Da oben im Wald von Rieth ging es um ganz etwas anderes. Und sie mussten auf jeden Fall noch einmal durch Stroms Kontaktliste gehen und noch einmal die Witwe aufsuchen ....

Altwarp Hafen

Heinz Wolter schlug zu. Seine Geduld war am Ende. In Altwarp stand das jährliche Hafenfest vor der Tür. Am Eröffnungssamstagmorgen würden sie mit geballter Mannschaft anrücken.

Seinen Entschluss hatte er seinen Mitarbeitern nicht lange nach der niederschmetternden Nachricht aus Bonn mitgeteilt, die sein Kollege Klein ihm per Telefon übermittelt hatte: Material für den Bau von Atombomben in seinem Zuständigkeitsbereich! Seine bisherige Theorie über die Morde in Rieth war einer simplen Logik gefolgt: es ging um Schmuggel – und zwar um das Einschleusen von illegalen Einwanderern aus dem Osten. Das war bewiesen anhand von Indizien und der Gegenwart des jetzt toten Frank Radke, der für diese Art Arbeit notorisch bekannt war. Der Bernsteinhändler Strom hatte sich möglicherweise etwas hinzu verdienen wollen. Er trieb sich ja schon lange Zeit vorher mit seinem Schmuckgeschäft hier in der Gegend herum. Vielleicht hatte er ja zwischendurch Bekanntschaft mit Radke und Konsorten gemacht. Oder der Russe, der seit einigen Monaten aufgetaucht war, war sein Bindeglied gewesen. Und dann war etwas schief gegangen in der Szene. Es kam zu Unstimmigkeiten und schließlich in jener Nacht zu Auseinandersetzungen. Und dabei waren dann drei Männer auf der Strecke geblieben. Das Einzige, was nicht ins Bild gepasst hatte, war die israelische Waffe. – Aber die passte jetzt.

Da ging etwas ganz Grosses ab. Dieser Gedanke hatte sich jetzt auch in Wolters Kopf festgesetzt. Etwas, das so aussah, als würde es seinen Kompetenzbereich überschreiten. Er musste Jens Siepker ab jetzt ernsthaft mit ins Boot nehmen. Nichts lief mehr zusammen: Radke, Sommer und Co. waren außer Stande, eine solche Operation zu organisieren. Dazu waren sie einfach zu doof. Jetzt passten natürlich Strom und der Russe wieder ins Bild – und die Israelverbindung. Vielleicht sollten die Schleuser ja nur Kurierdienste verrichten, sozusagen unter Nutzung von Synergien auf erprobten Schmuggelpfaden. Aber wozu dann die Tarnung der Ware als Schmuck? Man hätte doch auch ganz einfach ein paar Rohlinge schmuggeln können. Hier kam Strom ins Spiel. – Bis dahin hatte Wolter seine Gedanken seiner versammelten Mannschaft vorgetragen: Falko Naumann, Nicole Reuter und Stefan Kirn. Jetzt holte er zuerst einmal Luft. Reuter nahm den Faden auf:

„Vielleicht haben sich ja in jener Nacht zwei Pfade gekreuzt? Rein zufällig. Und es gibt gar keinen Zusammenhang?"

„Du meinst: die Schlepper und die Uranschmuggler trafen sich auf demselben Pfad?

Ganz einfach so. Und dann sind sie sich in die Quere gekommen und haben sich aus lauter Naivität gegenseitig erschossen, weil ihnen gerade nichts Besseres einfiel?" warf Kirn ein.

„Ich glaube nicht an Zufälle", kommentierte Wolter. „Da muss es einen Zusammenhang geben. Die Bonner laufen jetzt heiß. Die recherchieren jetzt mal ernsthaft. Wurde auch Zeit."

Naumann meldete sich zu Wort: „Es gibt einen gemeinsamen Nenner."

„Und der wäre?"

„Strom."

„Inwiefern?"

„Strom war Schmuckhändler – meinetwegen spezialisiert auf Bernsteine. Aber eben auch Schmuckhändler. Er war nur deshalb an Bord, weil die Schmuggelware in Schmuck gegossen war."

„Und weiter?"

„Die Illegalen kamen aus Polen. Strom bezog seine legale Ware auch aus Polen."

„Du meinst die, Glinckas haben damit etwas zu tun?"

„Ganz genau. Erinnert Euch: die haben abgestritten, Strom zu kennen. Und erst als die Witwe Strom die Beschreibung von deren Wohnung lieferte, haben sie zähneknirschend zugegeben, durch den ganz legalen Bernsteindeal mit Strom verbunden zu sein. Die hatten sogar kurzfristig ihren Eingangsbereich umbauen lassen, weil sie genau wussten, was kommen würde. Aber es hat ihnen nichts genützt."

„Leider war die Amtshilfe unserer polnischen Freunde nicht so ergiebig, dass wir da anknüpfen können", bemerkte Wolter enttäuscht.

„Die Glinckas kommen am Wochenende rüber", rief Nicole Reuter. Alle waren hellwach.

„Wohin?" wollte Wolter wissen.

„In Altwarp ist Hafenfest. Und da wird es einen Verkaufsstand mit Bernsteinschmuck geben. Familie Glincka hat sich beim Festausschuss angemeldet. Wir hatten sie wie vereinbart weiter beobachtet. Krzysztof war gestern in Altwarp und hat alles klargemacht."

Wolter stand auf: „Wir schlagen zu. Ich muss Jens aktivieren. Er soll dabei sein."

***

Samstagmorgen 08:30 Uhr:

In dem kleinen Fischerhafen von Altwarp herrschte schon reger Betrieb. Es wurde aufgebaut. Im Hafenbecken links vor der Fischereigenossenschaft lagen die Boote der lokalen Fischer an, am Kopf zwei kleine Sportseegler und am Kai rechts der Kutter Lütt Matten. Vor dem Fischrestaurant der Genossenschaft wurde kräftig geputzt und ausgefegt, ebenso rund um „Gregors Fischcontainer" und seinem Zelt. Die Hauptattraktionen aber wurden auf dem Parkplatz hinter der Fremdenverkehrszentrale aufgebaut: ein Bierzelt, eine Bühne für open air Konzerte, Bier- und Imbissbuden. Hier gab es Cocktails, Backwaren,

Süßigkeiten und natürlich Räucherfisch. Männer schleppten Fässer mit Aalen. Die wurden später gebraucht für einen Wettbewerb, bei dem die Teilnehmer zuerst einen lebenden Aal greifen und dann eine Strecke damit laufen mussten. Der alte Schifferstiefel für den Stiefelweitwurf lag auch schon bereit. Und hinten rechts vor den Duschen des Caravanstellplatzes bauten ein junger Mann und seine Mutter fleißig einen kleinen Stand für ihren Bernsteinschmuck auf.

Die Polizei war mit großem Aufgebot angerückt: Heinz Wolter, Falko Naumann, Nicole Reuter, Stefan Kirn sowie Jens Siepker. Sie waren mit drei Fahrzeugen gekommen. Es war also noch reichlich Platz für weitere Personen vorhanden. Siepker trug als Einziger Uniform. Er wartete in seinem Dienstwagen an der Hafeneinfahrt in der Nähe von „Gregors Fischcontainer". Reuter saß auf einer Bank am Kopf des Hafenbeckens, Kirn hatte sich in der Nähe der Tourist-Information postiert. Wolter und Naumann schlugen zu:

Paula und Krzysztof Glincka und ihre Sachen waren früh am Morgen mit einem Boot von Freund Jacek von Neuwarp achthundert Meter übers Wasser gebracht worden. Danach war Jacek mit dem Boot zurückgefahren. Er würde abends wiederkommen.

Wolter und Naumann schlenderten gemächlich auf die beiden Polen zu. Dann wies Wolter sich Paula gegenüber aus und bat die beiden, mit zu einem der Polizeifahrzeuge und anschließendem Verhör nach Ueckermünde zu kommen. Paula fiel aus allen Wolken und wollte den Grund wissen.

„Schmuggel. Alles andere im Präsidium."

Sie verwahrten den Stand und Krzysztof ging in Begleitung von Naumann zu einem der Organisatoren des Hafenfestes, der sich irgendwo im Festzelt aufhielt, und informierte ihn, dass seine Mutter und er später zurückkommen würden, und sein Stand vor Mittag zum Beginn der Festivitäten wohl nicht einsatzbereit sein würde.

„Kein Problem. Wir passen auf", signalisierte der Mann und wandte sich wieder dem Thekenaufbau zu.

***

Paula Glincka war völlig perplex, ihr Sohn still und schweigsam. Die Befragung fand in dem größeren Verhörzimmer auf der Wache statt. Alle Beamten, die im Hafen von Altwarp dabei waren, waren auch hier zugegen. Sie saßen mit den beiden um einen großen Resopaltisch gruppiert, nur Siepker stand und lehnte mit dem Rücken an der Wand gegenüber der Tür. Paula war außer sich und konnte nicht an sich halten:

„Warum sind wir verhaftet? Was haben wir getan? Wir wollten nur unsere Sachen verkaufen. Das ist nicht verboten."

Naumann führte zunächst die Befragung:

„Sie sind nicht verhaftet worden, sondern wir haben Sie gebeten, zu einer Befragung

261

mitzukommen. Damit waren Sie einverstanden. Sie sollen uns helfen, einen Fall aufzuklären, der sich vor kurzem im Wald bei Rieth zugetragen hat. Das ist der Grund."

„Wir sind doch in dieser Sache bereits von unserer Polizei zweimal vernommen worden. Sicher, es gibt ein Problem mit Steuern, aber das ist eine Angelegenheit für Polen, nicht für Sie hier."

„Es geht nicht um Steuern, sondern um ganz etwas anderes."

Wolter schaltete sich ein: „Wo waren Sie in der Nacht vom 26. August?"

Paula überlegte. Sie zählte an den Fingern zurück und hatte schließlich den Wochentag:

„Zuhause."

„Kann das jemand bezeugen?"

Kurzes Zögern: „Ja, mein Sohn Krzysztof hier." Sie zeigte auf ihn.

„Verwandtschaft ersten Grades sind keine hinreichenden Zeugen bei uns. Wo waren Sie in der fraglichen Nacht?" Wolter wandte sich an Krzysztof.

Ohne Zögern: „Zuhause."

„Tatsächlich! Und Ihre Mutter kann das sicher bezeugen."

Naumann übernahm wieder:

„Wechseln wir für einen Moment das Thema."

Er legte die vergoldete Brosche, die sich in einer Plastikhülle befand, vor Paula auf den Tisch:

„Sie sind die Inhaberin eines Schmuckgeschäfts in Swinemünde?"

„Ja. Mein Sohn hilft mir auf dem Markt dort."

„Erkennen Sie dieses Schmuckstück?"

„Darf ich es anfassen?"

„Ja, aber in der Hülle lassen."

Plaula Glincka nahm das für seine bescheidene Größe schwere, blattförmige Teil in eine Hand, wog es, drehte es hin und her und verzog verächtlich das Gesicht: „Das ist ganz schlechtes Imitat. Ich habe das noch nie gesehen, und wir würden auch niemals mit so einem Schund Geschäfte machen. Außerdem sind wir nur auf Bernstein spezialisiert. Das da ist wahrscheinlich Eisen oder so etwas, und dann goldfarbig angemalt. Ganz schlecht gemacht. Ich frage mich, wer so etwas kauft."

Wolter war in seinem Inneren überzeugt, dass so ein gepflegter Mutti-Typ wie Paula Glincka niemals mit Ganoven wie Radke im Wald bei Rieth gewesen war. Trotzdem erhöhte er jetzt den Druck. Er spielte seinen wirkungsvollsten Bluff sehr früh aus:

„Diese Brosche ist eine Tarnung. Sie enthält ein Material, das zum Bau von Kernwaffen benötigt wird. Es war bestimmt für terroristische Hände. Sie und ihr Sohn betreiben Ihr Schmuckgeschäft zur Tarnung internationaler Schmuggelkriminalität. Die Ware wurde in jener Nacht im Wald von Rieth übergeben. Ihr ehemaliger Geschäftspartner Strom kam dabei ums Leben. Wir haben Sie hier, um unter anderem die Umstände seines Todes aufzuklären, und die Rolle, die Sie dabei gespielt haben. Darum geht es."

Langsam verstrichen die Sekunden, bis das Schweigen gebrochen wurde:

„Mutter ….", Krzysztof Glincka, der bisher mit gesenktem Kopf dabei gesessen hatte, wollte etwas sagen, aber seine Mutter kam ihm zuvor – halb hysterisch:

„Das können Sie uns nicht antun. Wir sind ehrlich. Wir handeln ganz ehrlich nur mit unserem Bernsteinschmuck. Ich war nicht in Rieth, und ich kenne diese falsche Schmuckware nicht und Krzysztof auch nicht. Das ist alles eine fürchterliche Lüge. Ich möchte jetzt gehen."

„Mutter …."

Naumann unterbrach ganz ruhig: „Natürlich können Sie gehen, aber wir würden vorher noch gerne Ihren Sohn befragen. Wollen Sie draußen warten?"

„Nein, ich bleibe. Er ist auch unschuldig. Das weiß ich. Niemals würde er sich auf so etwas einlassen. Niemals. Und woher sollen wir die Leute kennen, die das organisiert haben?"

Krzysztof Glincka blickte den Hauptkommissar an. Er war leichenblass. Dann sagte er: „Herr Kommissar, ich möchte eine Aussage machen. Kann ich mit Ihnen reden, ohne dass meine Mutter dabei ist?"

„Krzysztof! Was ist los? Was soll das?"

„Es ist alles in Ordnung. Ich erkläre Dir das nachher. Ich möchte Dich nur schützen. Ich möchte

Dich von gewissen Dingen fernhalten. Überlass mir das. Bitte." Er sah Sie mit verzweifelten Augen an. Aus den ihrigen flossen mittlerweile stille Tränen. Wolter gab Nicole Reuter mit dem Kopf ein Zeichen. Die nahm Frau Glincka jetzt beim Arm und führte sie langsam aus dem Raum.

„Bleib solange bei ihr. – Und nun zu uns: Sie wollten eine Aussage machen?"

Kirn hatte seinen Laptop angeworfen und war bereit. Es würde noch nicht das endgültige Vernehmungsprotokoll sein, sondern nur ein Vorentwurf. Das erleichterte aber die Arbeit für später. Siepker nahm jetzt auch am Tisch Platz, auf Reuters Stuhl.

„Ich war in der Nacht, als es passiert ist, dort im Wald. Das ist das Eine." Er machte eine kurze Pause.

„Und das Andere?"

„Zwei Dinge: meine Mutter hat nichts davon gewusst. Sie hat mit diesen Dingen nichts zu tun. Sie kennt nur unser kleines Geschäft, sonst nichts …."

„Welche Dinge?"

„Ja, und zweitens: ich habe auch mit dem Schmuggel von irgendeinem Material nichts zu tun. Das können Sie mir nicht anhängen. Da sind Sie auf dem Holzweg."

„Aber Sie wollten uns doch eine Erklärung abgeben. Was Sie bisher gesagt haben, das hätten Sie doch auch in Gegenwart ihrer Mutter vorbringen können."

Zum ersten Mal griff Siepker ein. Tief und deutlich: „Warum waren Sie in der Nacht dort? Doch wohl nicht zum Blumenpflücken. Warum hatten Sie sich dort mit Ihrem Partner Strom verabredet?"

„Ich war nicht mit Strom verabredet. Er war einfach da. Ich konnte es nicht ahnen."

„Erzählen Sie uns zunächst, was Sie dort vorhatten. Wir kommen auf den Punkt noch zurück."

„Ich war mit Radke und Sommer verabredet. Es war eine seit längerem geplante Operation. Ich brachte ein Dutzend Mongolen von Polen über die Grenze nach Deutschland. Radke und Sommer sollten sie in Empfang nehmen und ein Teil des Geldes. Die Übergabe fand an der Hütte bei Rieth statt."

Die Männer rückten auf ihren Stühlen hin und her, beugten sich über den Tisch.

„Wo kamen die Mongolen her?"

„Aus Kaunas in Litauen. Ich habe sie in Ziegenort in Empfang genommen und bin bei Dunkelheit mit Ihnen durch den Wald marschiert zum vereinbarten Übergabepunkt."

„War das Ihre erste Operation?"

„Nein."

Kurze Pause. Dann fuhr Glincka fort: „Dann ist etwas passiert."

„Einen Moment", unterbrach Wolter. „Es kann gleich weiter gehen." Er zupfte Kirn am Ärmel und beide gingen kurz vor die Tür. Kirn wurde beauftragt, einen Haftbefehl gegen Krzysztof

Glincka ausstellen zu lassen. Wolter kehrte allein zurück:

„So. Kann weiter gehen. Also, was ist passiert?"

„Ja. Als wir an der Hütte ankamen, waren Radke und Sommer schon da. Sommer hatte, wie vereinbart, die Kleidung zum Wechseln für die Leute mitgebracht. Er sollte die Mongolen mit dem Transporter nach Berlin bringen."

Siepker wollte etwas sagen.

„Später", kam es von Wolter und „weiter" zu Glincka gewandt.

„Also dann passierte etwas. Denn da waren noch andere im Wald. Ich hatte etwas gehört und war stehen geblieben. Ich hörte Sommer rufen, warum es nicht weiter ging, denn er hatte mich mit der Truppe schon ausgemacht. Dann hörten wir, wie jemand durchs Gebüsch auf uns zu rannte und Sommer machte seine Stablampe an und ließ das Licht schweifen. Ich stand jetzt direkt neben der Hütte, und das Licht fiel kurz auf mich. Dann war die Lampe wieder aus. Aber einer von den anderen im Wald hatte mich an der Hütte gesehen und schrie aus Leibeskräften: ‚Krzysztof!' Es war Strom. Ich erkannt ihn sofort an seiner Stimme. Ich war völlig überrascht, was der da wollte. Dann bin ich sofort zurück und habe mich versteckt."

Schweigen und Hochspannung. Siepker: „Und dann sind Sie so schnell es ging wieder nach Polen abgehauen?"

„Nicht sofort. Ich hörte Radke. Er wollte wissen, was los sei, und wer mich da gerufen hatte. Dann verlor er die Nerven. Er rief so etwas wie: da hat uns jemand erkannt; und von Sommer kam es: wir sind aufgeflogen und so. Ich sah aus dem Gebüsch wie Sommer seine Lampe wieder anknipste und herumleuchtete. Und dann sah ich ihn auch: Richard Strom, mit dem wir solange im Bernsteingeschäft gewesen waren. Was wollte der da? Ich weiß es nicht. Auf jeden Fall – als das Licht auf ihn fiel – da hat Radke die Nerven verloren und auf ihn geschossen."

„Haben Sie gesehen, dass es Radke war?"

„Nicht direkt, aber da Sommer die Lampe hielt, konnte es eigentlich nur Radke gewesen sein. Er schoss zweimal."

„Und was geschah dann?"

„Ich blieb, wo ich war. Dann hörte ich noch einen Schuss. Anschließend schrie Sommer herum und dirigierte die Mongolen aus dem Wald hinaus. Alle waren in Panik. Ich blieb in meinem Versteck mit dem Geld. Kurz darauf hörte ich den Transporter abfahren. Dann bin ich zurück gelaufen. Als ich schon weiter weg war, fiel wieder ein Schuss. Sommer hat sich noch nicht gemeldet. Das Geld habe ich immer noch. Wir wollten es teilen."

***

„Ich glaube nicht an Zufälle", rief Heinz Wolter aufgebracht, als die Beamten wieder unter sich waren. „Strom war Glinckas Partner, Glincka war Radkes Partner. Strom handelte in Schmuck, Glincka auch. Und das geheime Material war in Schmuck gegossen. Das hat alles seine Logik. Der junge Glincka will nur seine Mutter schützen. Das ist alles. Stroms Koffer bleibt verschwunden."

„Vielleicht ist die ganze Geschichte mit dem getarnten Spaltmaterial zu weit hergeholt. Vielleicht war ja die Brosche nur ein Einzelstück, das Strom verloren hatte. Auf jeden Fall war es nicht in dem Koffer, der verschwunden ist", versuchte Kirn es schüchtern.

„Hör auf! Und wenn bei dem Gerangel der Koffer aufgegangen und das Ding herausgefallen ist? Und was sollte der Israeli an dem Ort, wenn es nicht um den ganz dicken Coup ging? Nur für eine winzige Brosche? Oder wer sonst sollte an so eine Waffe herankommen? Doch wohl nicht unsere Experten Radke und Sommer! Wir müssen die Glinckas noch einmal kräftig in den Schwitzkasten nehmen. Auf geht´s!"

Bevor das Team mit den Vernehmungen fortfuhr, nahm Wolter Nicole Reuter zur Seite: „Was ist mit dem Leichnam? Der ist doch jetzt freigegeben."

„Die russischen Behörden wollen ihn nicht. Sie sagen, niemand wüsste, ob es wirklich ihr Landsmann wäre. Die Tatsache, dass er einen gestohlenen russischen Pass bei sich führte, beweise noch nicht, dass er auch tatsächlich ein Russe sei."

„Was machen wir?"

269

„Wir können ihn hier anonym bestatten lassen. Das muss man beantragen, und dafür gibt es einen Verwaltungsvorgang."

„Sorg Du dafür, aber wie ich die Dauer des Vorgangs einschätze, wird der Mann noch einige Zeit im Kühlfach lagern müssen."

Es wurde ein langer und zermürbender Tag für die Glinckas. Krzysztof war verhaftet worden. Ihm wurden Straftaten im Zusammenhang mir seiner Schleuserrolle vorgeworfen aber auch die mögliche Beteiligung an der Ermordung dreier Menschen. Paula wurde am späten Nachmittag nach Altwarp zurückgebracht. Als Jacek mit seinem Boot kam, konnten sie ihren Verkaufsstand gleich wieder abbauen und zusammen nach Neuwarp zurückschippern.

Die polnischen Kollegen waren natürlich auch an einer Überstellung Krzysztofs interessiert, da die Schlepperaktivitäten ja auf ihrem Gebiet initiiert worden waren, aber seine mögliche Beteiligung an einem Kapitalverbrechen in Deutschland sorgte dafür, dass er zunächst dort blieb.

***

Am Ende des Tages bat Jens Siepker um Aufmersamkeit.

„Ich weiß nicht, ob uns das noch weiter hilft, oder wie das mit der Aussage des jungen Polen zusammenpasst, aber ich möchte Euch etwas zeigen."

Er wandte sich an Stefan Kirn: „Kann ich mir mal Ihren Laptop ausborgen?"

Dann holte er eine CD aus der Innentasche seiner Uniform und schob sie ein: „Diese Aufnahmen wurden in der fraglichen Nacht gemacht. Es sind Wärmebilder aus unserem Hubschrauber heraus. Unsere Leute waren auf Observierung, weil sich zwei schnelle Boote von Neuwarp aus in Richtung Mönkebude bewegten. Wir dachten an Zigaretten. Jetzt wissen wir, dass es ein Ablenkungsmanöver war."

Siepker öffnete die CD. Die ganze Gruppe stand um den Bildschirm herum und starrte gespannt auf eine dunkelgrüne Masse, die sich auf dem Gerät zeigte. Siepker erklärte:

„Da wir das Wasser beobachteten, ist Land nur am unteren Rande zufällig mit draufgekommen. Da sind die Boote."

Zwei hellgrüne Objekte bewegten sich mit hoher Geschwindigkeit über den Schirm. Siepker spulte vor:

„Das ist für Euch nicht weiter interessant. Aber jetzt kommt es. Hier: unten links. Die sind zufällig mit drauf gekommen."

Vom unteren linken Bildrand bewegte sich erst ein einzelnes hellgrünes, dann ein zweites und in größerem Abstand ein drittes Objekt in gewundenen

Schleifen Richtung linken Bildrand nach oben. Dann verließen sie das Bild.

„Was ist das?" wollte Wolter wissen.

„Ich zeig Euch das gleich noch einmal. Das waren drei Fahrzeuge."

„Wo sind die aufgenommen worden?"

Siepker spulte zurück. Der Film setzte wieder da auf, wo das erste Fahrzeug ins Bild kam: „Hier am unteren linken Bildrand ist Vogelsang-Warsin. Die Autos fahren auf der kleinen Kopfsteinstrasse aus Vogelsang heraus nach Luckow und von da über Ahlbeck weiter nach Rieth. Ich vermute, dass sind Strom vorne, dahinter der Russe und ganz hinten jemand, der den Mittleren dann später aus einer israelischen Pistole erledigt hat. Das deckt sich mit der Aussage von Glincka, dass diese Männer erst später zu dem Treffpunkt gefahren sind. Denn es waren neben dem Transporter drei Personenwagen, die Ihr ja identifiziert hattet. Ein Transporter sähe auf dem Infrarotfilm größer aus."

„Vielen Dank, Jens." Wolter nickte nachdenklich vor sich hin. Dann murmelte er trotzig: „Ich glaube nicht an Zufälle."

Wiesbaden

Die Bonner waren über den Stand der Ermittlungen in Ueckermünde auf dem Laufenden gehalten worden. Hauptkommissar Klein fand im Geständnis von Krzysztof Glincka nur die Bestätigung für die ballistische Analyse des Schusswechsels. Natürlich war auch er perplex über die Anwesenheit des Polen am Tatort. Sie näherten sich anscheinend nur scheibchenweise dem wirklichen Geschehen. Er selbst war weit entfernt von der Geschäftigkeit, die auf der Dienststelle im Nordosten herrschte. Seine Gedanken kreisten ununterbrochen um das Uran. Die Brosche stand in direktem Zusammenhang mit Richard Strom. Seine Fingerabdrücke waren darauf gewesen.

Klein war nach Feierabend noch einmal bei Barbara Strom vorbeigefahren und hatte Sie überredet, die Visitenkartensammlung ihres Mannes herauszurücken. Was ihm in Ueckermünde und bei seinem ersten persönlichen Besuch hier unter den traurigen Umständen entgangen war, war das Auftreten und der Habitus von Stroms Witwe: ihr gepflegtes Äußeres, die ausdrucksstarken, dunkelbraunen Augen, dezent geschminkt, die dunklen kurzen, leicht gewellten Haare – und, wie sie sich bewegte: sicher und geschmeidig. Klein war angenehm berührt gewesen. –

Jetzt saß er in seinem bescheidenen Appartement über der Tankstelle und blätterte das Album durch. Es waren etwa fünfzig Karten, die Strom vor seinem Tod noch aufbewahrt hatte. Darunter Gesprächspartner von Unternehmen oder Organisationen, die Klein schon auf Stroms Kundenliste gesehen hatte. Hinzu kamen Restaurants, Kfz-Werkstätten, Schmuckgeschäfte, eine Druckerei, ein Rechtsanwalt, Banken und Marketing-Firmen. Drei sahen nach Beratungsgesellschaften aus. Die eine war in Hamburg angesiedelt und auf dem Finanzsektor tätig, ein Software-Haus in Köln und ein Strategieberater in Wiesbaden. Klein entnahm die Karte des Strategieberaters und drehte sie hin und her. Schriftbild und fehlende Angaben bezüglich Mobiltelefon, Email-Adresse und Webseite suggerierten, dass sie schon älter sein musste. Wiesbaden? Wiesbaden lag gleich um die Ecke bei Frankfurt. In Frankfurt hatte Strom in letzter Zeit regelmäßig seinen Leihwagen zurück gegeben.

Am nächsten Morgen kontaktierte Klein die Kollegen in Wiesbaden und bat um Freigabe für ein Vernehmungsgespräch mit einer Person in deren Zuständigkeitsbereich: Gerard George. Der Name sagte dem zuständigen Beamten nichts. Er gab sein OK. Klein hatte in knappen Worten den Hintergrund geschildert. Die Wiesbadener baten lediglich um eine Kopie des Berichts. Er würde mit Tanja Maurer dort hinunter fahren. Und er hatte Glück: die Adresse und Festnetznummer stimmten noch. Er hatte sie angemeldet, und George war sofort kooperativ gewesen. Dann kam ein Rückruf aus Wiesbaden auf Kleins Mobiltelefon, von den Polizei-Kollegen dort. Sie hatten etwas recherchiert. Kommissar Dirk Halber war am Apparat:

„Gerard George ist hier aktenkundig. Ein uralter Fall, aber ich wollte es Ihnen der Vollständigkeit halber nur mitteilen. Es handelt sich um seinen Vater, der vor gut fünfundzwanzig Jahren im Frankfurter Hauptbahnhof tödlich verunglückt war. Der Sohn hatte daraufhin eine Untersuchung angefordert, aber die Sache ist im Sande verlaufen. Im Abschlußbericht steht Unfall.“

„Kann ich eine Kopie des Vorgangs bekommen?“

„Sicher, aber das wird ein paar Tage dauern.“

„Macht nichts. Vielleicht bringt das ohnehin nicht viel. Ich bin allerdings schon übermorgenfrüh unterwegs zu der Person. Ich werde den Mann danach befragen. Nochmals danke.“

Zwei Tage später waren Klein und das Mariechen unterwegs in Richtung Taunus. Gerard George hatte seine kleine Beratungspraxis mitten im Zentrum von Wiesbaden im dritten Stock eines Hauses mit klassizistischer Fassade in der Nähe des Bahnhofs. Es gab keinen Aufzug und die beiden

Beamten atmeten hörbar, als George sie am Eingang seine Praxis empfing. Gerard George machte einen unscheinbaren Eindruck, ein magerer Mann Mitte fünfzig mit lichtem grauem Haar; sein dunkelgrauer Anzug hatte schon bessere Zeiten gesehen, die grellgelbe Krawatte saß schief.

Er war freundlich, bot aber nichts an. Klein und Maurer blickten sich unauffällig in dem relativ großen Büro um: Holzdielenfußboden, ein antiker wuchtiger Schreibtisch, Bilder mit Motiven aus der Seefahrt, eine kleine amerikanische Tischflagge auf einer der Fensterbänke. Da die Stores zugezogen und dicht waren, fiel nur gedämpftes Licht in den Raum. Klein kam sofort zur Sache. Er zog ein aktuelles Foto von Richard Strom aus der Tasche:

„Wir ermitteln im Zusammenhang mit einem Kapitalverbrechen, dem unter anderen ein Mensch zum Opfer gefallen ist, bei dessen Unterlagen wir Ihre Adresse gefunden haben. Kennen Sie diese Person?"

Er reichte das Bild hinüber. George musterte es, wog seinen kleinen Kopf hin und her und gab es zurück:

„Er kommt mir bekannt vor, aber ich kann keinen Namen zuordnen. Tut mir leid. Wie heißt er denn?"

„Richard Strom."

Gerard George lehnte sich langsam in seinem Stuhl an dem kleinen Besprechungstisch, um den herum die drei sich niedergelassen hatten, zurück. Sein Gesicht wirkte verklärte, so als würde es plötzlich von einer Aura umgeben. Er machte mit einem Mal einen ganz entspannten Eindruck:

„Richard Strom. Das ist lange her. Er ist mir wohl bekannt. Ist er tot?"

Tanja Maurer hielt den Atem an. Sie bemerkte aus den Augenwinkeln, wie Kleins Rücken sich straffte und sah seine Kiefermuskulatur heraustreten:

„Strom wurde Opfer eines Verbrechens. Woher kannten Sie ihn?"

„Das ist eine lange Geschichte. Wir sind uns nur einmal ganz kurz von Angesicht zu Angesicht begegnet, aber wir hatten über einen längeren Zeitraum gerichtlich über Anwälte miteinander zu tun."

„War das im Zusammenhang mit dem Tod Ihres Vaters?"

„Die Gerichtssache, ja. Strom war ein Geschäftspartner meines Vaters Peter. Mein Vater kam unter mysteriösen Umständen im Frankfurter Hauptbahnhof ums Leben. Er fiel vor die Lok eines einfahrenden Zuges in dem Sackbahnhof. Ich bin heute noch der Überzeugung, dass er davor gestoßen wurde. Die Frankfurter Polizei hat das untersucht, aber letztendlich ist der Fall als Unfall abgeschlossen worden."

„Was hat Strom damit zu tun?" Kleins Stimme klang eine Spur eindringlicher.

„Strom gehörte vermutlich zu den letzten beiden oder drei Menschen, mit denen mein Vater vor seinem Tod verabredet gewesen war. Er wollte an jenem Tag von Frankfurt aus nach Köln reisen, und Strom und Salas Busheer in Bonn in deren Firma treffen."

„Wer ist Salas Busheer?" unterbrach Maurer.

„Salas Busheer war damals Stroms Chef."

„Und Strom und Busheer arbeiteten von Bonn aus?"

„Ja. Das Unternehmen hieß Haupthaus & Sendker. Ich weiß nicht, ob es heute noch existiert. Nach dieser Affäre habe ich nur noch einmal mit Strom Kontakt gehabt. Als er das Unternehmen später verlassen hatte, hat er um einen Termin hier gebeten. Er wollte wohl etwas Eigenes aufbauen und klapperte seine alten Kontakte ab. Ich hatte allerdings nichts für ihn."

„Wer war die von Ihnen angedeutete dritte Person?"

„Ein Mann, der sich Malboro nannte."

„Malboro??" kam es synchron aus den Mündern der beiden Polizisten.

„Ja. So nannte er sich wohl."

„Wer war dieser Malboro?"

„So einer wie mein Vater und wie die anderen beiden auch: ein Händler, einer der Sachen kaufte und wieder verkaufte."

„Was zum Beispiel?" Klein hatte plötzlich eine trockene Kehle. Ein Glas Wasser hätte gut getan. Aber es gab nichts.

„Ungarische Salami. IT-Ausrüstung. Alles Mögliche. Malboro hatte sich wohl auf Kommunikationsgeräte spezialisiert."

„Also legale Dinge?"

„Meistens ja, nehme ich an."

„Also, was war mit Malboro?"

„Malboro war der Mann, der meinen Vater an jenem Morgen vor der Abfahrt seines Zuges im Bahnhof treffen wollte."

„Kannten Sie diesen Malboro?"

„Nein. Niemand kannte ihn. Der Einzige, der ihn jemals gesehen hatte, war Strom."

„Sonst niemand, den Sie kannten?"

„Nein. Nur Strom. Zwei Tage vor dem Tod meines Vaters in Stuttgart. Von Strom wissen wir, dass Malboro auf dem Weg nach Frankfurt war, meinen Vater zu treffen. Bei der Untersuchung sind alle befragt worden. Strom und auch Busheer. Ich war mir sicher, dass Malboro der Mörder meines Vaters war, aber die Personenbeschreibung, die Strom abgab, passte nicht auf den Verdächtigen."

„Wieso – gab es eine weitere Personenbeschreibung?"

„Ja. Es gab einen Zeugen, der einen Mann nahe bei meinem Vater gesehen hatte, kurz bevor mein Vater unter die Lok kam. Und dieser Mann passte nicht auf Malboro. Deshalb wurde dann auf Unfall entschieden."

„Weshalb sollte Malboro oder irgendeiner Ihren Vater töten wollen?"

„Keine Ahnung. Aber mein Vater bewegte sich in einem Umfeld, in dem sich viele fadenscheinige Gestalten tummelten. Außerdem war er früher beim Geheimdienst der US Armee gewesen."

„Was hat er dort gemacht?"

„Genau weiß ich es nicht. Er hat nicht viel darüber gesprochen. Er war wohl so eine Art Debriefer gewesen, wenn Flüchtlinge aus dem Osten kamen. Er war in Berlin stationiert gewesen. Er hatte Beziehungen zu beiden Seiten des Eisernen Vorhangs. Und ich glaube, mit diesen Verbindungen hat er dann ursprünglich seine Geschäfte aufgebaut."

Klein dachte daran, dass er das Dossier zu diesem Vorfall ja in den nächsten Tagen auf dem Tisch haben würde. Die Angelegenheit war über fünfundzwanzig Jahre her und hatte wahrscheinlich keine Relevanz für die jüngsten Ereignisse in Mecklenburg-Vorpommern.

Klein und Tanja Maurer traten die Rückreise an. Maurer am Steuer. Sie waren zufrieden. Schon nach hundert Metern aus der Tiefgarage brach es aus Maurer hervor: „Bingo. Das war mal ein Erfolg. Wir haben eine neue Spur."

„Und ob. Dieser saubere Richard Strom scheint ja mit allen Wassern gewaschen gewesen zu sein: seine Finger in allen möglichen Töpfen. Auf jeden Fall hat sich für mich eine ganz neue Welt aufgetan. Eine Schattenwelt. Handel mit allem, was denkbar ist. Neuerdings gehört dann auch Kernwaffenmaterial dazu."

„Meinst Du, dass Gerard George etwas über diese Sache weiß?"

„Ich glaube nein. Der war ja sofort kooperativ. Er hätte ja seine Bekanntschaft mit Strom leugnen können. Sein Vater war dick im Geschäft mit Strom. Womit, wissen wir nicht. Ich werde jetzt ein paar Anrufe tätigen. Zuallererst müssen wir wissen, ob es Haupthaus & Sendker noch gibt. Wenn ja, werden wir denen morgen einen Besuch abstatten – mit Anmeldung. Entscheidend ist, dass wir diesen Busheer finden. Der kann uns auf den Weg zu Stroms alten Geschäftspartnern führen. Barbara Strom sprach ja von einem alten Bekannten. Der kann eigentlich nur aus jener Zeit stammen."

Am Münsterplatz

Klein und Maurer hatten die gleichen Schwierigkeiten wie andere Leute auch, den Eingang zu Haupthaus & Sendker zu finden. Die Firma existierte noch, und sie hatten eine Verabredung mit dem Geschäftsführer. Er hieß weder Haupthaus noch Sendker. Das Unternehmen war vor Jahren verkauft worden, die Anteilseigner waren den beiden Beamten unbekannt, aber ihr Gesprächspartner war ein gewisser Istvan Dragovic.

Klein stieg voran die Hinterhoftreppe hinauf. Er sah ein fast verwittertes Schild:

„GESELLSCHAFT FÜR AUßENHANDEL"

Auf sein Klingeln öffnete ihnen eine aparte junge Dame die Tür, und sie traten in ein nicht erwartetes Reich kühler und gediegener Eleganz ein, wie sie sich von draußen nicht vermuten ließ. Die junge Dame lächelte die beiden freundlich an:

„Herr Dragovic erwartet Sie."

Sie wurden einen kurzen Flur entlang geführt an ein Großraumbüro vorbei, in dem Maurer blitzartig erfasste, dass hier niemand herumsaß, der über vierzig zu sein schien. Dann öffnete die Dame eine Tür:

„Istvan, Dein Besuch." Und zu den Polizisten gewandt: „Bitte, gehen Sie durch."

Ein junger smarter Geschäftsmann etwa Ende dreißig im Nadelstreifenanzug und weißem Hemd ohne Krawatte erhob sich aus seinem funktionalen Bürosessel und kam breit lächelnd auf die beiden zu. Seine Sekretärin blieb noch im Raum. Nach der knappen Begrüßung nahmen die drei an einem Besprechungstisch Platz. Klein und Maurer fiel das riesige abstrakte Ölgemälde hinter dem Schreibtisch ihres Gastgebers auf: auf weißem Grund eine Art rote Eisenbahnschienen, die sich umeinander wanden. Insgesamt strahlte es aber Helligkeit und Freundlichkeit aus. Die Dame fragte:

„Was kann ich Ihnen anbieten: Kaffee, Espresso, Cappuccino, Wasser, Saft?"

„Oh", entfuhr es Klein, der noch an den Empfang bei Gerard George dachte: „Ein ganz normaler Kaffee wäre nicht schlecht."

„Für mich einen Cappuccino, bitte", kam es von Maurer. Die junge Frau verließ den Raum und kam später mit dem Gewünschten zurück.

„Womit kann ich Ihnen dienen?" begann Dragovic.

Thorsten Klein begann: „Es handelt sich um einen ehemaligen Mitarbeiter Ihres Unternehmens, der einer Straftat zum Opfer gefallen ist. Wir ermitteln in alle Richtungen und hoffen, dass Sie uns ein wenig weiter helfen können. Aber bevor wir ins Konkrete gehen, würde uns doch interessieren, worin die Geschäftsaktivität Ihres Unternehmens eigentlich besteht. Das Firmenschild neben der Tür ist doch etwas sehr allgemein gehalten. Und auf jeden Fall zeugt der Zugang zu Ihren Büros auch von einem gewissen Diskretionsbedürfnis."

Dragovic lachte leise:

„OK. Dass wir hier noch untergebracht sind, ist historisch bedingt. Die Gründer unserer Gesellschaft, bei der es sich um ein reines Familienunternehmen handelte, sind klein angefangen. Sie waren sparsame Leute, die auch nach ihren Erfolgsjahren bescheiden geblieben sind. Und auch wir heute benötigen keine Repräsentationsbauten für unsere Geschäfte.

Also: wir sind Händler. D. h. wir kaufen und verkaufen Waren auf den Märkten dieser Welt – und zwar fast alles, was auch an der Terminwarenbörse in Chicago notiert ist: Getreide, Industriealkohol, Fleisch, Zucker, Baumwolle, Kakao, Mais. Sie müssen wissen, dass diese Kommoditäten genau wie Aktien Wechselkursen unterliegen, sodass man sie heute günstig einkaufen und morgen wieder mit Gewinn verkaufen kann, wenn man geschickt ist. Bei der Bewertung der Waren werden alle Vorräte weltweit hinzugezogen: in Silos, auf Eisenbahnzügen, auf Schiffen und so weiter. So kann es durchaus sein, dass zum Beispiel eine Ladung Weizen auf einem Transportschiff während seiner Reise von New Orleans nach Rio mehr als dreimal seinen Besitzer wechselt. Wenn Sie nachher wieder aus meinem Büro herauskommen, sehen Sie in dem Großraum jede Menge Tische mit einer

Vielzahl von Bildschirmen ausgestattet, vor den Trader Entscheidungen treffen, die in Sekunden über Millionen von Euros oder Dollars bestimmen. Das ist unser Geschäft. Wir machen das für uns, und wir machen das aber auch als Broker für externe Auftraggeber. – Aber, bitte, die Person, von der Sie sprachen, war das ein Trader?"

„So etwas Ähnliches." Klein und Maurer waren sichtlich beeindruckt: „Sie sind international tätig, wenn ich das recht verstanden habe?"

„Ja, wir haben Büros in einigen Ländern und arbeiten mit Agenten in vielen anderen zusammen. Wir haben sogar Leute, die den Schmuggel von Kakao in Mittelamerika an den Grenzen gewisser Staaten beobachten. Die schätzen beispielsweise das aktuelle Schmuggelvolumen, da es Einfluss auf die zukünftige Notierung an der Börse haben kann."

„Machen Sie auch Geschäfte mit Russland?"

„Selbstverständlich und seit vielen, vielen Jahren. Schon zu Zeiten der Sowjetunion. Früher im Wesentlichen auf dem Getreidesektor. Wir haben starke gewachsene Beziehungen dorthin."

„Handeln Sie auch mit Metallen?"

„Nicht mehr. Zumindest nicht, seit ich hier tätig bin. Früher gab es einmal eine Geschäftsbeziehung zur Metallgesellschaft."

Klein und Maurer konnten mit der Metallgesellschaft nichts anfangen. Deshalb beließ Klein es dabei:

„Egal. Auf jeden Fall erst einmal vielen Dank für diese ausführlichen Schilderungen. Und für den Kaffee." Der war mittlerweile gebracht worden. „Ich möchte jetzt zu dem eigentlichen Grund für unseren Besuch kommen. Es handelt sich – wie gesagt – um einen Mann, der früher in Ihrem Unternehmen beschäftigt war. Wenn ich Ihr Alter betrachte und den Zeitraum der Tätigkeit dieses Mannes hier, dann ist mir klar geworden, dass Sie ihn nicht mehr kennen können. Aber vielleicht können Sie uns trotzdem weiter helfen."

„Ich werde es versuchen. Was ist denn passiert?"

„Sie werden verstehen, dass wir im Rahmen unserer Ermittlungen nur wenig über die Hintergründe sagen können. Die fragliche Person ist also Opfer eines Verbrechens geworden und war nach unseren Informationen früher bei Ihnen angestellt", wiederholte Klein. „Zur Aufklärung der Umstände versuchen wir, ein möglichst vollständiges Bild von seinem Bekanntenkreis bis zu einer Zeit, die gut fünfundzwanzig Jahre zurück liegt, zu bekommen. Der Mann hieß Richard Strom. Vielleicht haben Sie von ihm gehört."

Dragovic überlegte kurz: „Der Name sagt mir nichts. Wie alt ist er geworden?"

„Etwas über sechzig."

„Wenn er vor fünfundzwanzig Jahren hier gearbeitet hat, dann war er Mitte bis Ende dreißig. Gut. Damals lagen die geschäftlichen Schwerpunkte noch anders. Was genau hat er hier bei uns gemacht? Was waren seine Aufgaben?"

Klein war etwas verlegen, da er es selbst nicht genau wusste: „ Er hat zuletzt als freischaffender IT-Spezialist gearbeitet. Also gehe ich davon aus, dass er auch hier mit solchen oder ähnlichen Aufgaben betreut war. Andererseits war er wohl auch an Handelsgeschäften beteiligt, zum Beispiel mit Kommunikationsgeräten."

Dragovic runzelte die Stirn: „Also – Kommunikations- und Computerausrüstung sind nicht Gegenstand unserer Geschäfte. Aber damals war die Infrastruktur unsere IT sicherlich noch eine ganz andere. Vielleicht hatte er den Auftrag, für die Abteilung etwas zu besorgen. Ich kann ihn nicht einordnen."

Jetzt meldete sich Tanja Maurer: „Als ich rein kam, habe ich bemerkt, dass hier viele jüngere Leute arbeiten. Ist es möglich, dass in Ihrem Hause noch ältere Arbeitnehmer tätig sind, die Richard Strom aus seiner Zeit noch kennen würden."

Dragovic lehnte sich zurück und dachte nach. Dann sagte er langsam: „Sicher, es gibt die eine oder andere Person, die damals schon da gewesen sein muss. In der Buchhaltung. Oder …. warten Sie. Wenn mich nicht alles täuscht, müsste der damalige Verantwortliche für sämtliche IT- und Kommunikationsangelegenheiten noch bei uns sein. Er hat später seine Aufgaben gewechselt und ist in den Baumwollhandel gegangen. Er sitzt im Stockwerk über uns. Ein älterer Herr. Sein Name ist Salas Busheer."

Die beiden Polizisten atmeten unauffällig tief durch. Klein rappelte sich zusammen: „Könnten wir vielleicht mit diesem Herrn sprechen?"

„Lassen Sie mich sehen, ob er heute im Hause ist. Er ist immer noch häufig unterwegs."

Dragovic ging zur Tür und gab seiner Sekretärin Anweisungen, nach Busheer zu suchen. Kurze Zeit später kam sie zurück und meldete, dass er in seinem Büro säße.

„Gehen wir hoch", meinte Dragovic. Unterwegs bemerkte er, dass Busheer nur ein kleines Büro mit nicht ausreichenden Sitzgelegenheiten für alle hätte, und schlug einen Besprechungsraum vor.

„Das ist OK, aber wir möchten trotzdem kurz sein Büro sehen. Haben Sie etwas dagegen, wenn wir Herrn Busherr zunächst allein befragen?"

„Kein Problem."

Und schon standen Sie in der Bürotür von Salas Busheers winzigem Reich. Tanja Maurer versteifte instinktiv ihren Rücken, als sie hineinschaute. Der Anblick dieses halbdunklen Zimmers mit den zugezogenen Plastikvorhängen flößte ihr Unbehagen ein. Kein einziger Schrank. In der Mitte ein einzelner Schreibtisch ganz aus Plexiglas ohne Laden. Zwei oder drei Blatt Papier darauf. Davor ein einzelner einfacher Stuhl aus den sechziger Jahren. Und ein PC, vor dem in gebeugter Haltung ein älterer Mann von schlanker mittlerer Statur mit wulstigen Lippen und orientalischem Aussehen saß – grau wie der Tod und mit eingefallenen Wangen, über deren Knochen sich wächserne Haut in gelbem Teint straffte und ein Fünftagebart. Seine flinken pechschwarzen Glubschaugen starrten sie an, ohne dass er den Kopf wandte. Ihr fiel auf, dass sich eines seiner Augen nicht bewegt hatte, sondern starr auf den Bildschirm gerichtet geblieben war.

Die beiden Kriminalbeamten stellten sich vor und zeigten ihren Dienstausweis.

„Die Polizei hat einige Fragen wegen eines früheren Mitarbeiters hier bei uns. Ich schlage vor, Ihr geht in A21. Ich klinke mich jetzt aus. Wenn Sie noch kurz bei mir reinschauen würden, bevor Sie gehen?" sagte Dragovic, zu Klein und Maurer gewandt. Dann ließ er die drei allein.

Busheers Mine veränderte sich in keiner Weise. Er erhob sich und sagte mit tiefer, sonorer Stimme: „Ich kenne den Weg. Wenn Sie mir folgen würden."

Das Besprechungszimmer befand sich zwei Türen weiter. Sie hatten einen Blick auf den Innenhof. Nachdem sie sich gesetzt hatten, ergriff Thorsten Klein das Wort:

„Herr Busheer, Herr Dragovic hat uns gesagt, dass Sie uns eventuell in einer Angelegenheit weiterhelfen können, da Sie ein langjähriger Mitarbeiter dieses Unternehmens sind. Wir versuchen, Klarheit in eine Angelegenheit zu bringen, in der ein ehemaliger Mitarbeiter dieses Hauses verwickelt ist."

Schweigen. Busheer war nicht neugierig, wollte nicht wissen, um was es ging. Klein fuhr fort:

„Es handelt sich um einen Mann namens Richard Strom. Er hat noch vor etwa fünfundzwanzig Jahren hier gearbeitet."

„Hier in Bonn?" Busheers erste Reaktion. Er schaute zwischen den beiden anderen hindurch. Unbeweglich. Tanja Maurer lief ein kalter Schauer über den Rücken.

„Ja. Genau hier in diesen Räumen", erklärte Klein.

„Wie war der Name, sagten Sie?"

„Richard Strom."

Busheer dachte lange nach. Nach einer Ewigkeit antwortete er: „Wissen Sie, fünfundzwanzig Jahre sind eine lange Zeit. Da kommen und gehen so viele Menschen, sodass man sich gar nicht an alle erinnern kann. Was soll er denn bei uns gemacht haben?"

„Wir wissen es selbst nicht so genau. Deshalb forschen wir ja hier nach. Wir vermuten, dass er entweder in der Datenverarbeitung tätig war oder im Handelsbereich oder beides."

Busheer dachte wieder nach. Dann: „Wir hatten damals eine Person mit diesem oder einem ähnlichen Namen. Ich weiß es nicht mehr ganz genau."

„Welche Position hatten Sie damals inne?"

„Oh. Ja. Mir unterstand damals die gesamte IT- und Kommunikationsstrategie von Haupthaus & Sendker."

„Wenn das so war, dann müssten sie sich doch an jemanden erinnern, der für Ihren Verantwortungsbereich gearbeitet hat."

„Ja, ja. Es kommt langsam wieder. Ich erinnere mich, wenn auch nur vage. Also dieser Mann – wie sagten Sie, hieß er? ...."

„Strom. Richard Strom." Kleins Stimme hatte einen Deut an Lautstärke und Schärfe zugenommen.

„Ja. Richard Strom hat bei mir gearbeitet." Maurer rutschte auf ihrem Stuhl hin und her.

„Er war so etwas wie eine Art Operator. Wissen Sie, die IT-Ausstattung damals, das waren Minicomputer, mittlere Datentechnik mit Magnetbändern und große Stahlschränke, riesige Plattenspeichereinheiten, nicht so wie heute kleine Server. Und die musste einer managen. Und das hat der Strom glaub ich gemacht."

„War Strom auch an Handelsgeschäften beteiligt?"

„Nein. Wie sollte er. Meine Abteilung war Dienstleister für die Trader."

„Hat er für Ihren Bereich vielleicht Ausrüstung besorgt, gekauft, organisiert?"

„Nicht, dass ich wüsste."

Klein blickte zu Tanja Maurer hinüber. Die nahm den Faden auf: „Herr Busherr, sagt Ihnen der Name Peter George etwas?"

Busheer senkte den Kopf und starrte auf die Tischplatte vor sich. Dann kam es langsam: „Peter

George war ein gelegentlicher Lieferant unseres Hauses."

„Was heißt das?"

„Er hat uns manchmal Waren besorgt, die wir benötigten."

„Welche, zum Beispiel?"

„Ach, so alles Mögliche. Der hatte Beziehungen überall auf der Welt. An Einzelheiten kann ich mich nicht mehr erinnern. Aber es waren keine klassischen Handelsgeschäfte."

„Sagt Ihnen der Name Malboro etwas?"

Busheer runzelte die Stirn. Er schien mit einem Mal verstimmt: „Hören Sie. Sie scheinen ja ziemlich auf dem Laufenden zu sein. Warum fragen Sie mich das alles, wenn Sie es sowieso schon wissen? Worauf genau wollen Sie hinaus?"

„Herr Busheer, in welcher Beziehung stand Richard Strom zu George und Malboro. Welchen Auftrag hat er gehabt?"

„Sie spielen auf den Tag an, an dem es passierte, nicht wahr?"

„Was passierte?"

„Das mit Peter George, nehme ich an."

„Sie meinen die mysteriösen Umstände seines Todes?"

„Hören Sie. Was auch immer anders lautende Quellen behaupten, ich bin der Überzeugung, dass Peter George vor die Lok gestoßen wurde. Aber das tut nichts zur Sache. Ich dachte, der Fall wäre längst abgeschlossen."

„Ist er auch, und darum geht es heute auch nicht. Aber Sie haben meine Frage noch nicht beantwortet: welche Geschäfte hat Richard Strom in Ihrem Auftrag erledigt?"

„Also gut. Strom hat von mir gelegentlich kleine Aufträge erhalten, die ich selbst immer gut vorbereitet hatte. Und in diesem Zusammenhang ist er auch gelegentlich mit Leuten wie George oder Malboro zusammen gekommen."

„Waren auch Auslandseinsätze dabei?"

Busheer überlegte: „Ich glaube, ich habe ihn einmal wegen eines Modems nach Norwegen geschickt, und dann war er auch ein oder zweimal in England bei einer unserer Niederlassungen gewesen. Er hat sich dort die Systeme angesehen. Wir wollten möglicherweise eine Standleitung dahin beantragen. Da ist aber nicht draus geworden."

„Wie lange ist Strom in diesem Unternehmen angestellt gewesen?"

„So drei bis vier Jahre, glaube ich. Er hat sich hier nicht sehr wohl gefühlt. Vielleicht war er auch überfordert. Sein Abgang war sang- und klanglos."

„In dieser Zeit: haben Sie Strom jemals nach Russland beziehungsweise in die alte UdSSR geschickt?"

Die Antwort kam unmittelbar: „Nein. Ich deutete Ihnen doch schon an, dass dieser Mann ein kleines Licht gewesen ist. In der damaligen Zeit und – nebenbei gesagt – auch heute wäre er mit einer Aufgabe in dieser Gegend der Welt hoffnungslos überfordert gewesen."

Maurer sah Klein an. Der beendete das Gespräch: „Herr Busheer. Wir danken für Ihre Kooperation. Es kann sein, dass wir noch weitere Fragen haben. Dann würden wir uns nochmals bei Ihnen melden. Wenn Sie so freundlich wären, uns den Weg zum Büro von Herrn Dragovic zu zeigen? Vielen Dank.“

Zwischen Christiansberg und Ueckermünde

Edgar Sommer war wieder einmal flüchtig. Aber in der Gegend, in der er sich aufhielt, kann sich keiner so einfach verstecken, es sei denn, er ginge direkt nach Berlin. Und das hatte er nicht getan. Er war aus Leopoldshagen verschwunden und hatte sich als Hilfsgärtner im botanischen Garten in Christiansberg auf Vierhundert-Eurobasis verdungen. Und dort hatten Wolters Leute ihn aufgespürt und ohne Umschweife mit aufs Kommissariat genommen – Handschellen und alles. Im Vernehmungsraum ließ man ihn eine gute halbe Stunde schmoren. Dann traten Wolter und Falko Naumann ein. Sie setzten sich, und Wolter blickte Sommer lange schweigend an. Sommer empörte sich:

„Ich verlange eine Erklärung. Ich bin wie ein Schwerverbrecher abgeführt worden. Was haben Sie mir vorzuwerfen?"

Wolter legte los: „Wir haben Sie so abgeführt, wie es Ihrem Status entspricht. Aber bevor wir ins Eingemachte gehen, habe ich zwei Nachrichten für Sie – eine gute und eine schlechte. Die gute Nachricht lautet, dass Sie ein Alibi für die Nacht haben, in der Ihr Kumpan Frank Radke erschossen wurde. Bei der schlechten Nachricht handelt es sich um den Ort, an dem Sie gesehen wurden. Ich komme direkt zur Sache: Sie sind gesehen worden von Ihrem Geschäftspartner Krzysztof Glincka. Und bei dem Ort handelt es sich um den Wald von Rieth unweit einer Holzhütte, etwa drei Meter entfernt von der Stelle, an der Radke tot aufgefunden wurde."

Der kleine Mann in seinen abgewetzten Jeans und verwaschenem T-Shirt, dessen Motiv nicht mehr zu erkennen war, mit seinem kahlgeschoren Kopf und Drei-Tage-Bart sank in sich zusammen. Dann riss er den Kopf in einer letzten trotzigen Reaktion noch einmal hoch: „Ich kenne keinen Krzysztof Glincka. Wer soll das sein?"

„Das ist irrelevant. Er kennt Sie. Das reicht uns." Wolter schwenkte ein Papier vor Sommers Nase, zog es dann wieder zurück. „Darin ist festgehalten, was sich aus Sicht von Glincka in jener Nacht dort zugetragen hat. Das wird vor Gericht verwendet werden. Sie waren Komplize bei einem dreifachen Kapitalverbrechen."

Sommer gab auf: „Das Schwein. Der schuldet mir noch die ganze Kohle – und den Anteil von Frank auch."

Wolter wollte im Moment nur eines: eine weitere Bestätigung des Ablaufs in der schicksalhaften Nacht. Alle weiteren Details würden später drankommen. Ihm ging es nach wie vor darum, Strom und den Russen einordnen zu können. Sommer war sein letzter Zeuge, der Licht in die

Sache bringen konnte. – Es klopfte. Jens Siepker stand vor der Tür.

„Komm rein, Jens. Wir haben schon angefangen", und zu Sommer gewandt: „Das ist Polizeidirektor Siepker von der Bundespolizei. – Jens, nimm Platz."

Siepker setzte sich. Wolter fuhr fort: „Herr Sommer wollte uns gerade erzählen, wie es damals war."

Siepker warf ein: „Benötigen Sie einen Rechtsbeistand, Herr Sommer?"

Sommer überlegte. Wolter legte nach: „Möchten Sie Ihren Anwalt anrufen?"

„Ich habe keinen Anwalt."

„Wir können einen Pflichtanwalt stellen lassen."

Sommer verlor die Nerven: „Von all den Scheiß-Pflichtanwälten, mit denen ich zu tun hatte, hat mir kein Schwein helfen können. Die können Sie in der Pfeife rauchen. Was wollen Sie von mir?"

„Wir werden Ihnen einen Pflichtanwalt stellen lassen. Aber jetzt erzählen Sie uns, was damals im Wald passiert ist. Sie waren also mit Ihrem Freund Radke in einem Kleintransporter angekommen und hatten vor dem Waldstück auf dem Sandweg geparkt. Ist das richtig?"

Sommer zögerte: „Kann ich eine Zigarette haben?"

„Ja natürlich. Falko?"

Naumann verließ den Raum.

„Also weiter, Herr Sommer. Wir haben Zeit. Ruhig etwas ausführlicher."

Sommer ergab sich in sein Schicksal: „Ja. Es war so. Wir waren etwas zu früh."

„Wie spät war es?"

„Weiß ich nicht mehr. Auf jeden Fall nach Mitternacht."

Siepker meldete sich: „Ganz kurz: was wollten Sie überhaupt dort?"

„Wir wollten eine Ladung Chinesen abholen, die Glincka uns zuführen wollte."

„Chinesen, Sind Sie sicher?"

„Ja oder Mongolen, glaub ich. Auf jeden Fall Schlitzaugen."

„Wie viele?"

„So knapp ein Dutzend. Ich hatte mit der ganzen Sache eigentlich nichts zu tun. Es waren Radke und Glincka, die das arrangiert hatten. Ich war ja nur der Botengänger. Ich brachte den Wagen mit und die Klamotten."

„Welche Klamotten?"

„Naja. Sollten doch Ihre Kleidung wechseln. Damit sie nicht sofort auffielen. Außerdem stanken die doch von der langen Reise. Die mussten doch was Frisches anhaben."

„Sehr fürsorglich. Wo kamen die denn her?"

„Ich glaube von Litauen oder so."

„Weiter. Was geschah?"

„Ja. Wir waren gerade in den Wald gegangen, und der erste Typ von den Asiaten war auf uns zugekommen, die anderen waren noch weiter weg. Und ich habe ihm den Packen Kleidung in die Arme gedrückt. Ich dachte, er ist so eine Art Sprecher für die, und er sollte das verteilen, und da fing er auch mit an. Ich blieb zurück, weil die ja alle in den Transporter sollten, und Radke ging vor. Dann merkten wir, dass da noch wer im Wald war, der nicht zu uns gehörte – direkt hinter uns. Und Radke blieb stehen, und ich rief ihm etwas zu, warum es nicht weiter ging oder so.

Radke nahm seine Lampe und leuchtete herum, und dann sahen wir Krzysztof, wie er an der Hütte lehnte. Aber da lief jemand durch den Wald. Der rief laut: ‚Krzysztof!'"

Sommer machte eine Pause, aber niemand redete. So fuhr er fort: „Da verlor Frank die Nerven. Er meinte, wir wären aufgeschmissen. Ich leuchtete noch einmal wie wild umher. Und dann sahen wir ihn. Da stand ein Kerl, einer, den wir nicht kannten. Frank zog seine Waffe und knallte den ab. Ich machte sofort kehrt, Glincka war verschwunden, und ich machte dem Typen klar, dem ich die Sachen gegeben hatte, sofort mit seinen Männern hinter mir her zum Wagen zu laufen. Dann krachte es noch einmal, und ich sah im Dunkeln, wie Frank zusammenbrach. Ich wollte nur weg."

Siepker schaute Wolter fast schon mitleidig an. Der unterbrach jetzt mit einer müden Handbewegung: „Wer war der Mann, auf den Radke schoss?"

„Keine Ahnung. Ich habe ihn nur flüchtig im Lampenschein gesehen. Aber da muss noch einer gewesen sein. Der hat ja den Frank erschossen. Der andere lag ja schon im Farn. Ich weiß nicht, was die da wollten. Keine Ahnung."

„Gut. Könnte es dieser gewesen sein?" Wolter zeigt ihm ein Foto von Strom aus jüngster Zeit.

„Ich habe sein Gesicht nicht gesehen. Kann ich wirklich nicht sagen. Ihr habt mich das alles schon mal gefragt. Ich kenne diesen Mann nicht, und ich habe mit seinem Tod nichts zu tun."

„Gut. Noch etwas. Als Ihr aus dem Wald heraus kamt, habt Ihr da irgendetwas bemerkt?"

Sommer dachte einen Moment nach: „Das ging alles so schnell, bis ich die Chinesen im Auto hatte. Wir sind quasi mit offenen Türen losgerast …. Aber da war ein Wagen, ein Stückchen weiter. Ich habe mir nichts weiter dabei gedacht. Der war vorher nicht da. Ich dachte, dass das der Wagen von den anderen wäre, die da hinter uns her waren."

„Wie sah der Wagen aus?"

„Es war ja noch dunkel, aber so eine Art Geländewagen, silbergrau oder schwarz. Mehr habe ich nicht gesehen."

„OK. Wir unterbrechen jetzt einmal."

Naumann kam just in diesem Moment mit den Zigaretten herein. Auf ein Zeichen führte er Sommer hinaus. Wolter saß zusammen gesunken auf seinem Stuhl. Siepker ahnte die Niederlage:

„Es ist wahrscheinlich tatsächlich so, dass wir es jetzt mit zwei völlig verschiedenen Verbrechen zu tun haben. Es gibt dabei zwei grandiose Zufälle: erstens das Zusammentreffen der beiden Banden am selben Ort zu selber Zeit; und zweitens, dass die Schlepper und Strom einen gemeinsamen Bekannten hatten, der auch anwesend war. Aber weder hatte Strom etwas mit dem Menschenschmuggel zu tun noch die beiden Schleuser mit dem Uranschmuggel. Und auch Glincka mit dem letzteren nicht. Schwer zu glauben, aber die Aussagen und die Umstände legen das nahe."

„Warum war Strom da im Wald?"

„Du sagtest ja, er würde die Hütte kennen. Und offensichtlich wurde er verfolgt. Das sah ja auch auf dem Video so aus. Und der graue Wagen am Waldrand gehörte dem Mann, der mit der israelischen Pistole geschossen hatte. Die anderen beiden Autos haben wir ja am Dorfplatz gefunden. Strom hatte den Deal platzen lassen und wollte sich dort verstecken. Und dann ist er den anderen über den Weg gelaufen. Der Russe war ihm auf den Fersen. Und als der nachher wieder raus kam, hat der Israeli schon auf ihn gewartet. Und da ist auch Stroms Koffer gelandet. Anders kann ich mir das jetzt nicht erklären."

Wolter schwieg. Er machte einen gequälten Eindruck.

Mainzer Strasse

Und wieder schlug Regen unbarmherzig gegen die Fensterscheiben von Hauptkommissar Thorsten Kleins Büro. Schon seit Tagen. Es war mittlerweile Ende September. Klein erhob sich und trat ins Großraumbüro. Da vorne saß Kommissar Sven Kessenich, wie immer den Bonner Express vor sich über der Computertastatur. Klein ging zu ihm hinüber:

„Der FC steigt ab."

„Und wieso?"

„Weil der FC immer absteigt."

„Zu früh für Prophezeiungen. Die Saison ist doch gerade erst im vollen Schwung. Abwarten."

„Und immer noch spielen sie im Keller. Egal. Wir müssen weiter kommen. Sag Mariechen Bescheid. Bei mir in fünf Minuten."

Zehn Minuten später betraten Kessenich und Kommissarin Tanja Maurer Kleins Büro:

„So Leute, ich habe jetzt den neuesten Stand aus Ueckermünde. Wolter scheint von seinem Trip runter zu sein, dass da eine zwingende Verbindung zwischen Strom und Co und den Schleusern bestehen müsste. Wir gehen jetzt beide davon aus, dass das Zusammentreffen im Walde ein unglücklicher Zufall war. Die

Schleuserangelegenheit wird da oben zu Ende gebracht. Wir haben hier immer noch das Uran und Strom und seine Verbindungen auf dem Tisch. Mariechen und ich waren gestern bei dem ehemaligen Boss von ihm, einem gewissen Salas Busheer hier in Bonn bei Haupthaus & Sendker, wie Du weist. Tanja, erzähl mal."

Maurer berichtete in sachlichen Worten über das Ergebnis ihrer Befragung. Dann fügte sie emotional hinzu: „Und der Typ hat mir Angst gemacht. Sein Büro, sein Aussehen, sein Gehabe. Ich glaube ihm kein Wort, was sein Verhältnis zu Strom oder die Arbeit von Strom damals angeht. Wenn Strom das kleine Licht gewesen wäre, wie er es darstellt, dann müsste der sich in den Jahren danach vollständig neu profiliert haben. Zuerst wollte er ihn sogar gar nicht kennen. Und Gerard George hatte es mit einem Richard Strom zu tun – wohl gemerkt zu der Zeit als Busheer sein Chef war – ‚den er ganz anders in Erinnerung hatte.'"

Wolter ergänzte: „Wir gehen davon aus, dass der Russe der alte Geschäftspartner war, der Strom in Mehlem bei Salomo wieder aktiviert hat. Auf der Liste von Stroms Geschäftskontakten nach seiner Zeit bei Haupthaus & Sendker gibt es keinen Hinweis nach einer russischen Verbindung. Das kann nur zu der Zeit unter Busheer gewesen sein. Der Geschäftsführer Dragovic sprach ja von uralten Handelsbeziehungen nach Russland und der ehemaligen UdSSR."

„Was wollt Ihr tun?" fragte Kessenich.

„Wir müssen noch einmal zu der Witwe. Da muss es noch irgendwo Unterlagen aus der Zeit vor seiner Selbständigkeit geben. Tanja, ich schlage vor, wir sollten das heute nach Feierabend versuchen. Ruf sie an. Dann kannst Du mich fahren und setzt mich zuhause in Niederbachem ab, und kannst mich morgenfrüh zum Dienst wieder abholen. Geht das?"

„Kein Problem."

***

Barbara Strom war zuhause. Als die beiden klingelten, öffnete die kleine Gina. Sie blickte Klein mit ihren großen dunklen Augen an – solche Augen wie ihre Mutter, dachte Klein:

„Mama, da sind die Polizisten wieder."

Barbara Strom eilte zur Tür. Klein begrüßte sie, die beiden Beamten traten ein:

„Sie sollten Ihre kleine Tochter nicht die Tür öffnen lassen. Besonders nicht nach dem, was vorgefallen ist."

Frau Strom machte einen etwas verunsicherten Eindruck: „Gibt es etwas Neues?"

„Wir haben mit dem ehemaligen Vorgesetzten Ihres Mannes hier in Bonn bei einem Handelsunternehmen gesprochen. Wir müssen Sie noch einmal fragen, ob es noch verborgene Unterlagen gibt, die Hinweis auf seine Tätigkeit vor gut fünfundzwanzig Jahren geben könnten."

„Ich habe Ihnen alles zur Verfügung gestellt, was in seinem Büro und hier in unserer Wohnung ist. Mehr habe ich nicht."

„Manchmal gibt es dennoch Orte, an die man nicht gleich denkt. Hat er vielleicht etwas bei einem Anwalt oder einem Bekannten hinterlegt? Oder in einem Depot? Wäre das möglich?"

„Ausschließen kann ich jetzt nichts mehr, aber darüber bin ich nicht informiert."

„Haben Sie einen Dachboden?"

„Nein. Wir haben wie alle Einwohner in diesem Haus im Keller einen Verschlag."

„Was befindet sich darin?"

„Ein altes Fahrrad und jede Menge Pappkartons mit Entwürfen für Schmuck und Werbung. Mehr nicht."

„Wir möchten den Raum sehen. Geht das?"

Sie hatten keinen Durchsuchungsbefehl, aber für Barbara Strom war das kein Problem:

„Gehen wir. Ich hole nur kurz die Wohnungsschlüssel und den Schlüssel für das Vorhängeschloss. Gina, Du bleibst hier. Ich schließe von außen ab. Du gehst nicht an die Tür. OK?"

Im Kellergeschoss roch es muffig wie überall an solchen Orten. Frau Strom drehte einen antiken Lichtschalter, und eine trübe Birne leuchtete auf. Da befanden sich drei Verschläge. Die Frau öffnete den letzten auf der rechten Seite, nahm das Schloss ab und zog die Tür, die aus einem hölzernen Gatter bestand, auf:

„Hier ist es. Ich lasse Sie jetzt allein. Wenn Sie fertig sind oder noch etwas benötigen: ich bin oben." Und sie verschwand. Klein bat Maurer, eine Stablampe aus ihrem Auto zu holen. Dann begann die Untersuchung:

Die Seitenwände waren ebenso gefertigt wie die Tür und kahl. Nur an der Rückwand befanden sich vier grobe Regale, auf denen offene Schuhkartons standen und Kästen, wie man sie in Gärtnereien zum Transport von Pflanzen bekommt, in denen sich lose Papierbögen befanden. Da war keine systematische Ordnung zu erkennen. An der rechten Wand lehnten ein Fahrradrahmen und ein ausgebautes Hinterrad. Sie arbeiteten sich von links oben nach rechts unten vor. Frau Strom hatte Recht: Entwürfe, Zeichnungen, Ausschnitte aus Illustrierten, Werbeflyer – Kasten für Kasten.

Als sie ungefähr halb durch waren, hatten sie, was sie suchten – zumindest den Anfang davon. Es war Tanja Maurer:

„Hier, schau mal Thorsten. Das ist interessant – eine Liste. Und auch mit einer anderen Handschrift als auf den übrigen Zetteln."

Sie lasen die Liste gemeinsam:

Reederei Olsen
Speiseöl Kiel
Getreide Madrid
London
Zürich
Brüssel

Aluminium
Odessa

„Das sind Geschäftskontakte oder Kunden oder so etwas. Oder Projekte", sagte Maurer. Das Stück Papier war wohl so eine Art Deckblatt. Sie gingen den ganzen Kasten durch:

„Das sind Berichte, wahrscheinlich Abschlußberichte zu den einzelnen Projekten", meinte Klein. „Die letzten Erinnerungen aus seiner Zeit bei Haupthaus & Sendker. Er hat die Liste auf einen Bogen mit deren Logo geschrieben. Mich interessiert vordringlich nur der eine Eintrag – der ganz unten auf dieser Liste."

Sie wühlten sich durch den Karton und kamen schließlich auf den Boden an. Zu allen Projekten gab es entsprechende Dossiers. Aber ganz unten lag ein einzelnes Blatt mit einer Anmerkung:

Odessa s. Kiste „Soveximp"

„Was hat das zu bedeuten?" fragte Maurer.

„Naja. Dass es eine weitere Kiste irgendwo geben muss, auf der dieses Sovex .... wort stehen muss."

Hastig gingen sie jetzt die restlichen Kartons durch, schauten auf die Deckblätter, suchten Beschriftungen auf Vorderseiten. Nichts. Wieder nur Reklame und Schmuckentwürfe und Zeichnungen.

Frustriert ließ Klein den Lichtkegel seiner Stablampe noch einmal in dem kleinen Verschlag umherschweifen. Als das Licht auf den alten Fahrradrahmen fiel, sahen sie, dass dahinter, ganz in der Ecke noch eine größere Kiste stand. Sie räumten Rad und Hinterrad auf die Seite nach links und zogen den Kasten hervor. Sie brauchten nicht lange zu suchen: auf dem Deckel stand mit dickem Filzstift geschrieben:

SOVEXIMP

Klein nahm den Deckel ab: Aktenordner, Mappen, geringelte und zusammen geklammerte Dokumente – ein ganzer Stapel: teilweise auf Deutsch, teilweise auf Englisch, eines in Kyrillisch. Maurer hatte sich eine Faltmappe genommen und geöffnet:

„Hier sind lauter TELEX-Kopien. Schau mal das Datum. Es passt. Das sind sechsundzwanzig Jahre her. Und hier steht es:

HALLO SALAS,
HABE HEUTE WASSILI GESPROCHEN.
DIE BEIDEN WOLLEN NACH
MÜNCHEN KOMMEN: 25 BIS 2911.
BITTE LASS HOTEL KLAR MACHEN:
MORGEN MEHR:
ENDE
RITCHIE

„Ich habe Dir gesagt, dass der Busheer lügt wie gedruckt. Da haben wir´s. Das Ding kam direkt aus Odessa."

„Ja, die konnten damals nicht so einfach telefonieren. TELEX war die einzige Online-Verbindung, die es gab. Das sind ja Dutzende, wenn nicht gar hunderte von TELEX-Kopien. – Komm, packen wir zusammen. In dieser Kiste liegt die Lösung unseres Falles. Wenn Du mich gleich absetzt, nehme ich sie mit und mache Inventur bei mir zuhause. Los."

Sie informierten noch Barbara Strom, dass sie doch noch einige Geschäftsunterlagen gefunden hatten, präzisierten aber nicht genau, um was es sich handelte.

***

Es wurde ein langer Abend für Thorsten Klein in seinem kleinen Appartement über der Tankstelle in Niederbachem, eine frühe Nacht. Und manche Flasche Frühkölsch ging auch dabei drauf. Schließlich hatte er seine Inventarliste fertig. In der Soveximp-Kiste (er wusste immer noch nicht, was der Name bedeutete) befanden sich:

- ein umfangreicher TELEX-Verkehr
- eine Akte „Peter George"
- ein Ordner mit normaler Korrespondenz
- technische Spezifikationen
- Architekturpläne

- die Beschreibung einer Klimaanlage
- diverse Verträge mit Soveximp und Subunternehmer
- Rechnungen
- ein Abschlußbericht
- ein Abnahmeprotokoll
- Ergebnisse von Performance-Messungen
- Gebäudepläne
- COCOM-Freigaben
- technische Dokumentation für Notstromaggregate.

Klein hatte sich mit den einzelnen Inhalten noch nicht auseinandergesetzt. Damit sollte Sven Kessenich morgen beginnen. Er schüttelte den Kopf, als er in zufälliger Reihenfolge das eine oder andere TELEX betrachtete:

WEGEN SPÄTER NACHFRAGE MÜSSEN WIR IHNEN MITTEILEN, DASS NUR DAS HOTEL SOFIA ZUR VERFÜGUNG STEHT WIR BESTÄTIGEN FÜR SIE EIN EINZELZIMMER ERSTER KLASSE IM HOTEL SOFIA VOM 16. - 20. 5. INKL. ANKUNFTS-UND ABFAHRT-TRANSFERS. BITTEN UM MITTEILUNG OB SO OK

Und das alles für das kleine Licht. Oder an Busheer:

1. WERDE MORGEN NACHHAUSE FLIEGEN: 16:50. WERDE MORGENS SPÄTER INS BÜRO KOMMEN.

2. SOLLTEN DIE TESTS SO WIE BISHER WEITER GEHEN UND KEINE WESENTLICHEN FEHLER GEFUNDEN WERDEN, WERDEN ALLE AM FREITAG NACHMITTAG MIT AUSNAHME VON PAUL, SOLLTE ER SEINE VISA-VERLÄNGERUNG BEKOMMEN, AUSREISEN:

3. WERDE DIR DIE GENAUEN DETAILS DER TESTS MITTEILEN, WENN ICH WIEDER IN BONN BIN.

RITCHIE

ENDE

Richard Strom hatte ein strategisch wichtiges Projekt über drei Jahre lang in Odessa geleitet. Sein direkter Auftraggeber war Salas Busheer gewesen. Und der hatte ihnen beiden zu verstehen gegeben, dass Strom niemals in Odessa gewesen war. Sie mussten diesen Mann schnellstens wieder aufsuchen, sobald sie den Kisteninhalt etwas näher untersucht hatten.

Wieder am Münsterplatz

Es regnete immer noch. Sven Kessenich hatte den ganzen Tag die Unterlagen aus der Kiste „Soveximp" gesichtet. Jetzt saßen sie zu dritt zusammen und hörten sich ein erstes Resumé an:

„Also. Das gesamte damalige Projekt ist offenbar sauber. Ich habe auch ein wenig herum telefoniert. Das war offensichtlich ein Kompensationsgeschäft. Es handelte sich um Werkzeugmaschinen. Aber alles ist seinerzeit über COCOM gelaufen. Das heißt: es gab keine westlichen Bedenken bezüglich des Einsatzes der vorgesehenen Technologie ...."

Klein fragte dazwischen: „Was bedeutet Soveximp?"

„So hieß eine der damaligen Außenhandelsorganisationen der UdSSR – zuständig für Getreidehandel. – Also. Das Interessante an der Sache findet sich auf diesem Blatt." Kessenich zeigte es herum. „Es ist das zugehörige Projektblatt mit den beteiligten Personen. Nicht darauf sind die Namen der Hierarchen der beteiligten Partner, aber die anderen scheinen auf Stroms Arbeitsniveau gewesen zu sein. Hier stehen sie:

Sergej Saizew
Wassili Abkhashvili
Richard Strom
Hans Leiermacher
Sandor Nagy
Dieter Neumann
Howard Sheen.

„Lauter alte Geschäftspartner," bemerkte Klein.

„Ja, aber uns interessieren ja nur die beiden Russen. Beide kommen auch in den Korrespondenzen mehrfach vor. Und in Berichten von Strom an Busheer. Dabei wird deutlich, dass Saizew nur nebenher lief. Der Hauptgesprächspartner war Wassili Abkhashvili. Strom gab sogar mehrfach Einschätzungen über die Mitglieder seiner Projektgruppe ab. Sein wichtigster Mann in Odessa war Abkhashvili."

„Iwanow," kommentierte Klein. „Gebt die Identität an die Nordostlichter weiter. Morgenfrüh sind wir bei Haupthaus & Sendker."

***

Dieses Mal nahm Klein Kommissar Kessenich mit. Tanja Maurer hatte sich krank gemeldet. Sie hatten sich nicht angemeldet und standen plötzlich im Eingang, nachdem Dragovics Sekretärin sie eingelassen hatte:

„Herr Dragovic ist heute außer Haus."

„Das macht nichts. Kommissar Kessenich und ich möchten direkt zu Herrn Busheer."

Die junge Frau brachte die beiden Männer zu dem Klein bereits bekannten Besprechungsraum. Einige Minuten später erschien ein grämlich drein blickender Salas Busheer, der sich nach kurzer Begrüßung zu ihnen setzte.

Klein begann in ernstem Ton: „Herr Busheer. Wir möchten sie mit neuen Erkenntnissen bekannt machen, die wir seit unserer letzten Begegnung gewonnen haben."

„Ich höre."

„Gut. Sagt Ihnen der Begriff Soveximp etwas?"

„Natürlich. Das ist eine Außenhandelsgesellschaft in der ehemaligen Sowjetunion – für Getreide."

„Genau. Vor mehr als fünfundzwanzig Jahren hat Haupthaus & Sendker mit dieser Organisation ein größeres Industrieprojekt gefahren. Stimmt das?"

Busheer überlegte kurz: „Kann schon sein."

„Kann schon sein oder war es so?"

„Ich meine, mich daran erinnern zu können. Ja."

„Erzählen Sie uns etwas über dieses Projekt."

Längeres Schweigen. Dann sehr zögerlich: „Es ging dabei wohl um Werkzeugmaschinen im Zusammenhang mit dem Handel, der von dieser Gesellschaft betrieben wurde. Einzelheiten sind mir jetzt nicht geläufig."

„Waren Sie mit der Durchführung dieses Projektes hier von Deutschland aus betreut?"

„Ich hatte nur am Rande damit zu tun."

„Inwiefern?"

„Ich war ja damals zuständig für die IT-Strategie des Hauses. Es handelte sich zwar um hochkomplexe Anlagen, aber die hatten nur indirekt wegen der Maschinensteuerung mit IT zu tun. Aber man hat mich dennoch in solchen Angelegenheiten um Rat gefragt."

„Wer war der Projektleiter in Odessa vor Ort?"

Zögerlich „Kann ich jetzt nicht mehr sagen."

„Einer von Ihren damaligen Leuten?"

„Eher nicht. So etwas ließen wir meistens von Externen machen."

Kessenich riss der Geduldsfaden. Er blickte Klein kurz an, der nickte und dann holte der Kommissar einen dicken DIN A4 Umschlag aus seiner Aktentasche und legte ihn vor Busheer auf den Tisch:

„Herr Busheer, wir sind Ihre Hinhaltetaktik leid. Um das Ganze zu beschleunigen: in diesem Umschlag befinden sich über einhundert Durchschläge von TELEX-Nachrichten, die zwischen Ihnen von hier aus und Ihrem ehemaligen Mitarbeiter Richard Strom von Odessa aus ausgetauscht worden sind. Sehen Sie selber."

Busheers Gesicht war aschfahl geworden, aber er rührte sich nicht. Kessenich griff in den

Umschlag und legte seinem Gegenüber wahllos eine handvoll TELEX-Durchschläge vor:

„Immer das Gleiche: an Sie von Odessa, an Strom von hier – das gesamte Projekt über drei Jahre lang. Was sagen Sie dazu?"

Busheer war klar, dass er dieses Gefecht verloren hatte, aber vielleicht nur dieses Vorgeplänkel: „Das war ein völlig legales Projekt. Alles lief über COCOM. Wieso rollen Sie die ganze Angelegenheit wieder auf?"

„Bevor wir uns dazu erklären, möchten wir wissen, wieso Sie bis jetzt geleugnet haben, dass Strom eine bedeutende Rolle in Ihrem Hause gespielt hatte, und dass er in Odesssa war. Sie hatten sich dahin gehend geäußert, dass Ihr Mann eine zu kleine Leuchte gewesen wäre, um an solch einem Unterfangen teilzunehmen, geschweige denn, es zu leiten."

Die Antwort kam rascher als die beiden Polizisten es erwartet hatten: „Ich hatte ihn verwechselt. Ich hatte an einen unserer Rechenzentrumsoperateure gedacht, als Sie seinen Namen nannten. Wissen Sie: nach all den Jahren …."

„Dazu gebe ich keinen Kommentar ab. – An dem Projekt waren damals auch Bürger der Sowjetunion beteiligt. Erinnern Sie sich noch an deren Namen?"

„Beim besten Willen nicht. Wir hatte eine Unzahl von Ansprechpartnern auf allen Ebenen dort."

„Sagt Ihnen der Name Wassili Abkhashvili etwas?"

„Nicht viel, aber es kann sein, dass jemand, der so oder so ähnlich hieß, tatsächlich auf dem Projekt gewesen ist."

Jetzt war Klein wieder dran:

„Wassili Abkhashvili kommt in dem fraglichen TELEX-Verkehr immer wieder vor. Also müssten Sie ihn kennen. Aber vielleicht erinnern Sie sich bloß nicht oder wollen sich nicht erinnern. Herr Busheer, wir sind nicht hier, um ein altes, abgeschlossenes Projekt, das auch nach unseren Nachforschungen ein völlig legales Unterfangen gewesen war, noch einmal aufzurollen. Wir sind gekommen, um etwas mehr über Richard Strom und auch über Wassili Abkhashvili zu erfahren. Sie sind sozusagen der gemeinsame Nenner, bei dem zumindest in der Vergangenheit die Fäden zusammen gelaufen sind. Was ist aus den Beiden nach Projektende geworden?"

„Strom hat ein halbes Jahr später seinen Hut genommen. Ich glaube, er wollte sich selbständig machen. Danach hab ich nie wieder etwas von ihm gehört."

„Und Abkhashvili?"

„Der ist irgendwie abgetaucht. Nach dem Projekt gab es noch ein- oder zweimal Kontakt wegen technischer Fragen, dann war Sendepause. Hinzu kommt, dass ich etwa zu dem Zeitpunkt, als Strom ging, eine andere Verantwortung im Hause übernahm. Ich bin in den Baumwollhandel gewechselt und seitdem dort tätig."

Klein hatte lange gezögert, ob er Busheer gegenüber den Tod der beiden Protagonisten bekannt geben sollte. Der Presse gegenüber hatten sie sich bezüglich der Identität der beiden Toten bedeckt gehalten wegen der möglichen israelischen Verwicklungen. Nur Radkes Name war an die Öffentlichkeit gedrungen. Nun kam es beiläufig: „Wir haben Neuigkeiten über Strom und Abkhashvili: beide sind tot."

Die beiden Beamten hatten ihr Gegenüber scharf im Blick. Busheer legte seine Hände unter dem Kinn zusammen, schloss die Augen für einen Moment und nickte langsam vor sich hin: „Woher wissen Sie das? Und wieso interessieren Sie sich für die beiden ausgerechnet jetzt?"

Für Kleins Geschmack war die Reaktion Busheers eine Spur zu unterkühlt: „Sie sind ermordet worden. Und zwar fast gleichzeitig an ein und demselben Ort. Darum sind wir hier. Wir brauchen Ihre Hilfe."

„Das ist ja unglaublich! Nach all den langen Jahren sehen sich die Beiden wieder und werden zusammen umgebracht. Was soll man dazu sagen? Ich bin geradezu entsetzt. Wie kann ich Ihnen denn helfen?"

„Nach unseren Informationen haben die beiden ein Geschäft getätigt, das sich über einen längeren Zeitraum hinzog. Abkhashvili hatte den

Kontakt aufgenommen, und die alte Beziehung wieder aufleben lassen."

„Was für ein Geschäft?"

„Das wissen wir nicht. Wir dachten, dass Sie uns da vielleicht weiter helfen könnten. Sie kannten doch beide."

„Ich sagte Ihnen doch bereits, dass ich beide nie mehr wieder gesehen habe. Es tut mir leid: so gerne ich helfen würde. Ich habe keine weiteren Informationen für Sie."

„Gibt es sonst noch jemandem im Hause, der uns weiterhelfen könnte."

Busheer überlegte kurz: „Die Alten sind alle nach und nach gegangen. Es gibt noch einen älteren Hauptbuchhalter hier, der Strom noch gekannt haben müsste. Sonst wüsste ich niemanden."

„Könnten Sie versuchen, ob der Buchalter Zeit hat, sich einige Minuten mit uns zu unterhalten?"

„Ich rufe ihn von hier aus an. Er heißt Tino Kurz."

Kurz, ein in Ehren ergrauter hagerer Schreibtischtäter, hatte Zeit, und in Abwesenheit Busheers führten die beiden Kriminalbeamten ein kurzes Gespräch mit ihm. Viel kam nicht dabei heraus. Er erinnerte sich besser als Busheer an den „netten" Herrn Strom – schon aus dem Grunde, dass er die gesamten aufwendigen Reisekostenabrechnungen für ihn machen musste. Aber, was Strom nach dem Verlassen von

Haupthaus & Sendker vorgehabt hatte: darüber konnte er auch nichts sagen.

Telefonkonferenz

In Ramersdorf war frühherbstliche Stimmung eingekehrt. Draußen pfiff der Wind an den Scheiben entlang, und die ersten Blätter an den Bäumen hatten sich bereits verfärbt. In Kleins Büro hatten sich Tanja Maurer und Sven Kessenich vor dem Schreibtisch Ihres Vorgesetzten Thorsten Klein versammelt. Es war 14:00 Uhr.

Etwa neunhundert Kilometer weiter nordöstlich das Parallelbild: vor Heinz Wolters Schreibtisch saßen in trauter Runde: Falko Naumann, Nicole Reuter und Stefan Kirn. Die Telefonkonferenz zwischen Ramersdorf und Ueckermünde war in vollem Schwung. Wolter hatte gemeldet, dass sie Abkhashvilis Identität an die russische Botschaft weitergegeben hatten. Die Rückantwort war schneller als erwartet gekommen: Abkhashvili sei ein georgischer Name. Die Tatsache, dass er als Iwanow einen gestohlenen russischen Pass bei sich geführt hatte, tue nichts zur Sache. Da es sich aller Wahrscheinlichkeit nach also nicht um einen russischen Staatsbürger handeln würde, würden sie die Sache zunächst nicht weiter verfolgen. – Abkhashvili war ja jetzt auch schon unter der Erde.

Klein resümierte quer durch Deutschland:

„Stroms alte Bekanntschaft, der er anscheinend wieder aufgesessen ist, war Abkhashvili. Soviel steht fest. Diese Bekanntschaft stammt aus der Zeit, als die beiden vor vielen Jahren in Odessa auf einem Projekt zusammen gearbeitet hatten. Über dem Projekt thronte auf dieser Seite vom Eisernen Vorhang ein Mann namens Salas Busheer. Setzte nach Aussagen von Gerard George Strom für alle möglichen anderen Geschäfte ein – unter anderem auch mit Georges Vater, der kurz nach einem Treffen mit Strom auf mysteriöse Weise ums Leben kam. Busheer muss eine Schlüsselfunktion in dem Verhältnis Strom-Abkhashvili innegehabt haben. Er hat sich in den beiden Befragungen durch uns ausgesprochen unkooperativ bis verdächtig verhalten. Mit meinen beiden Mitarbeitern bin ich der Ansicht, dass er etwas verbirgt. Schließlich hat er geleugnet, Strom überhaupt zu kennen. Immer, wenn wir neues Material vorgelegt haben, hat er zähneknirschend einen Schritt nach vorne gemacht und etwas zugegeben – bis zur nächsten Lüge. Aber wir haben nichts gegen ihn, außer, dass er zwei der Männer aus Rieth gekannt hat."

„Können wir noch etwas tun? Wir führen augenblicklich die Schleuserermittlungen völlig unabhängig weiter", fragte Wolter.

„Ich glaube schon. Es mag wieder so ein Schuss ins Blaue sein, aber wir bräuchten die Konto-

Nummer, über die Abkhashvilis Mietwagenrechnungen bezahlt wurden. AVIS in Berlin ist näher bei Euch als bei uns."

„Wird erledigt. Wir melden uns noch heute Nachmittag."

„Und noch eine Sache: könnt Ihr noch mal bei der Pommernyacht vorbeischauen und versuchen, ein Phantombild von diesem Solinger zu konstruieren?"

„Wir werden sehen, was sich machen lässt. Bis dann."

Klein lehnte sich zurück und blickte seine Mitarbeiter an: „Warten wir´s ab."

Eine knappe Stunde später rief Naumann Tanja Maurer an. Das FAX mit den Kontoauszügen würde folgen. Maurer nahm es an sich, als es kurze Zeit später aus dem Gerät gespuckt wurde. Nach knapper Recherche ging sie in Kleins Büro: „Es ist die Bankleitzahl eines Bonner Kreditinstituts."

Klein veranlasste das Nötige und bekam telefonisch die Auskunft, dass es sich bei dem Kontoinhaber um eine Firma namens Haupthaus & Sendker aus Bonn handelte: „Wir müssen noch mal los."

Es war 15:45 Uhr.

Klein rief Tino Kurz an: „Herr Kurz, hier noch einmal Hauptkommissar Klein. Sie haben uns neulich schon einmal in der Sache Richard Strom geholfen. Heute benötige ich noch einmal Ihre Hilfe.

Ich hoffe letztmalig. Macht es Ihnen etwas aus, wenn ich in etwa einer Stunde bei Ihnen vorbeikomme?"

„Ich bin solange da, wie Sie möchten. Kann ich etwas vorbereiten?"

„Es geht um Buchungen von Mietwagenrechnungen."

„O je. Die fallen bei unseren Tradern auf der ganzen Welt jeden Monat bündelweise an. Könnten Sie das etwas eingrenzen?"

„Ja. Sicher. Beschränken Sie sich auf AVIS, Berlin, und das letzte halbe Jahr, wenn das geht."

„Das klingt schon besser."

„Und noch etwas: ich würde es begrüßen, wenn Sie meine Anfrage bis auf Weiteres vertraulich behandeln könnten."

„Sie können auf mich zählen. Ich erwarte Sie."

Kurz vor 17:00 Uhr.

Klein war allein gekommen. Die freundliche Vorzimmerdame ließ ihn wieder ein: „Herr Dragovic möchte Sie kurz sprechen. Geht das?"

Klein ging direkt in das Büro mit dem immensen abstrakten Bild der sich windenden roten Eisenbahnschienen.

„Ich wollte eigentlich nicht zu Ihnen, Herr Dragovic. Ich habe mir während Ihrer Abwesenheit die Freiheit genommen, direkte Termine mit Ihren Mitarbeitern zu machen."

„Überhaupt kein Problem. Ich hoffe, Sie kommen voran. Möchten Sie wieder zu Herrn Busheer?"

„Nein. Heute nicht. Ich möchte nur einige Unterlagen mit Ihrer Buchhaltung abgleichen. Herr Kurz wollte mir dabei behilflich sein."

„Aha. Das hat immer noch mit Ihrer Untersuchung des Falles jenes Mitarbeiters zu tun, der früher mit Salas zusammen gearbeitet hatte, nicht wahr?" Über Dragovic sonst permanent strahlendes Gesicht hatte sich ein leichter Schatten gelegt.

„Herr Dragovic, wir sind sehr dankbar für Ihr Entgegenkommen und Ihre Hilfe. Es gibt keine zusätzlichen Ermittlungen außer derjenigen, über die wir bereits gesprochen haben. Wir versuchen immer noch, ein klares Bild über die Kontakte von Richard Strom zu gewinnen – auch wenn sie schon so viele Jahre zurück liegen. Ich gehe davon aus, dass wir Sie und Ihr Unternehmen nicht mehr lange belästigen werden."

„Sie sind herzlich willkommen bei uns. Falls Sie Salas Busheer noch einmal sprechen möchten, wird das kurzfristig nicht möglich sein. Er hat einige Tage Urlaub genommen. Ich glaube, er ist in die Türkei geflogen. Er hat in Istanbul noch Verwandte, und da ist wohl jemand krank geworden."

Der Schatten war von Dragovic auf Kleins Gesicht gewandert:

„OK. Wenn Sie nichts dagegen haben, besuche ich jetzt Herrn Kurz. Es wird nicht sehr lange dauern. Mittlerweile kenne ich den Weg zu seinem Büro bereits."

Tino Kurz hatte alles sorgfältig vorbereitet. Es handelte sich um nicht mehr als drei Blatt Ausdrucke. Klein hatte das FAX mit den Kalenderdaten von Abkhashvilis Mieten dabei. Sie hatten nur weniger als ein halbes Dutzend Datensätze abzugleichen.

„Ja. Die haben wir beglichen. War für Herrn Iwanow."

„Kennen Sie den? War der schon einmal hier?"

„Ich selbst habe ihn nie kennen gelernt. Aber ich glaube, dass er uns schon einmal besucht hat. Ich meine, dass ich auch einige Hotelrechnungen hier in der Gegend für ihn bezahlt habe. Aber, hier kommen so viele ausländische Partner zu Besuch. Da habe ich keinen Überblick."

„Sie begleichen doch diese Rechnungen nicht, ohne dass die vorher über die Rechnungsprüfung gelaufen sind oder?"

„Was denken Sie? Wir haben einen formalen Freigabe-Prozess, der über unser Finanzsystem gesteuert wird. Da müssen drei Leute freigeben, bei hohen Beträgen zusätzlich noch der Chef."

„Wer gibt so etwas frei?"

„Da ist zunächst die formale Rechnungsprüfung, ob alles den Regularien entspricht, Vollständigkeit und so weiter, dann der zuständige Verursacher, der die Ausgaben inhaltlich hier im Hause zu vertreten hat, und zuletzt ich oder eine meiner Mitarbeiterinnen."

„Können Sie nachvollziehen, wer die Rechnungen von AVIS hier im Hause freigegeben hat?"

„Kein Problem."

Kurz ging hinter seinen Schreibtisch und bediente die Tastatur seines Rechners. Nach weniger als einer Minute drehte er den Bildschirm in Richtung Thorsten Klein. „Hier sehen Sie selbst:"

Schön aufgereiht und vorsortiert standen die Buchungssätze untereinander. Auf der rechten Seite befanden sich drei Spalten. Kurz ging sie mit der Spitze seines Kugelschreibers entlang: „Links Mario Stein von der Reprü, in der Mitte das Kürzel für den Verursacher, rechts Frau Karstens, meine Mitarbeiterin."

„Was bedeutet dieses Kürzel?"

„SB? Salas Busheer. Er arbeitet im Baumwollhandel."

„Vielen Dank, Herr Kurz. Sie haben mir sehr geholfen. Darf ich diese Ausdrucke mitnehmen?"

„Da Sie von der Polizei sind, denke ich schon. Sonst geben wir so etwas natürlich nicht heraus."

„Ich gehe davon aus, dass Sie regelmäßig Datensicherungen machen."

„Wir halten alles für das laufende Geschäftsjahr Online. Dann muss es sowieso ausgelagert werden und zehn Jahre aufbewahrt. Und an jedem Freitag macht unsere IT Sicherungskopien des laufenden Systems."

„Herr Kurz, nochmals herzlichen Dank."

Klein ging noch einmal bei Dragovic vorbei und bedankte sich. Als er das Haus verlassen und seinen Wagen aus der Tiefgarage unter der Universität gefahren hatte, hielt er in der Nähe der Kreuzkirche an und griff zum Mobiltelefon. Er rief nacheinander Kessenich, Maurer und Wolter an und informierte sie. Dann versuchte er es bei der Staatsanwaltschaft. Sie benötigten einen internationalen Haftbefehl gegen Salas Busheer. Er würde die Beweise morgenfrüh vorlegen: Drahtzieher eines internationalen Schmugglerrings für Kernwaffen fähiges Material und in diesem Zusammenhang gesucht wegen möglicher Komplizenschaft an der Ermordung dreier Männer.

Noch einmal Pommernyacht

Nicole Reuter und Stefan Kirn machten sich noch einmal auf den Weg zum Hafen. Nach langwierigem Befragen verschiedener Angestellter, die in der fraglichen Zeit – es ging ja nur um zwei Tage – Dienst getan hatten, kam so etwas wie ein Phantombild zustande. Auch die moderne Software, die den klassischen Zeichner mittlerweile ersetzt hatte, konnte nur etwas liefern, dessen Qualität derjenigen der eingegebenen Daten entsprach.

In einer groß angelegten Aktion hatten die Polizisten aus Ueckermünde außerdem nach einem Kunden Solinger bei sämtlichen Autovermietungen im Umkreis und in Berlin gefahndet. Berlin, deshalb, weil sie annahmen, dass der falsche Solinger ein Mossad-Mann war, der den Kontakt zur israelischen Botschaft gesucht und mit El Al gekommen und auch wieder zurückgeflogen war. Bei Hertz am Flughafen Schönefeld waren sie fündig geworden. Kirn und Reuter fuhren hin und zeigten das Phantombild vor. Als Antwort erhielten sie nur Schulterzucken – bei so vielen Kunden.

Da sie davon ausgingen, dass sich der Mann, der sich Solinger genannt hatte, kurz nach dem Vorfall nach Israel abgesetzt hatte, gingen sie zu El Al, um die Passagierlisten einzusehen. Fehlanzeige:

nein, ein Mann namens Solinger sei auf keinem Flug in der Nähe des angegebenen Datums eingecheckt gewesen. Und komplette Passagierlisten gebe die Fluggesellschaft aus prinzipiellen Gründen niemals heraus – auch nicht an deutsche Polizeibeamte.

Die Spur war kalt – der Pseudo-Solinger längst zuhause im sonnigen Israel und Stroms Alu-Koffer und Solingers IMI Jericho über die diplomatic pouch der israelischen Botschaft ebenfalls bereits dort unten.

Epilog

Thorsten Klein schaltete sein Mobiltelefon ab und lehnte sich in seinem Sessel zurück. Er hatte ein langes Gespräch mit Erik Schlee, seinem wissenschaftlichen Freund geführt, und ihm in epischer Breite den Endstand seiner Ermittlungen mitgeteilt, soweit er Informationen herauslassen konnte. Einige Details hatte er ausgelassen. Er hatte eine Flasche Früh vor sich stehen. Draußen war es schon dunkel. Er blickte aus seinem Fenster über der Tankstelle auf die Scheinwerfer der Autos und Motorroller, die unten auf der Konrad-Adenauer-Strasse vorbeiflitzten. Der Feierabendverkehr hatte seinen Höhepunkt schon lange überschritten. Klein fühlte sich irgendwie erleichtert, aber auch gleichzeitig bleimüde. Zufrieden war er nicht.

Salas Busheer war von der türkischen Polizei am Flughafen in Istanbul aufgegriffen worden, als er zu einem Flug nach Teheran einchecken wollte. Er saß jetzt hinter türkischen Gefängnismauern und harrte der Dinge. Deutschland hatte ein Auslieferungsgesuch gestellt. Klein hatte ein ungutes Gefühl, wenn er an die Faktenlage dachte: Busheer war bei dem eigentlichen Verbrechen nicht in Person beteiligt gewesen. Die aktiven Protagonisten Strom und Abkhashvili waren tot.

Einziges Beweisstück war eine einzelne hässliche Brosche aus angereichertem Uran, die die Fingerabdrücke von Richard Strom trug. Und wenn Strom sie irgendwo gefunden hatte? Ein Souvenir, das er krampfhaft festhielt, als er im Wald bei Rieth niedergeschossen wurde? Kaum möglich. Solche Souvenirs gab es nirgendwo auf der Welt. Eine Verbindung zu Radkes Menschenschmugglerbande bestand nach unabhängigen Aussagen von zwei Beteiligten nicht. Die Doppelkombination Strom-Glincka und Glincka-Radke war reiner Zufall. Und der Faden Strom-Abkhashvili zog sich über die Mietwagenrechnung bis hin zu Strom. Die Beweislage war dünn. Mehr nicht.

Klein nahm einen weiteren Schluck aus seiner Kölschflasche. Der Fall war jetzt in den Händen von Interpol, Bundespolizei und Bundeskriminalamt. Sein Kollege Heinz Wolter im Nordosten arbeitete noch an dem Fall der eingeschleusten Mongolen. Ansonsten war auch der jetzt außen vor.

***

Aber er selbst hatte noch einen offenen Punkt auf seiner Liste, den er erledigen wollte. Eigentlich war es etwas Persönliches. Und deshalb nicht offiziell. Kein neuer Fall. Ein uralter. Hauptkommissar Klein hatte den Ehrgeiz, auch da Licht hinein zu bringen. Warum, wusste er selbst nicht genau. Aber es ließ ihn keine Ruhe. Er griff sich die schmale Akte von seinem Beistelltisch und blätterte sie langsam durch. Es waren die Untersuchungsergebnisse zum Tode von Peter George:

Peter George wollte an jenem fraglichen Tag mit einem Zug um 08:08 Uhr von Frankfurt aus nach Köln reisen, später wieder nach Bonn zurück, um sich mit Salas Busheer bei Haupthaus & Sendker zu treffen. Es ging um irgendwelche Geschäfte. Bekanntlich ist er nie angekommen. Er hatte den Frankfurter Bahnhof nicht als Lebender verlassen.

Zwei Tage vorher hatte es ein anderes Treffen gegeben: Richard Strom mit jenem geheimnisvollen Malboro in der Nähe von Stuttgart. Strom hatte Malboro den Tip gegeben, wo er den damals für Malboro unerreichbaren Peter George mit Sicherheit antreffen könnte: zwei Tage später in Frankfurt im Hauptbahnhof an dem Gleis, an dem der Zug um 08:08 Uhr nach Köln abfahren würde. Sollte mit dem gewaltsamen Tod von Peter George etwas faul sein, wäre Malboro ein möglicher Verdächtiger.

Es hatte einen Zeugen gegeben, der den Vorfall beobachtet hatte, und der sich ziemlich sicher war, dass George vor die Lok gestoßen wurde. Überwachungskameras gab es damals an öffentlichen Gebäuden oder Plätzen noch nicht. Der Zeuge – inzwischen verstorben, wie Klein von den Kollegen in Frankfurt erfahren musste – hatte eine ungefähre Beschreibung des mutmaßlichen Täters abgegeben: ein schmaler, mittelgroßer Mann mit pechschwarzen kurzen Haaren und einem starken Oberlippenbart und dunklem Teint. Diese Beschreibung passte nicht auf diejenige von Malboro, die Strom gegeben hatte: ein eher schlaksiger, schmaler Mann mit wettergebräuntem Gesicht und grauen kurzen Haaren; letzterer war vielleicht fünfzig Jahre alt gewesen. Es gab niemanden sonst, der Malboro jemals gesehen hatte. –

Klein hatte einen Verdacht. Aber der war so abstrus, dass er ihn auf seine Emotionen im Zusammenhang mit den unbefriedigenden Ergebnissen seines letzten Fahndungserfolgs zurückführte. Trotzdem – er gab immer erst dann auf, wenn er sich den Kopf an der Wand am Ende einer Sackgasse gestoßen hatte.

Am nächsten Morgen, von seinem Arbeitsplatz aus, rief Klein seinen mittlerweise alten Bekannten Tino Kurz bei Haupthaus & Sendker an. Er musste diskret vorgehen:

„Es tut mir leid, aber ich hatte gehofft, sie nicht noch einmal belästigen zu müssen. Aber vielleicht können Sie mir einen allerletzten Gefallen tun."

„Herr Kommissar, Sie brauchen sich nicht zu entschuldigen. Ich bin immer für Sie da. Das sollten Sie wissen. Was kann ich tun?"

„Haben Sie noch Reisekostenabrechnungen aus einer Zeit von vor zwanzig Jahren oder früher?"

Pause am anderen Ende, dann: „Wie ich Ihnen sagte, halten wir Online lediglich ein Jahr vor. Dann gibt es elektronische Kopien für die letzten zehn Jahre. Für die Zeit, die Sie angesprochen haben, gibt es keine Papierbelege mehr. Aber wir haben alles auf Mikrofiche. Ich müsste nachsehen. Das wird etwas dauern, denn wir haben diese Sachen ausgelagert. Unsere Firma besitzt noch eine Villa in Bad Godesberg. Da sitzen unsere Devisenhändler. Im Keller ist unser Archiv. Bis wann brauchen Sie die Unterlagen?"

„Das eilt nicht. Bis wann können Sie liefern?"

„Bis Ende der Woche, also am kommenden Freitag, kann ich Ihnen die Dinge besorgen – wenn ich finde, was Sie genau suchen."

Klein gab Kurz einige Kalenderdaten und Reiseziele durch. Er bat um äußerste Diskretion. Die Buchhaltung von Haupthaus & Senker machte freitags um 15:00 Uhr schon Feierabend. Sie verabredeten sich für Freitagnachmittag 16:00 Uhr im Salvator in der Nähe des Bonner Hauptbahnhofs. Von dort nahm Kurz ohnehin seinen Vorortzug nach Sechtem, wo er zuhause war.

Punkt 16:00 Uhr betrat Kurz das Bonner Traditionslokal. Die Gaststätte stand in bayrischer Tradition mit langen, blank gescheuerten Wirtshaustischen. Oben an der Rückwand des riesigen Saales hingen die großen Porträtfotos prominenter Gäste aus einer Zeit, als Bonn noch

Bundeshauptstadt war: von Franz-Josef Strauss bis Joschka Fischer waren alle hier gewesen.

Klein war bereits da und saß vor einer halben Salvator an einem der langen Tische. Er aß von einer Brezel aus dem Brotkorb vor ihm. Sie begrüßten sich, und Kurz setzte sich. Kurz und Klein.

„Ich habe das Gewünschte", sagte der Buchhalter und schob dem Polizisten einen dünnen Umschlag zu. „Mit den Buchungssätzen und Fotokopien von allen Belegen. Wenn Sie noch Fragen haben, rufen Sie mich an. Ich kann Ihnen heute leider nicht lange Gesellschaft leisten. Mein Zug fährt in zwölf Minuten."

„Nur noch eine kurze Frage: Sie scheinen in Ihrem Unternehmen einer der wenigen zu sein, die schon zu dem Zeitpunkt da gearbeitet haben, als diese Belege erstellt wurden. Erinnern Sie sich noch daran, wie Herr Busheer damals ausgesehen hatte?" –

„Nun. Wie soll er ausgesehen haben?" Kurz sprach ganz unbefangen. Anscheinend war das Schicksal Busheers noch nicht zu ihm durchgedrungen: „Etwas dünner als jetzt, und natürlich waren seine Haare dunkler – nein: pechschwarz! Er trug damals einen Schnäuzer. Seinen grauen kurzen Bart hat er sich erst nach dem Tode seines Vaters zugelegt."

„Vielen Dank auch für diese Information. Ich werde mir die Unterlagen in Ruhe anschauen. Ein schönes Wochenende."

Als Kurz gegangen war, griff Klein in den Umschlag und zog Ausdrucke von Buchungen hervor und Kopien von Reisekostenabrechnungen. Ihn interessierte nur eine bestimmte Fahrkarte für eine bestimmte Zugverbindung an einem bestimmten Tag. Er fand, was er suchte. Bei den Papieren befand sich die Kopie einer Fahrkarte der Deutschen Bahn für eine Zugfahrt von Frankfurt nach Bonn. Das Datum stimmte und auch die Uhrzeit: 08:08 Uhr. Und eine Hotelrechnung für die Nacht vorher war auch dabei. Klein zog den Buchungsbogen hervor und strich die fragliche Zeile entlang, bis er zu der Spalte „Verursacher" kam. Das Kürzel war jetzt auch für ihn unmissverständlich: SB stand da. Derselbe Mann, den Peter George am Abend in Bonn besuchen wollte, hatte denselben Zug gebucht, mit dem er zu ihm fahren wollte – vom selben Bahnhof aus: Salas Busheer. Thorsten Klein fand, dass auch diese Information die jetzt ermittelnden Stellen interessieren könnte.

***

Auf seiner Bahnfahrt nach Mehlem und im Taxi nachhause hatte Klein eins und eins zusammengezählt. Als er wieder in seiner Wohnung war, war es bereits 18:30 Uhr. Die Brezel hatte ihm genügt. Bevor er sich sein Freitagsabendkölsch aus dem Kühlschrank holte, hielt er nochmals inne, stellte sich vor sein Fenster zur Straße und ließ seinen Gedanken freien Lauf. – Er schuldete jemandem noch etwas. Meinte er für sich. Dann setzte er sich in seinen Sessel, kreuzte die Beine übereinander und legte den Kopf auf die Faust seines angewinkelten Arms. Kurz darauf sprang er auf, warf sich in seine schwarze Lederjacke und verließ das Haus. Unten schritt er zügig an der Tankstelle vorbei in Richtung Mehlem – Mainzer Straße. In höchstens zwanzig Minuten würde er da sein.

Als er klingelte, kam Gina an die Tür und fragte, wer da wäre. Fast hätte Klein geantwortet: „die Polizei", aber dann überlegte er es sich anders: „Thorsten Klein. Ist Deine Mama zuhause?"

Barbara Strom war schon an der Türe: „Oh, Herr Kommissar, kommen Sie rein."

„Frau Strom, ich wollte nicht stören. Oder sind Sie gerade beim Abendessen?"

„Nein, nein. Wir sind schon fertig. Kommen Sie nur."

Klein drehte sich etwas verlegen im Halbkreis: „Ich glaube, ich schulde Ihnen noch einige Erklärungen."

„Ist der Fall jetzt abgeschlossen? Bitte, setzen Sie sich doch."

Klein nahm auf dem Sofa Platz, auf dem er schon einige Male gesessen hatte: „Haben Sie einen Moment Zeit, Frau Strom?"

„Sicher", ihr war seine ausgesprochen lockere Freizeitkleidung nicht entgangen. Er war außerdienstlich hier: „Darf ich Ihnen etwas zu Trinken anbieten?"

Nach kurzem Zögern nahm Klein an. Auf Befragen entschied er sich für Pils. Kölsch gab es hier nicht, und an Säften und Mineralwasser hatte er heute Abend keine Lust:

„Frau Strom, ich bin außerdienstlich hier, aber natürlich nicht privat. Aber dieses Mal habe ich nicht die Absicht, Sie zu befragen, sondern ich möchte Ihnen berichten, was sich mit Ihrem Mann zugetragen hat, soweit ich das beurteilen kann. Es gibt immer noch einige Lücken, aber für uns hier in Bonn ist der Fall sozusagen abgeschlossen."

„Bitte."

„Ihr Mann hat Unrecht auf sich geladen, dadurch, dass er sich an illegalen Geschäften mit hoher internationaler Tragweite beteiligt hatte. Das steht außer Zweifel. Wäre er am Leben geblieben, hätte man ihn zur Rechenschaft gezogen und verurteilt. Das als Grundsatzinformation. Aber Ihr Mann ist in diese Sache hineingeraten, weil er wahrscheinlich Sie und Ihr Kind schützen wollte. Er ist wohl erpresst worden und wurde dadurch in diese Geschichte verstrickt…."

Klein erzählte der Witwe, was er über die Vergangenheit und das Verhältnis Richard Stroms zu Busheer und Abkhashvili meinte zu wissen, auch über den Tod von Peter George, die geschäftlichen Treffen vor dessen Tod, und was sich im Frankfurter Bahnhof zugetragen hatte. Er berichtete über die Ereignisse im Nordosten, in Rieth, und was die beiden Kommissariate herausgefunden hatten. Ähnlich wie bei Erik Schlee ließ er die brisanten, noch ermittlungsrelevanten Feinheiten aus. Nach einer guten halben Stunde war er fertig. Beide schwiegen eine Weile. Dann fragte Frau Strom: „Möchten Sie noch eins?"

„Nein, danke. Das war sehr freundlich", antwortete Klein schweren Herzens. Es gab nichts mehr zu sagen. Barbara Strom blickte auf den Teppichboden, Klein trank den letzten Schluck: „Was machen Sie jetzt? Betreiben Sie Ihr Geschäft noch weiter?"

„Ich habe noch einige Schmuckstücke auf Lager, aber nicht mehr viele. Wenn die verkauft sind, schließe ich den Laden und nehme unser Portal aus dem Web. Richard hatte ja den Einkauf gemacht. Ich kann das unmöglich mit Gina, die ja hier zur Schule geht. Und mit den Glinckas will ich nichts mehr zu tun haben – auch mit Paula nicht – nach all dem, was vorgefallen ist."

„Haben Sie noch andere Aussichten?"

„Wie meinen Sie das?"

„Beruflich, geschäftlich, meine ich."

„Im Moment noch nicht. Ich habe Richards Rente, aber die wird nicht reichen. Ich bin dabei, mich umzusehen."

Klein erhob sich. Sie sich auch.

„Es war sehr nett, dass Sie gekommen sind. Ich hatte ja keinen Anspruch auf das Ergebnis Ihrer Ermittlungen. Das gehört ja wohl nicht zu Ihren Pflichten."

„Ich dachte, es würde Sie interessieren."

„Ich wünsche Ihnen eine gute Heimfahrt."

„Ich bin zu fuß. Bis Niederbachem ist es nicht weit."

Sie hob die Augenbrauen: „Ja dann ...."

Im Türrahmen fasste sich Klein doch noch ein Herz: „Und womit vertreiben Sie sich sonst noch die Zeit?"

„Gina und ich gehen nachmittags immer zum Rhein. Enten füttern."

„Man sieht sich."

***

Hauptkommissar Heinz Wolter hatte einen Brief bekommen. Schon der Umschlag hatte es in sich. Heutzutage ist es schon ein Ereignis, wenn man überhaupt noch Briefe bekommt, außer Umschläge mit Rechnungen oder Werbung. Und dies hier schien ein waschechter Brief zu sein mit Marke und handschriftlicher Adressierung. Er kam aus dem Ausland, aber Wolter konnte anhand der Briefmarke das Land nicht identifizieren. Der Umschlag bestand aus festem, cremefarbigem Papier.

„An Herrn Polizeikommissar Heinz Wolter"

Die Poststelle hatte ihn bereits aufgeschlitzt und überprüft. Er enthielt einen einzelnen handschriftlichen Bogen. Der Text war an einigen Stellen etwas fehlerhaft und wegen der ungewohnten altmodischen Handschrift mitunter schwer zu entziffern. Schließlich hatte er es:

„Sehr geehrter Herr Polizeikommissar,

bitte entschuldigen Sie unser schlechtes Deutsch, aber meine Tochter hat mir geholfen. Ich heiße Anastasia Abkhashvili und lebe in Tiblisi. Ich bin die Schwester von Wassili Abkhashvili, den ich lange Zeit nicht mehr gesehen habe. Er hat zuletzt in Moskau in Russland gelebt. Die russische Polizei hat mir geschrieben, dass Wassili in Deutschland verstorben ist und dort begraben liegt bei Ihnen in Ueckermünde.
Bitte, haben Sie Verständnis dafür, aber wir wünschen uns, dass Wassili bei uns in Georgien in unserer Erde begraben sein soll. Hiermit frage ich nach, was zu tun ist, damit er zu uns überführt werden kann. Bitte, helfen Sie uns. Wir bedanken uns sehr. Hier ist unsere Adresse:
….“

Wolter griff zum Hörer und rief Nicole Reuter an: „Ich habe einen Auftrag für Dich.“

**

Es war ein kühler Novembernachmittag. Die Dämmerung hatte eingesetzt, und Nebelschwaden senkten sich auf den Rhein und seine Uferwege. Nur noch wenige Menschen bewegten sich schemenhaft in Richtung Fähranleger nach Königswinter. Der Blick hinüber zum Drachenfels endete bereits in Dunkelheit, und man sah nur die angestrahlte Ruine, wie sie obern auf dem erloschenen Vulkankegel thronte. Die Fähre brachte weiterhin im viertelstündigen Rhythmus Personen, Radfahrer und Autos von einer Rheinseite auf die andere, transportierte sie hindurch zwischen den Lücken, die die rheinab und rheinauf fahrenden Schiffe ließen. Von der anderen Seite des Rheins leuchtete das Maritim herüber. Langsam gingen die Laternen an der Uferpromenade von Königswinter an. Im Nebel bildeten sich gelbliche Halos um die Lampen.

Nahe beim Fähranleger bewegten sich zwei Gestalten – eine kleinere und eine größere. Das kleine Mädchen mit seinen langen Zöpfen war näher am Ufer und warf immer wieder harte Brotstückchen in Richtung Enten, die man gerade noch erkennen konnte, während die Frau im halblangen dunkelblauen Wintermantel den Kragen hochgeschlagen hielt, um sich vor der Kälte zu schützen. Als es fast vollständig dunkel geworden war, sagte die Frau: „Komm, Gina, es ist Zeit, wir müssen noch den ganzen Weg nachhause zurück. Ich muss noch das Abendessen machen."

Gina rannte auf ihre Mutter zu, die sie an die Hand nahm in Richtung Heimat. Sie waren noch keine fünfzig Meter gegangen, als sich vor Ihnen eine schlanke sportliche Gestalt im schwarzen Parka aus dem Nebel löste:

„Das ist aber eine Überraschung."

343

„Guten Abend, Herr Kommissar."

„Klein, Thorsten Klein. Bin außer Dienst. –
Na, was machen die Enten?"

Gina kroch an ihre Mutter. Barbara Klein
erklärte: „Wir wollten gerade nachhause. Wir sind
schon fast eine Stunde hier."

„Dann müssen Sie ja durchgefroren sein."

„Sind wir auch."

„Wie wäre es mit einem heißen Kännchen
Kaffee im Klein-Petersberg. Ich lade Sie ein."

Barbara Strom zögerte nur ein ganz klein
wenig. Dann nickte Sie, und zusammen zogen die
drei wieder Richtung Fähre. Das Klein-Petersberg
lag direkt am Anleger an der Zufahrtstrasse. Gina
stieg die hohe Treppe zuerst hinauf, gefolgt von
ihrer Mutter und als letztem Thorsten Klein.
Nachdem sie sich ihrer Mäntel entledigt hatten,
nahmen sie an einem der Fenstertische Platz.
Draußen auf dem Rhein sah man die Positionslichter
der Lastschiffe, wie sie langsam durch den Nebel
keuchten. Gina hielt die Hand ihrer Mutter ganz fest
und wandte keines ihrer großen dunklen Augen von
dem Mann, der ihr gegenüber saß, und mit dem sich
ihre Mutter so angeregt unterhielt.